봄 새벽

春曉

봄 잠에 새벽을 느끼지 못하는데
여기저기서 새 소리 들려온다
간밤에 비바람 소리 사나웠으니
꽃은 얼마나 떨어졌는지

春眠不覺曉
處處聞啼鳥
夜來風雨聲
花落知多少

KB251602

바깥의 길

바람의 결 2

송진용 新무협 판타지 소설

초판 1쇄 찍은 날 § 2005년 2월 15일
초판 1쇄 펴낸 날 § 2005년 2월 25일

지은이 § 송진용
펴낸이 § 서경석

편집장 § 문혜영
편집 § 장상수 · 김희정 · 한지윤
마케팅 § 정필 · 강양원 · 이선구 · 홍현경

펴낸곳 § 도서출판 청어람
등록번호 § 제1081-1-89호
등록일자 § 1999. 5. 31
어람번호 § 제2-0529호

주소 § 경기도 부천시 원미구 심곡1동 350-1 남성B/D 3F (우) 420-011
전화 § 032-656-4452 팩스 § 032-656-4453
http://www.chungeoram.com
E-mail § eoram99@chollian.net

ISBN 89-5831-432-X 04810
ISBN 89-5831-430-3 (SET)

송진용 新무협 판타지 소설

Fantastic Oriental Heroes

바람의 길

2

■ 여산(廬山)의 인연(因緣)

도서출판
청어람

목차

■제1장■
사랑이라는 것

사랑이라는 것

밤이 깊고 사위가 적막하다.

시간이 지나면 날은 밝아질 것이다. 그러나 방 안에 무겁게 가라앉아 있는 이 두터운 적막은 변하지 않을 것 같았다.

"휴―"

첫닭이 울고도 한참이 지난 후 상여상이 땅이 꺼질 듯 한숨을 내쉬었다.

"곽 형, 이 일을 어쩌면 좋겠소?"

무진은 여전히 입을 꾹 다문 채다. 그가 내내 숙이고 있던 눈길을 들어 바라보는 곳에 그 여인, 여산선녀로 불린다는 새부용 담소옥이 그린 듯 앉아 있었다. 살짝 찌푸린 아미에 잔뜩 수심이 어려서 더욱 애처로워 보인다.

밤새 그들 세 사람은 애써 서로를 외면한 채 그렇게 앉아 있는 중이었다.

규방(閨房)의 은은함이 가슴을 설레게 하련만 무진도 여상도 그걸 잊었다.

무진은 열흘 뒤 여산에서 커다란 비무대회가 열린다는 걸 알았다. 그 일 때문에 상여상이 자기에게 접근해 온 것임도 이제 알았다. 그래서 고민하는 것이다.

"결선에 올라간 뒤에 나를 위해서 한 번만 져주시오."

그게 상여상이 다짜고짜 무진 앞에 무릎을 꿇고 엎드리며 부탁한 말이었다.

아닌 밤중에 홍두깨라더니, 무진에게는 엉뚱해도 그렇게 엉뚱한 말이 없다.

"나는 비무대회 따위에는 관심이 없소이다."

"아니오. 곽 형은 반드시 여산 철응방의 비무대회에 나가셔야 하오."

"어째서?"

"바로 나와 담 소저를 위해서라오."

"허―"

이처럼 어이없고 기가 막힐 일은 또 처음 겪는 터라 무진은 그저 어리둥절할 뿐이었다. 하지만 그 뒤로 꺼내놓는 상여상의 말을 듣고는 이해가 갔다.

상여상은 여산제일의 방파인 '철응방(鐵鷹幇)'의 소방주(小幇主)였다. 단지 풍류공자인 줄로만 여겼더니 그렇지 않았던 것이다.

철웅방의 방주 상곡운(商谷雲)은 강호에 무적금편(無敵金鞭)으로 널리 알려진 사람인데, 그의 세력은 여산 일대 천여 리에 걸쳐 뻗어 있었다.

군소 방회들의 영수로 군림하면서 여산의 패자로 인정받고 있는 막강한 세력가인 것이다.

성자현의 상권이며 유흥가는 물론이고 관부까지 그의 영향력 아래 있으니 더 말할 것 없다.

그중에서도 지금 무진이 묵고 있는 이곳 '천외별원'은 철웅방에서 총관을 파견해 직접 운영하고 있는 여산제일의 기루였다.

그곳의 기녀 담소옥과 소방주인 상여상이 사랑에 빠진 게 오늘날 여산을 시끄럽게 하고 있는 화근이 되었고, 무진마저 곤란하게 하고 있었다.

철웅방주 상곡운은 야심이 큰 사람이었다. 장차 강호를 손아귀에 거머쥐고자 하는 자인 것이다.

그는 몇 명의 뛰어난 제자들을 두고 있었지만 역시 자신의 일점혈육인 상여상에게 가장 큰 기대를 걸고 있었다.

상여상은 어려서부터 기재로 꼽히며 문무에 걸친 성취가 남들보다 월등히 뛰어나 상곡운을 기쁘게 했다. 가문의 무예는 물론 파양현(波陽縣)의 영복사(永福寺)에 은거하고 있는 전대의 고인을 스승으로 모시고 절기를 배웠으므로 강서의 후기지수들 중 단연 뛰어났다.

그가 어엿한 청년으로 장성한 지금 상곡운은 여상이 당장 자신을 도와 철웅방을 강호제일의 방파로 만드는 일에 나서주리라 믿고 있었다. 그리하여 장차는 이대 철웅방주로서 강호를 이끌어가기를 바라고 있었던 것이다.

그러나 상여상은 사랑에 빠졌다.

상곡운은 그가 명문가의 소저도 아닌 천외별원의 담소옥이라는 기녀에게 빠져서 웅지를 잃어가고 있다는 걸 알고 크게 노했다. 호북의 명문가인 단목세가(壇木世家)와 상여상 사이에 혼담을 진행시키고 있는 중이므로 노여움은 더 컸다. 호북 무림의 세력가인 단목가와 인연을 맺음으로써 장차 강북으로 진출할 발판을 마련하려 하고 있었기 때문이다.

화가 난 상곡운은 당장 담소옥의 목을 쳐버리려고 했다. 그러나 상여상이 제 목숨을 걸고 말리므로 뜻을 이루지 못했다.

게다가 담소옥의 미명은 이미 여산 일대는 물론 인근 성에까지 널리 퍼져서 그녀를 보기 위해 모여드는 자들이 끊이지 않았으므로 그것도 곤란했다. 그녀를 죽인다면 하나뿐인 아들과의 사이에 영영 회복할 수 없는 금이 가버릴 것이고, 강호인들은 자신을 속 좁은 자라고 손가락질할 것 아닌가.

어느덧 담소옥으로 인해 철웅방의 부자 간에 갈등이 생겼다는 소문이 알게 모르게 퍼져 있어서 이제 상곡운은 행여 그녀가 죽을까 봐 걱정해야 하는 처지가 되었다.

소옥이 우연하게라도 죽는다면 세상 사람들의 의심의 눈길이 온통 자기에게 쏠릴 것이니 그렇다.

상곡운은 생각 끝에 여산 철웅방에서 후기지수를 위한 비무대회를 열기로 하고 강호에 널리 공포했다.

우승한 자에게 철웅방의 보물로 이름난 적망보갑(赤蟒寶甲)과 함께 천하제일의 기녀로 알려진 새부용 담소옥을 주겠다는 그의 말은 당장 강호 후기지수들의 가슴을 두근거리게 하기 충분했다.

상여상의 가슴은 찢어질 듯했다.

그에게 이제 방법은 한 가지밖에 없었다. 자신이 비무대회에 나가 우승하여 당당하게 담소옥을 맞이하는 것이다.

상곡운은 어쩌면 그것을 바라고 있는 건지도 몰랐다. 아들의 뜻을 무참히 짓밟아 버리기보다는 기회를 주는 게 그를 위해서도 좋다는 판단이 섰으리라.

상여상이 구름처럼 몰려든 젊은 고수들과 겨루어 당당히 우승을 차지한다면 그 자신은 물론 만천하에 철웅보의 위명을 떨치게 될 것이다.

그렇게 되면 상곡운은 자신의 불만을 누르고 담소옥을 인정해 줄 생각이었다. 무시할 수 없는 경쟁자인 호북의 단목가도 이미 무르익은 혼담의 파기에 대해서 내심으로야 불만이겠으나 드러내 놓고 뭐라고 하지는 못할 것 아닌가.

상여상 또한 명성과 함께 원하는 것을 얻었으니 힘을 다해 자신을 도와줄 것이다. 그거야말로 상곡운이 꿈에서도 바라는 일이었다. 하지만 상여상이 패해서 다른 사람이 담소옥을 데려가 버린다면 그것도 좋다. 그것 역시 원하는 일이기도 한 때문이다.

상곡운은 이처럼 한 번에 두 마리의 토끼를 모두 잡을 수 있는 계책을 내고 무릎을 치며 좋아했다.

육 개월간의 준비를 거쳐 드디어 비무대회에 참가하기로 한 사람들의 명단이 확정되었다. 상여상은 참가 신청을 한 오십이 명의 청년 고수들 하나하나에 대하여 면밀히 살펴보았다.

모두가 한 지방 또는 한 방회나 문파에서 촉망(屬望)받는 고수들이었다. 명문정파와 흑도 방회들이 두루 섞여 있어서 하나같이 만만치 않은 상대들이다. 그러나 그가 걱정하는 자는 그중 네 사람에 지나지 않았다.

산동 신검문의 소문주인 장사검(張思劍)과 섬서 도화곡의 소곡주인 염능파(廉綾波), 그리고 유명밀부(幽冥密府)에서 나왔다는 유소기(劉紹起)라는 자와 정체를 알 수 없는 기벽강(奇碧羌)이라는 자다.

그들은 모두 강호의 주목을 받고 있는 기린아들이었다.

장사검은 제 아비인 신검수사(神劍秀士) 장운령(張雲嶺)의 진전을 받아 검사로서 이미 확고부동한 명성을 얻었고, 염능파 또한 제 사부이자 도화곡주(桃花谷主)인 유령산인(幽靈山人)의 절기를 열에 아홉은 지녔다. 강호에 음침하고 신비한 세력으로 널리 알려져 있는 유명밀부의 유소기라는 자 또한 주의해야 할 자가 분명했다.

그러나 그들 중 상여상을 가장 곤혹스럽게 하는 자가 바로 기벽강이었다. 그는 칼을 썼는데, 강호에 나온 지 몇 년 되지 않아서 벌써 이름난 고수들을 십여 명이나 격파한 걸로 이름이 높았다. 사람들은 서슴없이 그의 도법이 후기지수 중 제일일 것이라고 말했다.

자기 혼자서 그들 네 명의 강적들을 모두 상대하고 우승의 영예를 얻는다는 게 불가능하다고 판단한 상여상은 고민 끝에 한 가지 묘안을 찾아냈다.

그들과 버금가거나 오히려 그들을 꺾을 만한 고수 한 사람을 찾아 사전에 그와 미리 짜놓고서 비무대회에 나간다는 것이다.

그가 두 사람을 처리해 준다면 자신이 나머지 두 사람은 어떻게든 물리칠 수 있다고 계산했다. 그리고 결승에서 약속대로 그자가 자기에게 져준다면 일은 끝난다.

그러나 강호에 과연 그들 네 명의 신진고수들과 맞설 만한 자가 또 있을지 알 수 없었고, 있다고 해도 그가 자신의 부탁을 들어줄지 알 수 없었다.

상여상은 사숙의 도움을 받기로 했다.

공교롭게도 그의 사숙은 교가채에 머물고 있던 얼굴 붉은 그 노인이 었다. 철담금검(鐵膽金劍) 천조운(千朝運)인 것이다.

비록 지금은 은퇴해서 강호의 일과는 무관하게 살고 있으나 천 노사는 오래전부터 이름을 날렸고, 명망을 쌓은 고인이었다. 상여상은 자기가 그에게 하나뿐인 사질이니 부탁을 하면 거절하지 못할 것이라고 생각했다.

그가 서둘러 교가채로 찾아간 것은 무진이 떠난 닷새 뒤였다.

그의 말을 묵묵히 듣고 있던 천조운이 깊이 생각하지도 않고 웃으며 말했다.

"그 일에 적합한 사람이 딱 한 사람 있다."

"그게 누굽니까?"

"곽무진."

"예?"

들어보지 못한 이름이다. 상여상이 어리둥절해하자 천조상이 물었다.

"네가 말한 그들 네 명을 빼고 지금 무림에 흑의척자(黑衣剔子) 여극상(呂極橡)의 목을 단칼에 쳐버릴 자가 있느냐?"

"허! 여극상을 말입니까?"

상여상이 혀를 빼물었다.

여극상은 흑도의 인물로서 잔혹하고 무정한 자로 이름 높은 일류고수였다. 그런데 그를 일격에 꺾었다는 게 정말이라면 곽무진이라는 자는 상대하기 힘든 고수가 분명했다. 그런 자가 여태까지 이름조차 알려지지 않았다니 그건 있을 수 없는 일이다.

상여상은 아무래도 이 늙은 사숙이 심하게 과장을 한다는 생각을 지울 수 없었다. 하지만 천조상은 진지하기만 했다.

"게다가 협의지심이 있으니 강호에서 보기 드문 자라고 해야지."

"그가 있는 곳을 가르쳐 주십시오."

"한발 늦었구나. 네가 닷새만 일찍 왔더라도 그를 만나볼 수 있었을 게다."

"허!"

"마침 그 녀석은 내게 빚진 게 있는 터라 내가 부탁한다면 매정하게 거절하지는 못할 게다."

상여상은 사숙이 이름도 없는 젊은 무사에게 부탁이라는 말을 사용하는 걸 보고 놀랐다. 그자에 대한 사숙의 말이 과장이나 거짓이 아닐 거라는 믿음이 생긴다.

"그는 파양호를 구경하고 여산으로 간다고 했으니 잘하면 만날 수 있을지도 모르겠다."

그리고는 한 통의 서찰을 적어 건네주었다.

무진의 생김새를 대충 들은 상여상은 인사도 하는 둥 마는 둥 한 채 급히 떠났다.

초행길이라고 했으니 험한 길을 택하지는 않았을 것이다. 그렇다면 곽무진이라는 자가 갈 곳은 경덕진이라고 짐작했다. 관도가 곧장 파양호까지 뻗어 있을뿐더러, 창강을 끼고 있어서 번화한 곳이니 외지인이라면 열에 일고여덟은 들렀다 가기 마련이다.

서둘러 길을 나선 상여상은 함박눈 펑펑 내리던 그날 오후에 운 좋게도 장양로에서 무진을 볼 수 있었다. 첫눈에 과연 사숙의 말이 헛되지 않다는 걸 알았다.

"그럼 상 형은 처음부터 내 뒤를 쫓고 있었던 거였군?"

"천 사숙에게서 곽 형의 이야기를 듣고 행여 놓칠까 봐 급히 뒤쫓아온 길이었다오. 운이 좋아서 다행히 그날 도창현의 장양가로에서 곽 형의 협행을 보게 되었으니 이 또한 하늘의 뜻 아니겠소?"

"음—"

"부탁하오. 내 그 은혜는 죽어서도 잊지 않을 것이오. 맹세하겠소이다."

'이름을 알린다는 건 귀찮은 일이로군.'

무진의 마음속에 그런 후회도 스쳐 갔다.

강서 무림에서 절정의 고수로 인정받고 있는 철담금검(鐵膽金劍) 천조운(千朝運)이 상여상의 사숙이 된다는 것도 묘한 인연이라면 인연이다.

천조운은 상여상을 통해 보낸 서찰에서 내가 네 말을 들어주었으니 너도 내 부탁 한 가지를 들어달라고 했다.

한참 생각하던 무진이 천천히 말했다.

"내가 비무대회에 나간다고 해도 과연 그들을 이기고 우승하리라고는 장담할 수 없소."

"그렇지 않소. 천 사숙의 말대로라면 그곳에 참가하는 그 누구도 곽 형의 상대가 될 수 없다오."

상여상이 여전히 망설이는 무진에게 끈질기게 졸라댔다.

"곽 형이 우리 두 사람의 평생의 소원을 이루어준다면 훗날 내 목숨을 던져서라도 반드시 그 은혜를 갚으리다."

절절히 진정이 넘쳐 나는 그 말을 매정하게 뿌리칠 만큼 마음이 모질지 못한 무진이다. 격렬하고 무정한 듯한 그의 내면에는 따뜻한 사랑과 연민이 감추어져 있는 것이다.

사랑의 힘은 두말할 것 없이 위대하다. 때로는 사나이의 웅지보다 더 크고 혈육의 정보다 더 깊다. 그럴 때 서로 사랑하는 두 사람을 떼어놓는다는 건 무엇으로도 불가능하다.

지금 상여상과 담소옥은 그런 사랑에 빠져 있는 중이었다. 그건 아름답고 고귀한 것이면서 위험한 것이기도 했다.

무진이 애써 표정을 감춘 얼굴로 담소옥을 바라보았다.

"당신도 내가 상 형의 말에 따라주기를 원하오?"

담소옥이 가슴 앞에 두 손을 모으고 머리를 숙였다.

무진은 그녀의 볼을 타고 흐르는 맑은 눈물을 보았다.

담소옥이 울음을 참으며 떨리는 음성으로 겨우 말했다.

"소협께서 천한 계집의 소원을 들어주신다면 머리카락을 잘라 신이라도 삼아 올리겠습니다."

"음—"

무진의 얼굴이 더욱 굳어졌다.

무진은 그들의 지금 이 순간을 지켜주기로 결심했다.

이 아름다운 한 쌍이 그토록 원하는 사랑을 지켜주는 것이 지금은 그 어떤 것보다 소중하고 가치있는 일이라는 판단이 선 것이다.

내가 조금 손해를 보는 것쯤이야 이 두 사람의 고귀한 사랑 앞에서는 아무것도 아닐 것이다.

묵묵히 고개를 숙이고 있던 무진이 번쩍이는 눈을 들어 상여상을 바라보고 천천히 말했다.

"좋소. 최선을 다해보리다."

"고맙소! 고맙소, 곽 형!"

"감사합니다. 소협의 은혜 평생 잊지 않고 가슴속에 간직하겠습니다."

상여상과 담소운이 감격으로 울먹이며 절을 올렸다.

따로 마련된 별원의 정갈한 방에 단정히 앉아서 무진은 많은 것들을 생각하느라고 날이 밝는 것도 잊고 있었다.

이미 참가자들의 신청이 끝났다고 하지만 상여상이 이때를 대비해서 미리 유령 인물 한 사람을 등록시켜 놓았기에 무진이 비무대회에 나가는 건 문제가 없었다.

몽려지(夢慮志).

그게 비무첩에 상여상이 미리 만들어놓은 이름이었다.

꿈속에서도 내 뜻을 생각한다는 의미이니 자못 절절하다. 또한 '려(慮)'라는 글자에는 근심하고 걱정한다는 뜻도 깃들어 있는 터라 그 의미가 더 깊다.

그건 곧 내 사랑이 이루어질 것을 꿈에서도 생각한다는 의미가 되면서, 자신의 부탁을 들어줄 누군가에게 '당신이 한 약속을 잊지 말라'고 당부하는 뜻이 되기도 하니 그렇다.

그러면서 혹시 소원이 이루어지지 못할까 걱정하고 근심하는 속마음도 담겨 있는 것이다.

무진은 그가 만들어놓은 이름을 통해서 이 일로 상여상이 얼마나 애태우고 있었던 것인지 다시 확인할 수 있었다.

무진의 마음에 측은한 정이 새롭게 샘솟는 한편, 불안감도 커졌다. 아직 자신의 무예가 어느 정도인지 알 수 없기 때문이다.

상여상의 말을 들어보니 그들 네 명의 청년 고수들은 대단한 자들인 모양이다. 내가 과연 그들을 꺾고 여상의 당부를 들어줄 수 있을까? 하는 의문이 든다.

한편으로는 비무대회라는 것 자체가 거부감이 들어 여전히 마음이 내키지 않기도 했다. 무진에게 그것은 할 짓 없는 자들의 호사에 지나지 않았던 것이다.

모여서 서로의 무예를 비교해 본다는 것이지만 그렇게 해서야 누가 어떻게 강한지를 어찌 알 것인가. 삶과 죽음의 길목에 서서 목숨을 내놓고 치열하게 싸워봐야 비로소 명백하게 강자와 약자가 가려지는 것이다.

왜구와의 싸움으로 뼈가 굵어진 무진에게 있어서 싸움이란 곧 죽음을 의미했다. 내가 죽든 상대가 죽든 죽어야 끝나는 것이다. 그러니 강호인들의 이와 같은 행사는 이해하기 힘든 엉뚱한 짓에 지나지 않았다.

그러나 어쨌든 마음먹은 일이고 약속을 했으니 지키지 않을 수 없다.

다음날 아침 일찍 무진은 아무도 모르게 천외별원을 나섰다.

멀리 왼쪽으로 여명 속에 웅장하게 솟아 있는 여산의 검은 산봉우리가 보였다.

여산의 남쪽에는 수봉(秀峰)이라 일컫는 여섯 개의 수려한 봉우리가 있다. 쌍검이 하늘을 찌르는 듯한 쌍검봉(雙劍峰)을 정점으로 해서 그 오른쪽에 귀배봉(龜背峰)과 학명봉(鶴鳴峰)이, 왼쪽에 문수봉(文殊峰),

향로봉(香爐峰), 자매봉(姉妹峰) 등이 불쑥 솟아 있는 것이다.

그 여섯 봉우리는 여산폭포로 불리는 서폭(西瀑)과 동폭(東瀑), 맑은 옥을 깔아놓은 듯한 청옥협(靑玉峽) 등을 병풍처럼 빙 두르고 솟아 있어서 더욱 기묘하다.

여산의 아름다움은 남쪽에 있고, 남쪽의 참맛은 수봉에 있다는 말이 전해져 오는 것이 다 이유가 있었던 것이다.

철옹방은 맑고 급한 청옥협 입구에서 멀지 않은 곳에 있었다. 용담(龍潭)에서 오백 보 떨어진 곳인데, 산비탈을 따라 크고 작은 전각들이 수없이 서 있어서 멀리서도 잘 보였다.

비무대회까지는 아직 보름이 남아 있다. 그래서인지 철옹방으로 가는 길은 한산하기 짝이 없었다.

무진은 병풍처럼 둘러선 수봉의 풍광과 주위의 아름다운 경치를 감상하며 천천히 걸었다.

왼쪽에 보이는 좁은 골짜기가 청옥협이다. 일천 장을 솟구쳐 오른 깎아지른 절벽 사이로 나 있는 그것을 따라 한줄기 맑은 개울물이 급하게 흘러내리는 곳에 용담이 있었다.

옛날에는 용이 살았고, 지금은 사시사철 물이 마르지 않는다는 용담가에 서서 왼쪽을 보자 그 유명한 서폭이 보였다.

여산폭포라고도 일컬어지는 것인데, 마치 하늘에서부터 떨어지듯 수직으로 쏟아지고 있는 하얀 물줄기가 장관이다. 이태백이 '비류직하 삼천척(飛流直下三千尺)'이라 읊은 것으로 유명한 바로 그 폭포였다.

오늘날에도 사람들은 세상의 수많은 폭포들 중에서 여산폭포를 제일로 친다. 그것을 보고 오른쪽으로 고개를 돌리면 서폭 못지않게 아름답고 웅장한 동폭이 보인다.

발 아래 푸르고 맑은 용담을 두고 서서 무진은 그 신묘하고 장엄한 광경에 넋을 빼앗겼다.

뎅—

서폭 위에서 은은한 종소리가 들려오지 않았더라면 무진은 언제까지나 그렇게 넋을 잃은 채 서 있었을 것이다.

하늘에서 들려오듯 은은히 울려 퍼져 하계(下界)에 깔리는 그 종소리는 서폭 위에 있는 개선사(開先寺)에서 아침 예불을 알리는 소리였다.

합장하고 머리 숙인 무진이 입속으로 중얼중얼 법구경을 외우며 마음속으로는 자신의 소원을 빌었다. 간절함이 은연중에 몸 밖으로 배어나와 마치 용담가에 보살이 내려와 선 듯했다. 거북이 등을 닮은 귀배봉 너머로 떠오르는 햇빛이 등 뒤에서 후광을 두른 듯 반짝이니 더욱 그렇다.

뎅—

무진이 장엄하고 은은한 종소리에 마음을 모으며 발원(發願)하고 있을 때였다. 문득 숲 속에서 짜랑짜랑한 웃음소리가 들려왔다. 걸걸한 남자의 음성도 들린다.

누군가 무진처럼 아침 일찍 수봉의 장엄한 경관을 구경하러 올라온 건지도 모른다.

"엇? 우리보다 일찍 온 사람이 있었군?"

"핏, 지금 가면 용담에 아무도 없을 거라더니."

"부지런한 사람이 나 말고 또 있었을 줄 어찌 알았겠어?"

"하하, 사매, 뭘 걱정하나. 가서 쫓아버리면 되지."

그들은 무진이 듣든 말든 떠들어댔다. 마치 흉한 꼴 당하기 전에 알아서 꺼져 버리라는 듯하다.

"흥! 주 사형은 큰소리치지 말아요. 저 사람 등에 지고 있는 칼이 안 보여요?"

"쳇, 어중이떠중이도 죄다 칼이며 검을 들고 설쳐 대는 게 요즘의 강호다. 길거리의 약장수도 칼을 휘두르잖아?"

"하하, 그건 주 아우의 말이 맞지. 사매는 걱정하지 마라. 우리가 알아서 하마."

"좋아요. 어디 사형들이 하는 걸 지켜보죠. 나는 홀로 용담에 서서 서폭과 동폭을 두루 구경하고 싶으니까 알아서 해요."

"네, 네. 알아 모십죠, 당 소저."

"호호호―"

시시덕거리며 지껄이는 두 사내의 말에 기분이 좋은지 여인이 까르르 높은 웃음을 터뜨렸다.

무진은 숲의 고요하고 장엄한 적막을 깨뜨리는 그들의 철없는 짓에 눈살을 찌푸렸다. 등 뒤에서 빠르게 다가오는 발걸음 소리가 들리는 것이 정말로 그 두 명의 사내가 자기를 쫓아내기 위해서 오는 모양이었다.

무진이 죽립을 천천히 눌러썼을 때 냉랭한 음성이 들려왔다.

"형씨, 실컷 구경했겠지? 이제 좀 비켜줘야겠어."

"가만. 장 형, 이자의 뒷모습이 어딘지 눈에 익은걸?"

"응?"

"이봐, 이리 돌아서 봐라."

무례하기 짝이 없는 자들이다. 이제는 무진도 대체 어떤 자들인지 궁금해졌다.

무진이 천천히 돌아섰다. 죽립에 가려져서 수염이 거칠게 나 있는 아래턱만 보일 뿐이다.

죽립 안에서 싸늘한 눈빛이 번쩍이다가 곧 사라졌다.

'바로 그놈들이었군.'

무진은 한눈에 눈앞에 버티고 서 있는 두 놈의 면면을 알아보았다. 장평가로에서 함부로 말을 몰아 달려가던 자들이었던 것이다. 자신의 등짝과 어깨에 채찍질을 하고 간 바로 그자들이다.

저만큼 떨어진 곳에서 흥미롭게 바라보고 있는 붉은 옷의 소녀 또한 그때의 그 소녀였다. 그녀는 냉혹하게도 무진의 이마에 채찍질을 했다.

어디를 그렇게 급하게 달려가나 했더니 그들 또한 철옹방에 와 있었던 모양이다.

그들을 알아본 무진의 어깨에서 한순간 무서운 기세가 화르르 피어올랐다가 사라졌다.

백의에 백건을 쓴 자와 남색 경장에 매부리코를 한 자가 깜짝 놀라 한 걸음 물러서더니 물끄러미 무진을 바라보았다. 이쪽의 기세를 느낄 줄 알 만큼 감각이 발달한 자들인 것이다. 솜씨 또한 뛰어나리라.

"이봐, 우리가 어디서 본 적이 있나?"

백건을 쓴 귀공자풍의 청년이 의심스런 눈초리로 무진을 이리저리 훑어보며 물었다.

그를 밀쳐 내고 나선 매부리코의 청년이 짐짓 점잔을 빼며 포권하고 말했다.

처음에는 무작정 내몰 태세더니 무진이 잠깐 보여준 심상치 않은 기세를 알아보고 심경이 일변한 것이다.

"보아하니 강호의 형제 같군. 소생은 도창현(都昌縣) 장가보의 소보주인 장세걸(張世傑)이라 하고, 이쪽은 호남 벽상채(壁湘寨)의 소채주인 주문룡(朱文龍)이라오. 형장의 존성대명을 듣고 싶소이다."

어깨를 우쭐거리는 것이 장가보의 소보주라는 제 신분에 몹시 자부심을 갖고 있는 모양이었다.

무진은 귀공자처럼 생긴 백의청년이 바로 상강에 있는 벽상채의 소채주라는 게 뜻밖이었다. 그들과는 악연을 맺은 적이 있다. 바로 흑풍객과 함께 검이 든 함을 지고 형산으로 가고 있었을 때의 일이다.

상강삼웅이라는 자들이 겁도 없이 검을 빼앗으러 왔다가 하나는 죽고 둘은 꽁지가 빠져라 달아나지 않았던가.

잠시 생각하던 무진이 지루할 만큼 느릿느릿 말했다.

"나는 몽려지라 하오."

이제부터는 상여상이 만들어준 새 이름을 써야 한다.

"몽려지?"

장세걸이 콧잔등을 찡긋했다. 당장 눈가에 교만함이 서리고 허리가 뻣뻣해진다. 이름이 이상하기도 하려니와, 어디에서도 들어본 적이 없으니 그렇다.

"흥! 원래 몽가였군?"

무진이 이름도 없는 뜨내기라는 걸 짐작한 장세걸이 코웃음을 쳤다. 무진을 바라보는 눈에 비웃음이 가득해진다. 그건 그들의 수작을 지켜보고 있던 주문룡이라는 자도 마찬가지였다. 그가 성큼 다가오며 쌀쌀하게 말했다.

"너는 우리 사매에게 그 자리를 비켜줘야겠다. 사매가 꼭 거기서 서폭의 장관을 구경하고 싶어하거든."

잠시 생각하던 무진이 꾹 참고 비켜섰다. 아무것도 아닌 일로 싸우고 싶지 않았기 때문이다. 게다가 방금 발원을 하고 난 뒤라 깨끗해져 있는 마음을 흥분과 노여움으로 더럽히고 싶지 않기도 했다.

"그렇게 하구려."

선선히 물러선 건 아량을 베풀어서이지만 장세걸과 주문룡에게는 그게 서운한 모양이었다. 홍의소녀 앞에서 한껏 자신들의 위용을 뽐내 보고 싶었던 건지도 모른다.

무진이 몇 걸음 걸었을 때 후루룩 하는 소리와 함께 그들이 멋진 신법으로 머리 위를 뛰어넘어 앞을 막아섰다.

"그런데 말이지, 나는 네 얼굴이 어떻게 생겼는지 궁금하거든?"

주문룡이 빙글빙글 웃으며 말했고,

"아무리 생각해 봐도 어디선가 본 듯하단 말이야? 그러니 그 죽립을 좀 벗어봐라."

장세걸도 핍박해 왔다.

무진의 마음에 노여움이 꿈틀거렸다.

'한 번 참은 일이니 두 번 참지 못할 것도 없지.'

애써 마음을 가라앉힌 무진이 그들을 피해 지나가려 했다.

"어디로 도망가려고?"

주문룡이 손을 뻗어 무진의 어깨를 꽉 움켜쥐었다. 단단하기가 바윗덩이를 쥔 것 같아서 그가 '어?' 하고 당황한 소리를 내고 물러섰다.

무진이 그들을 향해 천천히 돌아섰다. 그때 흰 빛 한줄기가 번쩍 하고 머리 위에 떨어졌다. 장세걸이 쾌검의 솜씨를 자랑하듯 벼락같이 검을 뽑아 후려쳐 온 것이다.

무진은 꼼짝하지 않았다. 놀라서 주춤거리는 기색도 없다. 나무를 깎아놓은 사람인 것처럼 우뚝 서 있을 뿐이다.

그의 머리 위에서 죽립이 천천히 갈라져 벌어졌다. 그리고 이제는 밝아진 햇빛 아래 거친 얼굴이 환하게 드러났다.

"흥! 누군가 했더니 바로 네놈이었군?"

장세걸이 빙글빙글 검을 돌리며 한껏 비웃었다. 자신의 말 앞을 두려움없이 막아서던 무진의 얼굴을 기억해 낸 것이다.

주문룡도 무진을 알아보고 하하 웃었다.

"이제 보니 겁없는 촌것이었구나? 그때 이 도련님이 인생을 불쌍히 여겨서 말발굽으로 깔아버리지 않았더니 이런 데서 다시 만나는군."

한껏 비웃으며 다가온 그가 불쑥 팔을 뻗어 무진의 견정혈을 움켜쥐려 했다.

주문룡의 손이 막 어깨에 닿은 순간 무진이 벼락처럼 움직였다.

빠르고 격렬한 움직이었지만 호흡은 고요하다. 주문룡의 손목을 움켜쥐고 팔꿈치를 받쳐 드는 손길이 번개 같은데 눈빛은 추호도 흔들리지 않는다.

무진이 살짝 몸을 틀며 손목을 비틀자 우두둑 하고 관절이 어긋나는 끔찍한 소리가 났다.

"으악!"

주문룡이 불같이 치닫는 고통을 참지 못하고 비명을 터뜨렸다. 그의 몸은 덧없이 허공을 날아 일 장 밖에 처박혔다.

"어?"

놀란 장세걸이 득달같이 달려들며 무진의 목을 노리고 검을 찔러 넣었다. 핏— 하고 바람을 가르는 경쾌한 소리가 났을 때 날카로운 검봉은 이미 목젖에 닿아 있었다. 쾌검을 구사하는 솜씨가 가히 일류급이라고 할 만했다.

무진이 미끄러지듯 한 바퀴 맴돌아 나아갔다. 장세걸의 검로를 거슬러 역으로 다가가는 움직임이 급류를 거슬러 오르는 잉어처럼 매끄럽고 힘차다.

불쑥 오른손을 내밀어 장세걸의 검을 꽉 움켜쥐고 왼손은 활짝 펴서 장으로 내치자 쩽 하는 맑은 소리나 났다.

질기기 짝이 없는 청강장검이 무진의 그 한 수에 두 동강이 나버렸다.

애검을 잃은 분노로 장세걸의 얼굴이 창백해졌다.

"이 죽일 놈!"

검을 던져 버린 그가 벼락처럼 달려들며 칠권팔각(七拳八脚)을 퍼부었는데, 폭우가 쏟아지듯 정신없이 몰아치는 권각이 사납고 맹렬했다.

욱! 하고 단전에 힘을 준 무진이 물러서지 않고 마주쳐 나갔다.

허리를 낮추고 달라붙을 듯 파고들며 팔꿈치와 팔목을 어지럽게 휘저어 장세걸의 번개 같은 속공을 막아내는 데 한 치의 어긋남도 없었다.

당순지로부터 전해받은 온가권은 이제 몸에 밸 대로 배어서 내 뜻과 장타(長打)가 둘이 아니다. 눈으로 보기 전에 손이 먼저 나가고 뜻이 일어남과 동시에 수법이 쏟아진다.

특히 무진이 관심을 갖고 공들여 수련한 칠십이행착(七十二行着)과 삼십육합쇄(三十六合鎖)는 잡히는 대로 뼈를 부수고 관절을 꺾어버리는 악독한 금나(擒拿)의 수법이었다.

한 번 손을 뻗으면 물러서는 법이 없고, 보법과 운신의 방법이 단순하다. 때문에 격렬하고 빠른 한편, 처한 상황에 적응하는 것과 변화하는 것이 뜻대로 된다.

꽝, 꽝, 꽝, 꽝—

연이은 격타음이 요란하게 터져 나왔다. 마치 두 개의 몽둥이를 힘껏 휘둘러서 서로 부딪치는 것처럼 격렬한 소리다.

무진의 무쇠 같은 팔과 부딪칠 때마다 장세걸은 온몸으로 밀려드는 엄청난 힘 때문에 고통스러워했다. 그렇게 다섯 번을 부딪치고 나자 주먹이 부서져 버릴 것 같았고 발목이 떨어져 나갈 것만 같았다.

하체에 넘칠 듯 충실한 힘이 실려 있어서 빠르게 밀고 들어오는 무진과는 천양지차다.

꽝—!

진각의 수법으로 한 번 발을 구르며 성큼 다가선 무진이 불쑥 손을 내뻗어 장세걸의 어깨와 팔을 움켜쥐었다.

우두둑, 우두둑 하고 뼈 마디마디가 부서지는 끔찍한 소리가 몇 차례 났다.

참을 수 있으면 참되, 한 번 손을 쓰면 다시는 덤벼들지 못하도록 무지막지하게 짓밟아놓는다는 그의 투지를 여지없이 보여준 것이다.

"싸우면 반드시 이겨라. 그것이 나와 절강무예의 명예를 더럽히지 않는 일이다."

헤어지던 날 엄숙한 얼굴로 다짐해 주었던 척계광 장군의 그 말을 무진은 한시도 잊어본 적이 없었다.

"끄으으—"

너무 큰 고통 때문에 장세걸은 마음껏 비명을 지르지도 못했다. 덜

렁거리는 두 팔을 축 늘어뜨린 채 비틀거리고 몇 발짝 물러서던 그가 기어이 벌렁 나자빠지더니 정신을 잃어버리고 말았다.

눈 깜작할 사이에 벌어진 그 일이 홍의녀의 넋을 빼앗아가 버렸다.

차갑고 무심한 무진의 얼굴이 그녀에게 향했다.

"아—"

홍의녀가 두려움으로 새파랗게 질린 채 부르르 몸을 떨었다. 이글거리는 눈으로 지그시 그녀를 바라본 무진이 몸을 돌렸다. 그리고 철옹방으로 향하는 길을 따라 천천히 멀어져 갔다.

■ 제2장 ■
철응방(鐵鷹幇)

철응방(鐵鷹幇)

상여상으로부터 받은 명첩을 내보인 무진은 외단(外團)에 마련된 거처로 안내되었다.

낡은 건물의 긴 낭하를 따라 이십여 개의 작은 방들이 늘어서 있었는데 원래는 손님의 수행원이거나 아니면 격이 떨어지는 방문객이 묵어가는 숙사로 활용되던 곳이었다. 그것을 이번 비무대회 신청자들 중 하급으로 분류된 자들이 묵는 숙소로 정한 것이다.

무진이 짐을 풀고 탁자 앞에 앉아 차를 마시고 있을 때 낭하를 급하게 달려오는 발소리가 들렸다.

"저놈이야!"

문이 벌컥 열리더니 기세등등하게 뛰어든 홍의녀가 무진을 가리키며 앙칼지게 소리쳤다. 그 뒤에는 세 명의 장한들이 노기를 띤 얼굴로 서 있었다.

"저놈이 바로 장 사형과 주 사형을 그렇게 만들었으니 어서 잡아!"

서슬 퍼런 얼굴로 발마저 굴러가며 악을 쓰는 게 누가 봐도 무진에게 심한 모욕을 당해 깊은 원한을 품은 여자의 모습이다.

"비켜라."

다시 한 사람이 나타났다. 홍의녀와 철웅방의 무사들을 헤치고 나온 자는 중년의 사내였다. 그가 날카로운 눈으로 무진을 지그시 쏘아보았다.

무진은 그들을 일별했을 뿐, 태연하기만 하다. 중년인의 눈길마저 무시하고 들고 있던 주전자를 기울여 차를 따랐다.

"몽려지라고?"

중년인이 확인하듯 물었다.

무진이 찻잔을 들어 향기를 음미하고 천천히 마실 때까지 무거운 적막이 흘렀다. 중년인의 신분은 철웅방 내에서도 꽤 높은 듯 기세등등하던 홍의녀마저 분한 숨만 쌔근거리고 있을 뿐이다.

탁.

찻잔을 내려놓은 무진이 무심한 얼굴로 중년인을 바라보고 비로소 대답했다.

"그렇소."

"음—"

침음성을 흘린 중년인이 잔뜩 낯을 찌푸렸다.

그가 보기에도 무진은 애송이일 뿐이다. 화가 나는 대로 처리한다면 자신의 체면이 깎인다고 여겼으리라.

"나는 본 방의 순찰단에 속해 있는 지이당주(地耳堂主) 조규앙(趙奎昂)이다."

무정철수(無情鐵手)로 강호에 이름이 널리 알려진 고수다.

철응방의 순찰단에 속한 다섯 당주들 중 한 명이기도 했다.

그러나 무진이 무정철수 조규앙이 누구인지 알 리 없다. 다만 그의 안정된 모습과 감정을 억제하는 흔들림없는 눈빛에서 만만치 않은 고수라는 것을 느낄 뿐이다.

무심한 무진의 눈길을 한동안 마주 보던 조규앙이 침착한 음성으로 다시 물었다.

"네가 조금 전 장가보의 소보주와 벽상채의 소채주에게 중상을 입힌 자냐?"

"그렇소."

"응?"

무진이 조금도 망설이지 않고 순순히 시인하자 오히려 의외로 여겨진 모양이었다. 눈을 크게 떴던 조규앙이 이번에는 잔뜩 얼굴을 찌푸렸다.

"막 방 내의 순찰을 인계받았는데 이런 일이 생기다니……."

말투에 짜증기가 잔뜩 실려 있었다.

지난밤의 순찰을 책임졌던 천목당주(千目堂主)로부터 업무를 인계받자마자 골치 아픈 사건이 터졌으니 재수가 없다고 여기고 있는 건지도 모른다.

"너는 그들이 누구인지 알고 있었느냐?"

"아니오."

"그렇다면 왜 싸움을 했고, 어째서 그토록 악독한 수법을 썼단 말이냐?"

물끄러미 조규앙을 바라보던 무진이 피식 웃었다.

"그들이 귀 방의 사람들이오?"

"무엇이?"

"아니라면 나설 것 없소."

"으음—!"

조규앙의 얼굴에 노여움이 가득 떠올랐다. 하지만 그는 최대한의 인내심을 발휘해서 참아야 했다. 무진의 말에 일리가 있기 때문이다.

남의 일에 나서지 않는다는 것은 강호인들의 속성 중 하나이기도 하다. 하지만 그들 두 청년은 철웅방의 손님이자 그들의 가문과 철웅방은 각별한 사이라 묵과할 수도 없었다.

조규앙은 머리가 지끈지끈 아파왔다.

무진 역시 철웅방의 손님 신분으로 이곳에 와 있기 때문이다. 방에서 마련한 비무대회에 참가하기 위해 온 자가 아닌가.

누구든 일단 손님으로 철웅방 안에 들어오면 그가 떠날 때까지 최대한 신변을 보호해 주는 것이 방의 오랜 전통이자 방규(幇規)였다. 조규앙으로서는 아무리 화가 나도 그런 방규를 어길 수가 없었다.

그가 어떻게 해야 할지 고민하고 있자 홍의녀가 참지 못하고 다시 바락바락 악을 써댔다.

"조 당주는 뭐 하고 있어요? 어서 저놈을 잡아서 사지를 꺾어놓지 않고!"

"당 소저, 이 일은 그렇게 쉽게 처리할 게 아니라오."

"흥! 이제 보니 철웅방에서는 장가보나 벽상채를 남으로 생각하고 있었군요?"

"허—"

조규앙이 어이없다는 탄식을 흘렸다.

무진은 홍의녀의 신분이 의외로 대단하다는 것을 눈치챘다. 그렇지 않고서야 철응방의 당주라는 인물 앞에서 저렇게 안하무인일 수가 없다.

조규앙이 달래듯 홍의녀에게 말했다.

"당 소저, 소저의 가문에 문규가 있듯 본 방에도 방규가 있다오. 그러니 방규에 따라 모든 일을 처리하는 게 옳지 않겠소?"

"나는 그런 거 몰라요! 누가 나를 억울하게 하면 반드시 그놈의 사지를 잘라서 복수하고, 나를 모욕하면 죽음으로 죗값을 받게 할 뿐이죠!"

"하―"

막무가내인 홍의녀 앞에서 더 말해 봐야 소용없으니 한숨만 쉴 뿐이다. 조규앙이 머리를 설레설레 흔들었다. 대체 이 골치 아픈 아가씨를 어떻게 해야 할지가 이제는 무진의 일보다 더 걱정이었다.

"너는 이 일에 대한 조사가 끝날 때까지 숙소 밖으로 한 발짝도 나오면 안 된다."

조규앙이 무진에게 빠르게 말하고 횡 하니 밖으로 나갔다. 다른 사람도 아닌 장세걸과 주문룡의 일이니 아무래도 방주에게 보고하고 하명을 받는 게 좋겠다는 생각이 들어서다.

홍의녀를 따라왔던 세 명의 장한이 방문을 지키고 섰고, 무진을 매섭게 노려본 홍의녀도 홱 돌아서서 부리나케 조규앙의 뒤를 따라갔다.

그들이 한바탕 소란을 떨었건만 무진은 태연하기만 하다. 조금도 두려워하거나 걱정하지 않았다.

'내가 한 일에 대한 책임은 내가 진다.'

그런 마음인 것이다. 잘못이 있다면 달게 벌을 받고, 그렇지 않다면 천만인이 손가락질을 해도 무시해 버릴 뿐이다. 내 자신의 나약함이 두려울 뿐, 무엇을 두려워하겠는가.

"흠, 주문룡과 장세걸을 말이지?"

막 아침 식사를 마친 뒤다. 느긋하게 차를 마시고 있던 방주 상곡운이 무심한 얼굴로 말했다.

육십대의 노인인데 허리가 곧고 가슴이 두터우며 몸집이 크다. 이글거리는 눈에 정광이 번쩍이는데다가 입술이 두툼하고 얼굴에 위엄이 가득했다.

누구든 그 앞에 서면 저절로 위축되어 주눅이 들 만한 기상이 돋보였다. 그 풍채만으로도 과연 강서 무림의 패자로서 손색이 없어 보였다.

조규앙이 쩔쩔매며 대답했다.

"그렇습니다. 속하는 이 일을 어떻게 처리해야 할지 모르겠습니다."

"흘흘— 흥미로운 일이군."

상곡운은 여유롭기만 했다. 천천히 차를 마신다.

"몽려지라고?"

"그렇습니다."

찻잔을 내려놓고 빙긋 웃은 상곡운이 지나가는 말인 것처럼 아무렇지도 않게 말했다.

"하방은 지나치다. 즉시 상방으로 거처를 옮겨주어라."

"예?"

조규앙이 어리둥절해서 눈을 크게 뜨고 방주를 바라보았다.

무진이 벌을 받기는커녕 오히려 내원(內院)에 있는 기린각(麒麟閣)으로 옮겨갔다는 말을 들은 홍의녀 당연실(唐蓮實)이 길길이 날뛰었다.

기린각이 이번 비무대회 참석자들 중 최고의 고수로 꼽히는 몇 명을 위해 특별히 준비된 숙소이기 때문이다.

"뭐라고? 이런 말도 안 되는 일이!"

시녀를 잡아먹을 듯 노려보며 이를 뽀도독 가는 것이 표독스럽기 짝이 없었다.

"언니."

한쪽에 말없이 앉아 있던 청의녀가 조심스런 얼굴로 불렀다.

남채봉(南彩鳳)이라고 하는데, 복건의 명문가인 남씨세가의 딸이다.

복건 남씨세가는 오래전부터 관의 인가를 받아 대외 무역업을 해온 상인의 가문으로 이름 높았다. 삼대를 걸치며 막대한 부를 축적했고, 지금은 대륙의 상권마저 삼 할이나 장악하고 있었다. 그 부가 한 나라를 사고도 남을 거라는 대상(大商)의 집안인 것이다.

"정말 그 사람이 맞다면 처음부터 우리에게도 잘못이 있지 않았나요?"

"뭐라고?"

"그를… 채찍으로 때렸으니까요."

"아니, 남 동생. 너는 지금 누구 편을 드는 것이냐?"

"편이 아니라……."

"흥! 너는 장 사형과 주 사형이 너에게 얼마나 잘해주었는지 그새 잊은 거냐? 오히려 생판 알지도 못하는 그 불한당 같은 놈을 두둔하다니!"

당연실이 독기가 풀풀 날리는 얼굴로 노려보며 소리쳤다. 남채봉은 그녀의 눈길이 두려운 듯 얼굴을 숙였다.

매섭게 쏘아보던 당연실이 못을 박듯 말했다.

"만약 한 번만 더 그 나쁜 놈을 두둔하는 듯한 말을 한다면 나와는 그날로 인연이 끝나는 줄 알아!"

대답도 기다리지 않고 흥! 하는 코웃음과 함께 씩씩거리며 방을 나갔다.

"소저, 어디로 가십니까?"

연못가를 서성이고 있던 삼십대의 장한이 재빨리 다가와 허리를 숙이고 공손하게 물었다.

여인들의 숙소인 봉황각(鳳凰閣) 경비를 책임지고 있는 내단(內團)의 호법원(護法院) 소속 고수다.

당연실의 눈매가 그 즉시 샐쭉해졌다.

"아니, 언제부터 일일이 보고를 해야 했지요?"

"그런 것이 아니오라…… 두 분 소저에 대한 호법을 더욱 철저히 하라는 윗전의 명령이 있어서……."

"흥! 필요없어요!"

쌀쌀맞게 달려가는 그녀의 뒷모습을 물끄러미 바라보던 장한이 머리를 설레설레 흔들고 한숨을 내쉬었다.

그는 물론 호법원의 고수들 모두 당연실이라면 홰홰 손사래를 치고 있었다. 그러면서도 눈치만 보는 것은 그녀의 배경 때문이다.

화가 잔뜩 난 당연실이 한달음에 달려간 곳은 방주의 집무처인 철응전(鐵鷹殿)이었다.

"당 소저, 지금 방주님께서는 오전 집무를 보고 계신 중이라 곤란합니다."

방주의 수신오위(守身五衛) 중 한 명인 최가령(崔暇寧)이 난색을 표했지만 당연실은 막무가내다.

"조카가 백부님을 뵙겠다는 데 무슨 절차며 시간이 필요해요?"

"하지만……."

"흥! 이제 보니 당신들은 죄다 짜고서 나를 골탕먹이려는 거군요?"

"어찌 그럴 리가 있겠소이까."

"그렇다면 어서 비켜서요!"

그녀가 허리에 두 손을 척 얹은 채 매섭게 흘겨보며 소리쳤다. 최가령은 이럴 수도 없고 저럴 수도 없으니 죽을 맛이었다.

차라리 강호의 이름난 고수와 검을 맞대고 싸우는 게 속 편하지 이처럼 천방지축인 아가씨는 정말 상대할 게 못 된다는 생각이 단단히든다.

그녀의 뾰족한 호통 소리가 안에까지 들렸던 모양이다. 남빛 장삼을입고 문사건을 쓴 중년의 총관이 종종걸음으로 나와 손짓을 했다.

"최 호위, 애쓸 것 없네. 방주님께서 소저를 부르시니 물러서게."

"명을 받듭니다."

머리를 숙이고 물러서는 최가령의 얼굴에 안도하는 기색이 가득 떠올랐다. 그를 한 번 흘겨본 당연실이 높은 계단을 단숨에 달려 올라가더니 총관을 밀치고 철응전 안으로 뛰어들어 갔다.

"골치야, 골치……."

총관 이유(李裕)가 머리를 설레설레 흔들었다.

사천의 명문 당가(唐家)에서 어찌 하나뿐인 딸을 저렇게 키웠는가? 하는 원망이 절로 든다.

방주의 집무전에는 이미 두 사람이 와 있었다. 모두가 나이 지긋한노인들이다.

무언가 심각한 논의를 하고 있었던 모양인데, 당연실이 쿵쿵거리며들어서자 다들 눈살을 찌푸렸다.

"하하, 질녀가 단단히 화가 났구나."

방주 상곡운이 허리를 펴고 껄껄 웃으며 맞이했다.

"상 백부를 뵈옵니다."

씩씩하게 인사를 올린 당연실이 다시 두 노인에게 포권했다.

"두 분 선배님을 뵈옵니다."

왼쪽의 흑의 장포 노인은 장가보의 총관 구곡검(九曲劍) 장교진(張巧進)이고, 오른쪽에 있는 백의노인은 벽상채의 부채주인 상강노수(湘江怒水) 강저괴(姜楮傀)다.

당연실은 그들이 자신보다 앞서 방주를 면담하고 있는 게 무진에게 형편없이 당한 두 사람의 일 때문일 것이라 짐작하고 회심의 미소를 지었다.

"백부님께 따질 일이 있어서 이렇게 왔습니다."

당돌한 말이다. 그러나 상곡운은 그윽한 눈길로 그녀를 바라보며 옅은 웃음을 짓고 있을 뿐이었다.

"장, 주, 두 사형에게 중상을 입힌 놈을 왜 벌주지 않고 오히려 기린 각으로 옮긴 건지 알고 싶습니다."

"하하, 너도 이 두 분처럼 그 일로 따지러 온 것이로구나?"

"그놈은 두 사형을 해쳤을 뿐 아니라 저에게까지 참을 수 없는 모욕을 주었답니다. 그러니 백부님께서 소녀의 억울함을 풀어주지 않으시면 소녀는, 소녀는……."

"어찌할 생각이냐?"

상곡운이 넌지시 묻자 당연실이 입술을 잘근잘근 깨물다가 앙칼지게 말했다.

"당장 본 가로 돌아가 아버님께 청을 드릴 수밖에요."

"허, 당 가주에게 말해서 그자를 혼내주라고 하겠단 말이지?"

"예."

"쯧쯧……."

상곡운이 살짝 이마를 찌푸리고 혀를 찼다. 이 철없는 소녀의 투정이 귀여우면서도 한편으로는 어이없었던 것이다.

"너는 그자를 아느냐?"

엉뚱한 질문이다. 어리둥절했던 당연실이 머리를 가로저었다. 상곡운이 또 묻는다. 엄숙하고 진지한 것이 농담을 하고 있는 게 아니다.

"그럼 네 아버지는 아느냐?"

"예?"

"네 부친인 당옥담(唐玉潭)을 아느냐 말이다."

"예."

"좋다. 그럼 너는 네 부친을 어떻게 생각하고 있지?"

"아버지께서는 천하제일세가인 당문의 문주이시면서 아무도 넘보지 못하는 절정의 고수이시지요."

상곡운이 의미있는 웃음을 지었다.

"그렇지. 당문에 있는 천여 명의 사람들이 모두 용독과 암기술에 뛰어날뿐더러 무공 또한 특이한 데가 있는데, 그중에서도 네 부친은 더욱 출중한 사람이라 가히 사천의 용이라 할 만하다."

강남 무림에서 위세 당당한 철응보주가 그렇게 자신의 가문과 부친을 높여주자 당연실은 절로 어깨가 우쭐거려졌다. 입가에 흐뭇한 미소가 감돌고 얼굴 가득 오만한 자부심이 깃들었다.

상곡운의 말이 이어졌다.

"그런데 너는 지금 그런 네 부친께 청을 드리겠다고 했다. 그가 너를 위해서 이름도 알지 못하는 말학 후배 한 명을 상대하도록 할 셈이냐?"

"아!"

당연실의 얼굴이 즉시 핼쑥해졌다.

만약 그렇게 된다면 그건 강호의 웃음거리가 될 뿐 아니라 자신의 가문에 수치가 되는 일이기도 하다. 당문에서 고수들이 쏟아져 나와 이름도 없는 한 뜨내기 무사를 찾아다니는 모습을 상상하자 가슴이 철렁 내려앉았다.

당연실이 얼굴만 붉힌 채 어쩔 줄 모르고 있는 걸 물끄러미 바라보던 상곡운이 껄껄 웃었다.

"하하, 그러잖아도 지금 그 일로 여기 두 분과 상의하던 중이었으니 너무 속상해하지 말거라."

무진이 일으킨 일은 상곡운으로서도 어떻게 하든 빨리 수습해야 했다. 늦어졌다가는 오랜 우호 관계를 맺어오고 있는 장가보와 벽상채에서 서운하게 여길 것이기 때문이다.

그건 흑도와 백도를 두루 아우르고, 강서뿐 아니라 강남 무림 전체로 세력을 뻗어 나가려 하고 있는 철웅방에 이롭지 않은 일이다.

그렇다고 무작정 무진을 잡아들일 수도 없는 일이었다. 그렇게 하면 세상 사람들은 철웅방주 상곡운이 알고 봤더니 힘으로 모든 걸 해결하려고 하는 경우없는 사람이라고 손가락질할 것 아닌가.

한 번 그런 소문이 퍼지면 누구도 철웅방과 가까이 하려 하지 않을 것이니 장래를 위해서 결코 바람직한 일이 아니다.

생각지 못했던 일로 인하여 상곡운은 지금 난관에 봉착해 있는 셈이었다. 실리와 체면이 걸려 있어서 이렇게도 할 수 없고, 저렇게도 할 수 없으니 그렇다.

'그놈이 엉뚱한 짓을 해서 나를 곤란하게 하는구나.'

마음속으로 무진에 대해서 그런 원망도 드는 한편, 철없이 날뛰다가

호되게 당한 장세걸과 주문룡에 대한 미움도 생겼다. 그놈들이 조금만 진중했더라면 자기가 이처럼 귀찮은 일을 당하지 않았을 거라는 아쉬움 때문이다.

당연실을 진정시킨 상곡운이 다시 두 노인에게 말했다.

"두 분은 흉수를 서로 넘겨달라고 하오. 하지만 그자의 몸이 두 개가 아니니 나로서는 어떻게 해야 할지 결정하기 어렵구려."

"벽상채의 소채주는 상처가 가벼우나 우리 소보주는 어쩌면 영영 검을 잡을 수 없을지도 모를 만큼 중상을 입었소이다. 그러니 그자를 장가보에 넘겨주는 게 합당할 것입니다."

"틀렸소. 이건 상처가 가볍고 무겁고의 문제가 아니지 않소?"

장가보의 장교진과 벽상채의 강저괴는 서로 조금도 양보하려 하지 않았다.

묵묵히 생각에 생각을 거듭하던 상곡운이 턱을 쓸고 신광이 번쩍이는 눈으로 두 노인을 바라보았다.

"흉수는 어찌 되었든 본 방의 비무대회 참석자로 허락을 받고 온 손님이외다. 그러니 내가 그를 내치기도 곤란하오."

"그럼 방주께서는 이 일을 어떻게 하실 생각입니까?"

"내 생각에는 당사자끼리 해결하는 게 제일 좋을 것 같소만?"

"그 말씀은……?"

두 노인이 일제히 어리둥절한 얼굴로 상곡운을 바라보았다. 상곡운이 몸을 의자에 깊숙이 묻으며 천천히 말했다.

"원한은 맺은 자끼리 풀어야 하는 법. 그것이 강호의 생리 아니오? 장가보와 벽상채는 각기 피해를 입은 두 사람을 대신할 고수를 그자에게 보내서 강호의 방식대로 처리하는 게 어떻소? 단, 여기서 일어난 일이니 여기서 끝내야 할 것이오."

방 내에서 싸우는 것을 허락할 테니 능력껏 무진을 꺾고 복수하라는 얘기다.

"좋소!"

두 노인이 일제히 말했다.

그들은 서로 주장을 굽히지 않았으므로 어느 한쪽에서 무진을 끌고 가기 어렵다는 것을 알고 있었다. 게다가 상곡운이 자신의 신망 때문에 그자를 쉽게 내주지 않을 것이니 이 방법밖에 없다는 데에 공감한 것이다.

그 시간, 무진은 잘 가꾸어진 기린각의 정원을 한가롭게 산책하는 중이었다.

커다란 연못이 있고 그리로 흘러드는 개울이 있으며 우거진 매화 숲이 있다.

바람이 불 때마다 하얀 꽃잎들이 눈처럼 날렸다.

그 숲과 연못가 곳곳에 온갖 수석(壽石)들이 박혀 있어서 정원을 더욱 아름답게 했다.

그처럼 그윽하고 은은하지만 달리 보면 또 웅장한 기상을 품고 있는 정원이기도 했다.

개울이 강을 상징하고 연못이 바다를 상징하며 크고 작은 수석들이 산을 의미하는 것이라면, 기린각의 이 정원은 천하를 옮겨놓은 것이리라.

그것들에서 무진은 철웅방주의 웅지를 느껴볼 수 있었다.

남아로 태어났다면 그처럼 큰 뜻을 품고 멀리 앞을 내다보아야 할 것이다.

무진은 이와 같은 곳을 또 한 군데 알고 있었다. 바로 형산의 흑룡보다. 흑풍객은 그곳이 천하를 움켜쥐려는 용 한 마리가 발톱을 감추고 있는 곳이라고 했었다.

철응방주 상곡운이 강호에 자신을 드러내 놓은 용이라면 흑룡대제(黑龍大帝) 진천무(鎭天武)는 산골짜기에 숨어 있는 용이다.

무진은 다시 흑풍객이 십 년 뒤에는 혈풍이 몰아칠 것이라고 했던 말을 떠올렸다. 하선고를 모시고 있던 신당 안에서의 일이었다. 그리고 며칠 뒤에 호은암의 무광 노스님도 똑같이 십 년을 이야기했다.

그 말을 하던 당시 그들의 십 년은 아버지가 말했던 이십 년의 기한과 크게 다르지 않았다.

이제 몇 년만 있으면 그때가 된다.

'아버지……'

연못가에 서서 무진은 실로 오랜만에 아버지를 가만히 불러보았다. 가슴이 아파오면서 꾹꾹 눌러두고 있던 분노가 조금씩 고개를 든다.

'어쩌면 아버지가 돌아가신 것도 그들이 말한 십 년과 관계된 건 아니었을까?'

문득 그런 생각이 들었다.

그렇다면 내가 모르고 있는 곳에서 무언가 거대한 일이 꿈틀거리고 있다는 게 된다. 그러자 자신이 지금 위험한 소용돌이 곁에 서 있다는 걸 느꼈다.

발목이 잠겨들면 걷잡을 수 없이 빨려 들어가고 말리라.

무진은 어쩌면 자기가 그 소용돌이에 벌써 한 발을 들여놓은 건지도 모른다고 여겼다.

"몽려지라고?"

불쑥 낯선 음성이 들려왔다. 연못 북쪽 대나무 숲이 우거진 곳에서다.

거기 작은 정자 한 채가 고즈넉하게 앉아 있었는데, 연못으로 반쯤은 빠져나와 있어서 더욱 운치가 있었다.

무진이 상념을 털어버리고 천천히 고개를 돌렸다. 정자의 난간에 한 사람이 비스듬히 기대고 앉아서 이쪽을 뚫어지게 바라보고 있었다.

아무런 느낌이 전해져 오지 않는다. 그가 부르지 않았더라면 거기 사람이 있다는 것도 몰랐을 것이다. 무진의 가슴이 서늘하게 가라앉았다.

'제 기도를 드러내지 않을 수 있는 자다.'

그 정도의 수양을 쌓은 자는 흔치 않다.

일견 거칠어 보이는 청년이었다. 키가 크고 몸집이 좋은데다가 눈이 깊으며 콧대가 우뚝 섰다. 게다가 뼈대가 굵은 것이 한족(漢族) 같아 보이지는 않았다.

검은 얼굴에 바위처럼 단단해 보이는 몸을 가진 청년이 무진의 눈길을 받고 피식 웃었다. 희고 고른 치아가 보기 좋게 드러났다.

"솜씨가 매섭더군?"

"응?"

"그 두 얼간이를 구경했지. 한참 웃어주고 나왔다."

"……?"

"올라와라. 이것도 인연인데 서로 인사 정도는 있어야 하지 않겠나?"

청년이 손짓해 불렀다.

무진은 그가 자기보다 앞서 기린각에 묵고 있었다는 걸 알았다.

심심하던 차에 오늘 아침의 소란을 전해 듣자 장세걸과 주문룡의 상태를 보러 갔던 것이리라. 그리고 그들의 망가진 꼴에서 자신의 솜씨를 읽은 것이다.

무진이 천천히 연못을 돌아 정자로 다가갔다. 전혀 서두르는 기색이 없으니 답답하게 여길 만도 하련만 청년은 여전히 느긋한 얼굴로 무진을 바라볼 뿐이었다. 한 걸음 한 걸음을 유심히 살펴보는 것도 같았다.

"마셔라."

정자에 오른 무진이 연못을 바라보고 난간에 걸터앉자 불쑥 술단지를 건네주었다.

"안주는 없다. 그러나 네 발 아래 천하가 있으니 그걸로 안주를 삼는 것도 통쾌하겠지."

무진은 이 알 수 없는 청년도 자기처럼 정원에서 천하를 보았다는 걸 알았다. 그렇다면 방주 상곡운의 야심도 느꼈으리라.

무진이 말없이 술병을 들어 꿀꺽꿀꺽 마셨다. 그리고 다시 청년에게 건네주자 그 또한 거침없이 마신다.

그렇게 몇 번 주고받는 사이에 한 단지의 술이 바닥났다. 무진도 청년도 한마디의 말이 없었으니 기묘한 만남이고, 기묘한 광경이었다.

"기벽강(奇碧光)이다."

"음……."

그가 빈 단지를 내려놓고 비로소 그렇게 말했다. 무진이 머리를 끄덕였다. 상여상이 말한 네 명의 청년 고수들 중 정체를 알 수 없다던 바로 그자였던 것이다.

"백수산(白首山)을 떠나 중원에 발을 디딜 때는 과연 쓸 만한 자가 있을까 하는 의문을 품었지. 그런데 오늘 너를 보니 내 걱정이 기우였다는 걸 알겠다."

"강족(羌族)이로군."

"그렇다."

강족은 청해(靑海)를 중심으로 서북 변경에 거주하는 서역계의 유목민이다. 그래서 달리 서강(西羌)이라 불리기도 했는데, 예로부터 거칠고 용맹해서 용사가 많이 나왔다.

그들은 사시사철 눈을 이고 있는 기련산(祁連山)을 백수산이라 부르며 성지로 여겼다. 지금은 그 산을 중심으로 해서 감숙 지방에 널리 흩어져 살고 있다.

무진과 기벽강의 눈이 허공을 격하고 치열하게 얽혔다.

"아주 통쾌한 솜씨였다. 어디서 배웠나?"

"절강무예다."

"호, 그래? 절강에 그와 같은 무예가 있었던가?"

호기심으로 눈을 반짝이던 기벽강이 머리를 갸웃거렸다.

군문(軍門)에서 전해지는 무예이니 강호에서는 좀체 구경해 볼 수 없는 것이라 아는 자가 거의 없다.

기벽강이 다시 흰 이를 드러내고 활짝 웃었다.

"이번 비무대회는 재미있어지겠어."

"보물과 여자가 탐나서 온 건가?"

"뭐라고?"

무심코 물어본 말에 기벽강이 발끈한 얼굴로 노려보았다. 마치 모욕을 당했다는 듯하다.

"너는 내가 그런 시시한 놈으로 보이는 거냐?"

"다 그것 때문에 멀리에서까지 달려오는 걸로 아는데?"

"흥! 그렇다면 너도 그런 거냐?"

"물론이지."

선뜻 그렇다고 하자 기벽강이 믿을 수 없다는 얼굴로 뚫어지게 바라보다가 껄껄 웃었다.

"두고 보면 알겠지. 그건 그렇고, 저기 너를 찾아오는 사람들인가 보다."

그가 가리키는 곳을 바라보자 몇 사람이 월동문을 바쁘게 들어서고 있었다. 순찰단의 당주라던 조규앙과 낯선 두 명의 노인이다. 그들의 뒤를 따라서 다시 다섯 명의 무사들과 함께 남빛 장삼에 문사건을 쓴 말끔한 인상의 중년인이 들어섰다. 총관 이유다.

우르르 정자 위로 올라온 그들이 무진과 기벽강을 앞에 두고 빙 둘러섰다.

"내일 오전에 연무장에서 결투를 한다."

이유가 대뜸 그렇게 말했다. 기벽강의 눈이 흥미를 가득 담고 반짝거렸다. 무진은 그저 무덤덤하기만 했다. 무표정한 얼굴로 물끄러미 바라볼 뿐이다.

"장가보에서 너와 싸울 사람이 올 것이다. 벽상채에서는 부채주가 직접 나서기로 했으니 그리 알라."

"오늘 아침의 일 때문이오?"

"그렇다."

무진의 얼굴에 싸늘한 웃음이 스쳐 지나갔다.

지그시 노려보던 이유가 다시 말했다.

"당사자끼리 해결하라는 방주님의 결정에 불만은 없겠지?"

"물론이오."

"좋다."

올 때와 같이 그들이 한 덩어리가 되어서 우르르 몰려갔다.

"쳇, 재수없는 것들 같으니."

기벽강이 투덜거리고 나서 칵 하고 연못에 탁한 가래침을 뱉었다.

"술맛 버렸다."

오만상을 찡그리는 그의 모습이 투정 부리는 아이 같아 보여서 무진은 저도 모르게 피식 웃었다. 보기와는 다르게 투박하고 단순한 자라는 생각에 호감이 든다.

"어디 가서 다시 마셔보자. 계집이 있으면 더 좋은데……."

입맛을 다신 그가 덥석 무진의 손을 잡아끌었다.

그날 저물녘에 다시 한 사람이 기린각으로 들어왔다. 무진과 기벽강은 그때까지도 어울려 술을 마시고 있었다. 기린각에 딸린 오층의 누각 위에서다.

산비탈을 의지해 높이 세워져 있는 누각인지라 그 위에서는 시야가 시원스럽게 트였다.

무진은 다시 한 번 수봉과 여산폭포의 아름다움에 넋을 빼앗겼다. 길게 이어져 있는 철옹방의 붉은 담장 너머로 수봉의 빼어난 봉우리들이 황혼에 잠겨가는 게 잘 보였던 것이다.

노을빛을 받아 금빛으로 반짝이는 폭포가 아침에 보았을 때와는 또 다른 감동을 가져다 주었다.

"하하, 두 분이서 한껏 풍류를 즐기고 계셨구려."

한 사람이 성큼 올라서며 낭랑한 음성으로 말했다. 바라보니 이십대 중반의 매끄럽게 생긴 청년이다. 청색 경장 위에 역시 청색의 장삼을 걸치고 있어서 시원해 보였다.

"내가 제일 먼저 온 줄 알았는데 벌써 두 분이 와 있었다니. 어지간히 성미도 급한 분들인 모양이외다."

포권하며 농을 던지는 게 자연스러웠다. 마치 오래전부터 알고 있었던 사람을 대하는 것 같았다.

"소생은 섬서 도화곡에서 온 염능파(廉綾波)다."

무진과 기벽강이 일제히 정광이 번쩍이는 눈으로 그를 훑어보았다. 과연 섬서의 기린아라는 말을 들을 만큼 기상이 출중하고 용모가 뛰어난 자였다.

"어느 분이 몽려지, 몽 형이시오?"

염능파가 웃음을 가득 담은 눈으로 두 사람을 바라보며 물었다. 그러나 그 눈길 깊은 곳에는 서늘한 빛이 일렁이고 있었다.

"쳇, 나는 기가고 이쪽이 몽가라오."

그가 대뜸 몽려지를 찾자 기분이 상한 듯 기벽강이 혀를 차고서 턱으로 무진을 가리켰다.

"아, 형장께서 강호에 그 이름이 쟁쟁한 기벽강, 기 형이었구려? 이거 실례했소이다."

포권한 손을 절레절레 흔들며 한껏 너스레를 떤다.

기벽강이 일면 단순하고 호탕해서 제 감정을 숨길 줄 모른다면, 염능파는 예의 바르고 깔끔하지만 눈치가 빠르고 흉중을 짐작하기 어려운 자였다. 그러니 그들 두 사람은 외모와 성격이 전혀 다르다.

무진은 과연 이 두 사람 사이에 앞으로 어떤 일들이 벌어질까 하는 궁금증이 들어서 재미있게 여겼다.

"철응방에 들어서자마자 저분 몽 형의 이름이 쟁쟁하게 울리더군요. 그래서 이곳에 있다는 말을 듣고 짐을 풀기 무섭게 달려 올라온 길이외다."

"쳇, 나도 내일 아침에는 아무나 한두어 놈 붙잡아서 사지를 똑똑 부러뜨려 놓아야 할까 보다."

기벽강이 툴툴거렸으므로 무진은 기어이 참지 못하고 하하 웃고 말았다.

둘이던 사람이 셋으로 늘었으니 술자리가 더 흥겨워져야 하련만 그렇지 못했다.

염능파가 이것저것 재미난 이야기들을 늘어놓으면 기벽강은 엉뚱한 소리로 투덜거리거나 아예 상대하지 않고 술만 마셔댔던 것이다. 무진 또한 별로 말수가 없으니 염능파는 멋쩍어질 수밖에 없었다.

무진과 기벽강은 격식을 찾지 않고 호방한 성격이 서로 맞았다. 그래서 말이 없어도 어색한 줄을 몰랐으나 뒤늦게 끼어든 이 말끔한 청년은 그렇지 않았다.

스스로 어색해하면서도 염능파는 열심히 어울리려 애썼다. 무진은 그런 모습에서 그가 심성이 나쁜 자가 아니라는 것을 알고 기뻤다.

지금 눈앞에 있는 염능파나 기벽강은 장차 강호에 우뚝 설 기재들이 분명했다. 그들과 교분을 맺는다는 건 좋은 일이다. 그러나 며칠 뒤에는 서로 칼을 맞대야 한다. 그게 마음 한구석을 꺼림칙하게 했다.

'비무일 뿐이니까.'

무진은 애써 그렇게 마음을 달랬다.

다음날 아침이 되었다. 철웅방의 분위기가 무겁게 가라앉았다. 다들 긴장하고 있는 한편 무언가 들떠 있기도 했다.

"상공, 일어나셨습니까?"

밖에서 시비가 조심스럽게 불렀다. 시간이 된 것이다. 빈 탁자를 마주하고 단정히 앉아 있던 무진이 칼을 쥐고 벌떡 일어섰다.

방문 밖에는 조규앙이 서 있었다.

"준비는 됐겠지?"

그가 부리부리한 눈으로 무진을 이리저리 살펴보며 물었다. 무진이 목례를 보내는 걸로 대답을 대신하자 조규앙이 선뜻 돌아섰다.

그를 따라 기린각을 나와 얼마쯤 걸었을 때 숲 속에서 인기척이 느껴졌다. 돌아보니 한 그루 매화나무 뒤에 청의 소녀가 숨듯이 서서 바라보고 있었다. 남채봉이다.

'역시 그녀도 와 있었군.'

무진이 희미하게 미소 지었다. 빠르게 말을 달려 스쳐 지나가는 그녀와 눈이 마주쳤을 때를 기억한다. 맑고 깨끗한 눈에 미안해하고 연민하는 빛이 가득 담겨 있었다.

무진의 마음이 따뜻해졌다. 그가 목례를 보내자 남채봉이 당황한 얼굴로 고개를 숙였다.

다섯 개의 문을 지나고 나서야 앞이 탁 트였다. 연무장인 것이다.

벌써 많은 사람들이 나와 있었다. 대부분이 철응방도들이지만 비무대회에 참가하기 위해 일찌감치 와 있던 몇몇 청년 고수들도 보였다. 그 밖의 사람들은 다른 방회나 문파의 인물들일 것이다.

남자와 여자가 있고, 늙고 젊으며, 중과 도사가 고루 섞인 사람들이 삼사백여 명은 되어 보였다.

철응방 내에서의 이런 결투는 처음인지라 다들 호기심으로 들떠 있는 듯했다. 기벽강과 염능파도 한쪽에 서 있다가 무진을 보고 손을 번쩍 들어 보였다. 그들과 조금 떨어진 곳에는 당연실이 있었다.

"흥!"

그녀의 쌀쌀맞은 코웃음 소리가 똑똑히 들려왔다. 그녀 곁에는 어느

새 무진을 앞질러 온 남채봉이 서 있었는데 얼굴 가득 수심이 어려 있었다.

연무장 한쪽에 두 개의 대가 마련되어 있었다. 다섯 척 높이에 가로지른 길이가 십오륙 장쯤 되어 보이는 원형의 비무대다.

그런 게 두 개가 있으니 연무 참가자들을 두 무리로 나누어 동시에 진행시키려는 모양이었다.

조규앙이 무진을 인도해서 북쪽에 마련된 단상을 보고 서게 했다. 한눈에 범상치 않아 보이는 몇 명의 노인들이 앉아 있었다.

무진은 남색 장포를 입고 있는 풍채 좋은 노인이 방주인 무적금편 상곡운이라는 것을 짐작했다. 전체적인 윤곽이 상여상을 떠올리게 했기 때문이다.

방주의 왼쪽에는 장가보의 보주인 화양신장(火陽神掌) 장백노(張百瑙)가 앉아 있었는데, 무진을 노려보는 눈에서 불길이 확확 일었다.

아끼는 아들의 두 팔을 꺾어놓은 자에 대한 분노가 고스란히 내비치고 있었지만 무진은 여전히 무표정할 뿐이다.

그가 방주에게 한 번 포권해 보이고 나서 누가 되었든 어서 나서라는 듯 냉랭한 눈길로 단상의 노인들을 쓸어보았다.

천천히 일어선 방주가 지그시 무진을 내려다보더니 내력이 충만하게 실려 있는 무거운 음성으로 말했다.

"누가 죽고 누가 살든 그 결과에 대해서 모두 승복하기로 결정했다. 너와 장가보, 벽상채의 원한은 이 자리에서 깨끗하게 마무리 짓는 것이다. 받아들이겠는가?"

"좋습니다."

"좋다."

방주가 한 손을 번쩍 들었다. 그러자 상체가 잘 발달된 장한이 대고(大鼓)를 두드리기 시작했다. 둥, 둥, 거리는 우렁찬 북소리가 멀리 울려 퍼졌다.

그 소리에 맞추어 무진이 천천히 대 위로 올라갔고, 단상 좌측에서 흑의 경장을 입고 검을 든 중년인이 침착한 걸음으로 걸어나왔다.

"귀검빙심 팽조다!"

"아, 설마 그가 나올 줄이야!"

"장 보주가 단단히 작정한 게야."

여기저기에서 놀란 소리들과 감탄성이 파도처럼 일어 출렁거렸다.

귀검빙심(鬼劍氷心) 팽조(彭早)는 강남 무림에서 독보적인 존재로 꼽히는 검객이다. 냉혹무비한데다가 귀영검법(鬼影劍法)이라는 절세의 검법으로 이름을 날리고 있었다.

강남 무림에서 누구나 손꼽아주는 절정의 고수. 그가 장가보에 몸을 의탁하고 있었다는 게 의외인 한편, 과연 그럴 필요까지 있었을까 하는 의문으로 사람들이 술렁거렸다. 그들이 보기에 무진은 무명의 새까만 후배에 지나지 않으니 더욱 그렇다.

팽조가 한 점 흔들림없는 모습으로 천천히 대의 북쪽 계단을 밟고 올라왔다. 이미 남쪽 끝에 서 있던 무진이 무심하고 냉랭한 얼굴로 그를 바라보았다.

두 사람 모두 무표정하기만 해서 목숨을 건 싸움을 눈앞에 두고 있는 사람들 같지 않았다. 적의를 내보이거나 흥분하고 있지도 않기 때문이다.

차이가 있다면 팽조의 무표정에서는 차갑고 섬뜩한 무엇이 느껴지는 반면, 무진에게서는 아무것도 느껴지지 않는다는 것이었다. 나무를 깎아놓은 것 같을 뿐이다.

그게 오히려 특이하게 보여서 무진을 바라보던 방주 상곡운이 살짝 얼굴을 찌푸렸다.

"그 사람을 떠올리게 하는 놈이로군."

그가 중얼거리자 곁에 앉아서 내내 무진을 노려보고 있던 장백노도 눈살을 찌푸리고 보일 듯 말 듯 머리를 끄덕였다.

"흑풍객 이정청을 닮은 놈입니다."

"음—"

상곡운이 더욱 얼굴을 찌푸렸다. 무진의 기도가 흑풍객을 빼닮은 것 같다는 게 그의 마음을 어둡게 했던 것이다.

"그자는 대체 어디서 무얼 하고 있는 걸까?"

보주의 음울한 중얼거림이 공허하게 들렸다.

그의 종적이 씻은 듯 사라져 버린 지가 벌써 여섯 해가 넘는다. 어쩌면 강호를 떠난 건지도 모른다는 생각에 그동안 잊고 있었는데, 무진을 통해서 흑풍객의 존재를 다시 떠올리게 되자 불쾌해지기도 했다.

자신은 느끼지 못하고 있었지만, 무진은 흑풍객의 그 무심함과 냉막함을 빼다 옮겨놓은 듯 닮아 있었다. 이처럼 싸움을 눈앞에 두고 있으면 더욱 그렇다.

무진의 가슴속에는 저도 모르게 흑풍객이라는 존재가 무겁게 자리 잡고 있었던 것이다.

그와 함께 있었던 날들은 얼마 되지 않으나 그때 무진은 아직 소년이었고, 강한 자가 되기를 열망하고 있었으므로 그에게서 받은 영향이 더 컸던 건지 모른다.

그로부터 칠 년이라는 세월이 지났다. 그러나 무진의 가슴속에서 흑풍객이라는 존재는 조금도 사라지지 않았다. 오히려 의식하지 못하는 사이에 흑풍객은 무진의 의지와 행동을 지배하는 또 하나의 힘이 되어 있었다.

인사는 필요없다.

눈앞에 있는 자가 누구인지 알 필요도 없다.

이건 비무가 아니라 목숨을 건 싸움이다. 이기는 길만 있을 뿐, 패배란 있을 수 없다. 그리고 무진은 적과 칼을 맞대기 직전의 이런 홍분이 좋았다.

들끓어 오르는 그것을 지그시 억누를 때 가슴 가득 느껴지는 팽팽한 긴장이 미치도록 좋은 것이다.

그 순간처럼 내가 살아 있다는 존재감이 강렬하게 느껴지는 때는 없다.

무진이 천천히 칼을 뽑았다. 적가보도가 쨍 하고 아침 햇빛을 튕겨 내며 울었다. 그 앞에서 팽조는 두 손을 허리 아래로 늘어뜨린 채 부동의 자세를 지키고 있었다.

한 점의 표정도 읽히지 않는다. 오직 싸늘한 그의 기세 한 가닥만이 삭풍처럼 다가올 뿐이다.

'만만한 자가 아니다.'

그런 긴장이 불처럼 뜨겁게 무진의 등줄기를 타고 달려나갔다.

"흥!"

눈도 깜빡하지 않고 뚫어질 듯 노려보던 팽조가 가볍게 코웃음을 쳤다.

칼날같이 날카롭게 일어서 있는 무진의 긴장을 읽었으리라. 그게 어설프고 경험없는 신출내기의 두려움으로 여겨졌던 것인지도 모른다.

'겨우 이런 애송이나 상대해야 하다니……'

언뜻 그의 차가운 눈 속에 경멸과 자조의 기색이 스쳐 지나갔다.

그리고 그것을 감추듯 격하게 소리쳤다.

"조심해라!"

피이잉―

날카로운 외침과 공간을 가르는 높은 휘파람 소리가 동시에 터져 나왔다.

'빠르다!'

무진의 머리 속에 번개처럼 스쳐 가는 생각이었다. 그리고 그의 몸은 생각보다 반 걸음 앞서서 반응하고 있었다.

뜻이 일기 전에 몸이 먼저 움직이고, 눈이 닿기 전에 손이 먼저 가리킨다.

내가 검이 되고 검이 내가 되어서 일심(一心)으로 묶인 경지를 일컬어 사람들은 검심일여(劍心一如)라고 했다. 신검합일(身劍合一)이라고도 한다.

그러나 무진의 칼은 마음과 뜻을 이미 앞질렀다. 본능이 그렇게 만든 것이다. 그렇게 되면 반사신경이 모든 것을 이끈다. 거기에 내 몸을, 마음을 맡겨둘 뿐이다.

지이이잉―

아슬아슬하게 무진의 목덜미를 스쳐 지나간 검에서 바람이 울었다.

그리고 이제는 무진의 차례였다.

■ 제3장 ■
사람을 얻다

사람을 얻다

"너는 이미 나의 심득을 받아 가졌다. 네가 부정한다고 해서 없어지는 게
아니지."

불쑥 흑풍객의 말이 머리 속에 윙윙 울렸다.

"네 안에 이미 다 들어 있느니라. 그걸 꺼내 쓰기만 하면 된다."

그 속삭임에 따르기라도 하듯 움직이는 무진에게서는 동선(動線)을
짐작할 수가 없었다. 일정한 틀이 없고 초식이라 할 것이 없으니 그렇
다.
팽조의 눈에 언뜻 당황한 기색이 스쳐 갔다.
우우웅—

칼이 운다.

무진의 마음이 비로소 칼에 닿은 것이다.

그러자 비무대는 거대한 공명통이 되었다.

우우웅—

팽조와 무진을 둘러싼 공간이 운다. 기파의 진동이 파도처럼 밀려왔다. 가슴을 답답하게 하고, 혈관의 피를 들뜨게 하는 그 압박은 믿기 힘든 것이었다.

팽조는 이를 악물었다. 무진의 내력이 자신을 능가한다는 걸 인정할 수 없었다. 그가 전신의 내공을 극한까지 끌어올려 검봉에 싣고 더욱 가볍고 더욱 표홀하게 움직였다.

바람을 가르는 소리마저 삼켰다. 몸부림치듯 격렬하게 흔들리는 극쾌(極快)의 검봉이 그물처럼 덮이며 칼의 울음을 가닥가닥 자르고, 무진의 동선을 점점이 찍어갔다.

팽조가 휘청거릴 때마다 사방에 그의 그림자가 귀영(鬼影)되어 어지럽게 날았다. 검기가 소나기처럼 떨어지고 뇌전처럼 쪼개고 나간다. 그것이 번갯불을 열로 가른 듯한 순간에 무진의 칼과 무섭게 부딪쳤다.

카카카캉—!

날카로운 쇳소리가 쉬지 않고 터져 나왔다.

"아!"

사람들이 한목소리로 놀람의 외침을 터뜨렸다. 팽조가 쿵쿵거리며 정신없이 물러서고 있었던 것이다. 그의 손 안에서 검이 발작하듯 떨며 윙윙거리는 울음소리를 토해냈다.

팽조의 낯빛이 핼쑥해졌다. 무진의 칼에 실려 있는 무지막지한 내력이 고스란히 가슴으로 옮겨들어 무거운 돌을 얹은 듯 숨 쉬기가 답답해졌던 것이다.

피이잉—!

그런 그의 머리 위에 어느새 달라붙은 무진의 척가보도가 맹렬하게 떨어졌다.

팽조의 눈에 절망이 어렸다. 커다란 충격으로 감각을 잃어버린 손은 있으나마나다. 그의 의지는 검을 들어 올리려 했지만 자꾸 떨리기만 하는 손은 무겁게 아래로 처졌다.

모든 것이 끝났다.

저 수봉(秀峰)처럼 무거운 정적이 철웅방 전체를 덮어 누른 것 같다.

팽조의 정수리 위에 무진의 칼이 박혀 있었다. 사람들은 넋을 잃은 얼굴이 되어서 그 끔찍한 모습을 그저 바라보고 있을 뿐이었다.

귀검빙심 팽조의 이마를 타고 한줄기 선혈이 천천히 흘러내렸다.

그는 얼음 기둥이 되어 있었다. 숨도 쉬지 않고 부릅뜬 눈으로 무진을 바라볼 뿐이다.

무진이 천천히 물러섰다. 팽조의 머리카락 몇 올이 덧없이 날리고 침묵은 더욱 무거워졌다.

"으으음—"

한참 만에야 팽조의 입에서 억눌린 신음이 흘러나왔다.

무진의 칼은 그의 머리카락을 파고들어 정수리 위에 딱 멎었을 뿐이다.

맹렬하게 쳐내고, 한순간에 뚝 멈추어 버리는 그 힘의 무지막지함과 기법의 놀라움이 팽조를 질리게 했다.

스스릉—

척가보도가 미끄러지듯 칼집 속으로 빨려 들어갔다. 그것의 날카롭던 빛이 사라지자 비로소 사람들의 입에서 일제히 탄식 같은 한숨이 새어 나왔다.

짱그랑—

귀검빙심 팽조의 검이 발 아래 떨어졌다.

그것도 모르는 듯, 그는 여전히 창백하게 질려 있는 얼굴로 멍하니 무진을 바라보고 있었다.

그리고 천천히 머리를 숙였다. 그의 눈이 젖어들었고, 감동으로 일렁이며 떨리는 것을 알아본 사람은 아무도 없었다.

"으음—"

눈을 부릅뜨고 있던 상곡운이 무거운 침음성을 흘렸다. 그 곁에서 상체를 앞으로 내민 채 의자의 팔걸이를 움켜쥐고 있는 장백노의 손이 파르르 경련을 일으켰다.

노인의 얼굴은 창백하다 못해 백지장 같았다.

그렇게 믿었던 팽조가 무진에게 머리를 숙였다.

통쾌한 복수를 하기는커녕 이 많은 사람들이 보는 앞에서 장가보의 위신은 땅에 떨어지고 만 것이다.

사람들은 모두 무진의 놀라운 일격에 한 번 넋을 빼앗겼고, 그가 팽조의 목숨을 살려준 의외의 일에 두 번 넋을 잃었다.

내내 고개를 떨구고 비무대에서 내려가는 팽조의 모습은 더 이상 보이지 않는다. 사람들의 부릅뜬 눈에는 온통 무심하고 냉막한 얼굴로 우뚝 서 있는 무진이 가득 차 있을 뿐이었다.

"다음!"

무진의 무감정한 한마디가 그런 모두의 귀에 우렛소리처럼 떨어졌다.

상곡운이 벽상채의 부채주인 상강노수 강저괴를 바라보았다.

소식을 들은 장가보에서는 보주가 직접 팽조를 데리고 달려왔지만 벽상채는 멀리 떨어져 있으므로 그렇게 할 수 없었다. 그래서 주문룡과 함께 와 있던 부채주가 직접 나서기로 했던 것이다.

강저괴의 얼굴이 보기 흉하게 일그러졌다.

그도 귀검빙심 팽조가 어떤 사람인지 잘 안다. 그런데 무진의 칼은 단번에 그 팽조의 정수리를 찍었고, 겨우 목숨을 건진 팽조는 얼굴도 들지 못하고 사라지는 꼴을 보여야 했다.

한순간에 그가 쌓아왔던 모든 걸 잃은 것이다.

"본 채에서는 더 이상 소채주의 일을 따지지 않겠소이다."

참혹하게 일그러진 얼굴을 숙인 채 입술을 악물고 있던 강저괴가 겨우 그렇게 말했다.

고개를 끄덕인 상곡운이 몸을 일으켰다.

"장가보와 벽상채는 물론 그 누구도 더 이상 이번 일은 거론하지 않는다."

*   *   *

"그런데 왜 살려준 거지?"

이해할 수 없다는 듯 기벽강이 머리를 갸웃거리며 물었다.

"나는 팽조와 원한을 맺은 적이 없다."

"응?"

"내 칼은 무도하지 않다. 그것이 쳐야 할 자는 적이고 원수일 뿐, 팽조 같은 자가 아니다."

"그래도 싸우기 위해서 나온 자인데? 나 같았으면 생각할 것도 없이 단번에 머리통을 두 쪽 내버리고 말았을 거다."

"그래서는 또 다른 원한을 쌓을 뿐이지. 한순간의 통쾌함 때문에 두고두고 후회하게 될 거야."

"쳇, 알 수 없는 친구로군."

기벽강이 뭐라고 더 툴툴거렸지만 무진은 신경 쓰지 않았다.

"아니, 그것만으로도 충분히 통쾌했어. 나는 가슴이 떨려서 제대로 볼 수도 없었다오."

염능파가 혀를 내둘렀다.

"쳇, 저놈의 가슴은 새가슴인 모양이지? 사내가 그렇게 담이 작아서야 어찌 큰일을 하겠어?"

"하하, 기 형이 큰일을 도맡아 하구려. 나는 뒤만 졸졸 따라다니면서 재미난 구경이나 하지 뭐."

기벽강이 핀잔을 주어도 염능파는 태연하기만 하다.

"그나저나 아무래도 괜히 왔나 봐."

그가 갑자기 시무룩한 얼굴을 했으므로 기벽강이 의아하게 바라보았다.

"여기 몽 형이 있으니 나 같은 사람이야 어디 우승을 꿈이라도 꿔보겠어?"

"음……."

갑작스런 염능파의 말에 기벽강이 잔뜩 눈살을 찌푸렸다. 비로소 무진이나 염능파 등이 모두 경쟁자라는 걸 느낀 모양이었다.

한동안 고민하던 기벽강이 제 가슴을 두드리며 껄껄 웃었다.

"하하, 상관없어. 나는 우승 따위에는 처음부터 관심도 없었으니까."

"그럼 기 형은 무엇 하러 이 먼 곳까지 왔소?"

"사람을 찾으러 왔지."

그가 이글거리는 눈으로 무진과 염능파를 차례로 바라보았다.

"사람?"

"바로 너희들 같은 사람 말이야."

무진이 기벽강의 눈길을 똑바로 받았고, 염능파도 무엇을 느낀 듯 유쾌하게 웃었다.

"하하하— 그렇지. 까짓 보물이 다 뭐야?"

그러더니 머리를 갸웃거리고 입맛을 다셨다.

"그래도 여산선녀라는 그 소저는 정말 아까운걸?"

그들이 높은 누각에 앉아 그렇게 심금을 터놓고 밤새도록 술을 마시고 있을 때 누각 아래에서는 한 사람이 찬 이슬에 몸을 적시며 망부석처럼 서 있었다.

귀검빙심 팽조였다.

"그런데 저자는 한 번 놀라고 나더니 이게 어떻게 된 거 아냐?"

기벽강이 제 머리에 동그라미를 그려 보이자 염능파가 희미하게 웃었다.

"남자가 남자에게 반할 수도 있는 거지. 기 형은 그것도 모르오?"

"응?"

기벽강이 눈을 크게 떴다. 무진은 무심히 술만 마실 뿐이다. 염능파가 진지한 얼굴로 말했다.

"그는 이제 더 이상 장가보에 머물지 않겠다는군."

"그럼? 철응방에 남기로 한 거야? 하긴, 팽조 정도 되는 사람이라면 큰물에서 놀아야지. 째째한 장가보 놈들과 어울렸다는 게 그의 잘못인 게야."

"쳇, 또 엉뚱한 소리."

염능파가 눈을 흘겼다.

그와 기벽강은 처음과 달리 이제는 제법 죽이 잘 맞아서 어울렸다. 염능파의 사근사근함이 어느덧 기벽강의 무뚝뚝한 마음을 움직인 것이다.

그들 세 명의 젊은이가 밤이 깊어가는 것도 모르고 지난 아침의 흥분을 즐기며 술을 나누고 있는 그 시간에 봉황각에도 불이 꺼지지 않고 있었다.

"언니, 그 사람이 과연 우승할 수 있을까요?"

고개를 숙인 채 치맛자락만 만지작거리고 있던 남채봉이 불쑥 물었다. 당연실은 멍하니 허공을 바라보고 있을 뿐이었다. 벽을 타고 일렁이는 제 그림자를 보는 것도 같지만 눈에 초점이 없었다. 넋이 나간 사람 같기도 하다.

"언니."

남채봉이 그녀의 옷깃을 흔들었다. 당연실이 깜짝 놀랐다.

"응? 왜?"

"그 사람이 우승할 수 있겠느냐고 물었잖아요."

"뭐가 말이냐? 누구?"

"몽려지라는 사람이지 누구겠어요."

그 말을 할 때 남채봉의 눈빛은 꿈을 꾸듯 아련해졌다. 당연실이 입술을 잘근 깨물었다.

"흥! 절대 그렇게 되지 않을걸? 나는 그자가 비무대 위에서 거꾸러지는 걸 꼭 보고 말겠어."

야무지게 말했지만 당연실의 눈빛도 일렁이는 불 그림자를 따라 흔들리고 있었다.

그날 밤 팽조가 무진에게 왔듯 한 사람이 당연실을 찾아왔다.

"사매 있나?"

카랑카랑한 음성이 들리자 당연실이 기뻐하며 벌떡 일어나 문을 열었다. 어둠 속에 키가 훤칠한 청년이 서 있다가 흰 이를 드러내고 웃어 보였다. 당연실이 당장 눈부터 흘겼다.

"오는 중에 일이 있어서 조금 늦었다."

"흥! 아주 내가 속이 터져서 죽은 다음에 오지 그랬어?"

"무슨 일이 있었던 게냐?"

청년이 성큼 들어섰다. 눈썹이 굵고 눈이 부리부리했다. 각진 얼굴에 광대뼈가 튀어나와서 강하고 고집스러워 보이는 자였다.

"언니, 그럼 나는 이만 내 방으로 가겠어요."

남채봉이 일어서자 당연실이 그녀의 손을 잡고 흔들었다.

"인사는 하고 가야지. 내 사형이다. 당군상(唐群尚)이야. 이쪽은 그 유명한 복건 남씨세가의 꽃인 남채봉이지."

"아, 남 소저이셨구려."

청년, 당군상이 놀란 얼굴로 남채봉을 보더니 급히 포권했다. 남채봉이 인사를 받는 둥 마는 둥 머리를 숙여 보이고는 재빨리 나갔다.

"호호호― 당 사형의 늠름한 모습을 보니 부끄러워지는 모양이야?"

그 뒤에서 당연실이 깔깔대고 웃었다.

'쳇, 부끄러워지기는 누가 부끄러워진다고 그래?'

치맛자락을 잡고 회랑을 급히 달려가던 남채봉이 속으로 그렇게 삐죽거렸다.

'강호를 유람하는 것도 즐거운 일만은 아니었어. 괜히 따라나섰나 봐.'

그런 후회가 밀려들었다.

장세걸과 주문룡이 친절했고, 당연실의 팔팔한 성격이 재미있었지만 시간이 지나면서 그들의 다른 면을 보게 되자 왠지 마음이 편치 못했던 것이다.

"음, 그런 일이 있었단 말이지?"

쉬지 않고 쫑알대는 말을 묵묵히 듣고 있던 당군상이 눈살을 찌푸렸다.

"대체 어떤 놈이 그렇게 겁없단 말이냐?"

"말했잖아, 몽려지라는 이름도 괴상한 놈이라고!"

당연실이 빽 소리쳤다. 당군상은 눈을 끔벅거리고 입맛만 다실 뿐이다.

그에게는 당연실이 소중한 존재였다. 장차 그의 부인이 될 여자이기 때문이다.

당가는 대대로 여자들의 기가 드셌는데, 그건 그들이 고집하고 있는 데릴사위 제도 때문이었다.

밖에서 사위가 될 만한 자를 점찍어서 데려오면 그에게 당씨 성을 주었다. 그러니 당가 내에는 원래의 성을 내려 받는 당씨와 밖에서 들어온 자로 된 당씨가 공존했다.

전자를 내성(內性)이라 하고 후자를 외성(外性)이라 했다.

당군상은 외성이었다. 장차 당연실과 짝지어줄 요량으로 가주인 당옥담이 받아들인 자였던 것이다. 그런 만큼 출중한 데가 있는 청년이다.

그가 아직 혼례도 올리지 않았는데 벌써 당씨 성을 받은 건 당가로서는 거의 파격적인 일이었다. 그만큼 당군상에 대한 가주의 믿음이 크다는 반증이리라.

"사형도 우리 당가의 전통을 잘 알지?"

"어떤 것 말이냐?"

"언제나 은원을 분명히 해서 빚을 지면 반드시 갚고, 억울한 일을 당하면 기어이 복수한다는 것 말이야."

"흠―"

당군상이 눈살을 찌푸렸다. 확실히 당가에는 그런 전통이 있었다. 조금이라도 억울한 일을 당하거나 모욕을 당했다고 여기면 무슨 수를 써서라도 그렇게 한 자를 죽여야만 당문의 사람으로 인정받았다.

때로 그 행사가 지나치고 독랄해서 강호인이라면 모두가 눈살을 찌푸리기도 했다. 그러나 워낙 그들이 상대하기 까다로운 자들이라 뒤에서 손가락질하고 욕할 뿐, 내놓고 따지는 자가 드물었다. 그러니 여간해서는 당가의 사람들과 시비를 가리려 하지 않았고, 웬만한 일은 아니꼬울 망정 양보했다. 그래야 속 편하기 때문이다.

'쳇, 그게 어디 그놈의 잘못이냐?'

당군상의 마음속에 그런 불만이 생겼다. 당연실의 말을 들어보니 장세걸과 주문룡이라는 얼간이들이 연실에게 잘 보이기 위해서 제 분수를 모르고 설치다가 그 꼴이 된 것이기 때문이다. 하지만 드러내 놓고 그렇게 말할 수는 없었다.

"음, 고약한 놈이로군. 감히 사매를 모욕했다니 말이다."

"이게 다 사형이 늦게 와서 그래. 그러니 복수를 해줘."

"내가 말이냐?"

"응. 죽여 버려."

"으음—"

당군상이 잔뜩 눈살을 찌푸렸다.

"비무대회는 죽고 죽이는 데가 아니다. 말 그대로 모여서 서로의 무공을 겨루어보는 거지. 그러니 그건 좀 곤란하겠다."

"그래서 못하겠다는 거야!"

당연실의 눈꼬리가 매섭게 치켜 올라갔다.

"살짝 불러내서라도 반드시 죽여 버려!"

한숨을 내쉰 당군상이 더 상대하지 않고 잘 자라는 말만 남긴 채 나왔다. 어두운 하늘을 바라보는 그의 얼굴에 난감해하는 기색이 가득했다.

'나는 당문의 사람이다.'

스스로에게 그렇게 말해 주었다. 당씨 성을 받고 당문의 사람이 되었으니 편협하고 독한 당가의 습성마저 받아들이고 닮아가야 하지 않겠는가.

머리를 설레설레 흔든 당군상이 천천히 걸어갔다.

"어떻게 생긴 놈인지 우선 얼굴이라도 봐둬야겠군."

그의 중얼거림이 어둠 속에서 음울하게 들려왔다.

'이상한 자로군?'

머지않아 새벽이 다가올 시간이었다. 옷이 이슬에 잔뜩 젖어서 축축해져 있는 걸 보니 밤새 저렇게 서 있었던 모양이다.

머리를 갸웃거리며 팽조를 흘겨본 당군상이 누각 안으로 들어갔다.

가장 높은 오층 다락에는 불이 환하게 밝혀져 있었다. 무진과 기벽강, 염능파는 정말 밤을 꼬박 새우고 있는 중이었다.

염능파의 혀 꼬부라진 소리가 들려왔고, 기벽강의 호탕한 웃음소리도 들렸다. 천천히 계단을 밟아 올라가는 당군상의 입가에 고소가 떠올랐다.

'여기는 온통 이상한 놈들뿐이다.'

그런 생각이 들어서였다.

도대체 저놈들이 비무를 하러 온 놈들인지, 작당하여 유람을 나온 놈들인지 헷갈리니 그렇다.

다락에 올라섰지만 쳐다보는 자도 없다. 다들 술에 취해서 흐트러진 모습으로 떠들어대고 있을 뿐이다. 저게 도대체 무예를 지니고 있는 고수라는 것들인지 의심스럽기 짝이 없었다.

적어도 고수라면 결코 술에 취하는 일이 없고, 설혹 취했다 하더라도 저렇게 경계심을 다 내던져 버린 채 흐트러진 모습을 보일 수가 없다.

"쯧쯧……."

팔짱을 끼고 서서 한동안 가관인 그 꼴을 바라보던 당군상이 혀를 찼다. 그제야 염능파가 돌아보고 혀 꼬부라진 소리를 했다.

"누, 누구냐? 보아하니 지분 냄새 나는 계집은 아닌데? 사내는 필요 없으니 가, 가라!"

"핫하하! 내려가서 당가의 그 버르장머리없는 계집애를 데려와. 술이나 따르게 하면서 때때로 볼기를 두드려 주면 제격일 게다. 하하하!"

기벽강이 제 무릎을 두드리며 크게 웃었다.

당군상의 눈이 쭉 찢어졌다. 노여움이 화르르 타오른다.

"너는 누구냐?"

그가 음침한 음성으로 물었다.

반쯤 감긴 눈으로 게슴츠레하게 바라보던 기벽강이 피식피식 웃었다.

"나? 나는 기벽강이야. 그러는 너는?"

"이봐, 기 형. 뭘 모르는군. 척 보면 철웅보의 순라꾼이라는 걸 알아야지. 쳇, 그런데 그놈 버르장머리가 없잖아."

염능파가 반쯤 누운 자세로 손가락질을 하며 혀 꼬부라진 소리를 했다.

당군상의 눈빛이 더욱 음침해졌다. 그가 스산한 음성으로 이번에는 염능파에게 물었다.

"너는 또 누구지?"

"누구겠어? 섬서 도화곡에 산다는 쾌남아지."

"음, 염능파라는 자로군."

지그시 그를 노려본 당군상의 눈길이 무진에게로 향했다. 무진은 난간에 머리를 기댄 채 비스듬히 누워서 코를 골고 있는 중이었다. 그의 한 발이 기벽강의 무릎에 걸쳐져 있었다.

"쯧쯧……."

그 한심해 보이는 몰골에 당군상이 다시 혀를 찼다.

"너는 기벽강이고, 너는 염능파라니, 그럼 저자가 몽려지겠구나?"

"응? 너는 그를 아느냐?"

염능파가 게슴츠레한 눈을 억지로 부릅뜨며 여전히 혀 꼬부라진 소리를 했다.

"한심한 것들."

당군상의 눈에 비웃음과 경멸이 가득해졌다.

다음날 아침이 되었다. 새들의 지저귐이 높고 서늘한 바람이 불어와 살갗을 간질였다. 소나무의 맑은 향기가 코끝에 머무니 절로 정신이 맑아진다.

"어—"

무진이 머리를 흔들고 몸을 일으켰다. 기벽강과 염능파가 서로 다리를 포개놓은 채 차가운 바닥에 길게 누워서 코를 골아대고 있었다.

"이건 너무했군."

그들의 풀어진 모습을 보고 저와 같았을 자기의 모습을 상상하자 쓴웃음이 나왔다.

한사코 술을 권하던 기벽강과 염능파의 모습이 떠올랐다. 술보다 그들의 선의(善意)에 취해 쓰러졌던 거라고 변명을 해보지만 부끄러울 뿐이다.

식어버린 차를 벌컥벌컥 마신 무진이 칼을 끌며 다락을 내려갔다. 후줄근하게 풀어헤쳐진 옷과 부스스한 머리카락이 다른 사람 같아 보인다. 아직도 눈이 충혈되어 있었고, 숨을 쉴 때마다 단 술냄새가 풀풀 났다.

"어?"

누각을 나오던 무진이 흠칫 놀라 멈추어 섰다. 거기 팽조가 여전히 서 있었던 것이다. 젖은 옷에서 모락모락 김이 피어오르고 있었다.

"당신은 대체 여기서 뭘 하고 있었던 거요?"

의아해서 묻자 팽조가 천천히 돌아섰다. 무진을 바라보는 그의 눈이 차갑게 가라앉아 있었고, 이글거렸다.

"새로 태어나려는 것입니다."

그가 공손하게 머리를 숙여 보이고 나서 그렇게 말했다. 무진은 제 귀를 의심했다.

"어제 공자의 칼 아래 팽조는 죽었습니다. 그러니 여기 서 있는 건 아직 이름도 갖지 못한 갓난아이인 게지요."

"허―"

"인연이 별거며, 윤회라는 게 별거겠습니까? 공자와 마주쳤으니 그게 인연이고, 스스로 다시 태어났으니 그게 윤회인 것. 책임은 이제 공자에게 있습니다."

"하―"

"소생은 공자를 따르겠습니다."

"……."

어이없어하는 무진의 얼굴을 뚫어지게 바라보는 팽조의 눈에 열정이 가득했다.

'이건 정말 난감한 일이로군.'

머리를 설레설레 저은 무진이 가타부타 말도 없이 휘적휘적 걸어갔다. 후줄근한 그의 등을 바라보던 팽조도 비로소 밤새 제가 지키고 서 있던 자리를 떠나 무진을 뒤쫓았다.

무진의 발길은 철옹방 밖으로 향했다.

뚜벅뚜벅 걸어 용담에 이른 무진이 그 맑은 물을 들여다보다가 무슨 생각이 들었던지 훌훌 옷을 벗어 던졌다. 서슴없이 알몸이 되어서 물 속으로 걸어 들어가니 곧 몸이 완전히 잠겨 보이지 않게 되었다.

용이 살던 못이라 그 이름이 용담이다.

먼 옛날에는 한 마리 푸른 용이 웅크렸겠으나 새들이 높게 지저귀는 이 아침에는 무진이 유유히 헤엄치고 있었다.

밤새 찌든 술기운이 차가운 물속에 다 풀어진다. 한여름에도 깊은 계곡의 벽수(碧水)는 손이 시릴 만큼 차가운데 아직 이월이다. 살갗에 파랗게 소름이 돋고 몸이 꽁꽁 얼어붙으련만 무진은 그것을 오히려 시원하고 상쾌하게 느끼고 있었다.

차가운 물속에 몸을 담그고 맑아지는 머리를 들어 바라보니 저 위에 우뚝 솟아 있는 두 개의 봉우리가 보였다.

쌍검봉(雙劍峰)이다.

옛적, 여동빈(呂洞賓)이 검술을 닦았다는 전설을 지닌 봉우리였다.

여동빈은 당나라 때 사람으로 속성이 이(李)이고, 이름은 경(璟), 자는 백옥(白玉)이며, 호를 순양자(純陽子)라고 했다. 늘 검을 지니고 있으면서 독특한 천둔검법(天遁劍法)으로 악귀들을 많이 쫓았다고 전해진다.

그는 젊어서 출사(出仕)하여 심양(尋陽) 현령이라는 관직에 있었는데, 어느 날 문득 떠오르는 생각이 있어 관모옥대(官帽玉帶)를 벗고 인(印)끈을 풀어 문고리에 걸어두고 출가했다. 그 후, 홀로 강호를 떠돌면서 신선술을 익히다가 만년에 여산 불수암(佛手庵)에서 수련하여 신선이 되었다고 한다.

무진의 마음속에 문득, '신선이 되었다는 여동빈의 검술은 어떠했을까?' 하는 의문이 들었다.

그의 천둔검법은 사마(邪魔)를 끊어내는 것이었으리라. 그렇다면 사마는 또 무엇일까? 그것을 가차없이 무찌르는 검술이란 어떤 것일까?

'단지 형(型)에 밝고 초식이 교묘하며 검세가 맹렬한 것만은 아닐 것이다.'

스스로의 심중에 그런 답이 떠올랐다.

사마를 무찌르는 검술은 무엇보다 정기(精氣)가 맑고 뛰어난 것이라야 하리라. 내 마음의 군은 의지로 미혹을 끊어버리는 것이기도 하다. 그러자면 용담의 이 맑고 차가운 물처럼 내 심중이 깨끗하고 고요해야 하지 않겠는가. 거기에서 출발하는 것이 여동빈의 천둔검일 것이다.

"음—"

무거운 탄식을 흘린 무진이 첨벙거리며 물 밖으로 나왔다. 그러자 그의 거친 옷을 들고 있던 팽조가 다가와 알몸을 가려주었다.

"팽 형, 부탁이 있소."

"그런 말은 필요없습니다. 언제든 하명하시면 됩니다."

무진이 눈살을 찌푸렸다. 팽조는 제 스스로 종이 되기로 작정한 듯했다. 그 뜻이 굳고 고집을 단단히 세워서 누가 어떤 말을 해도 흔들리지 않을 것 같았다.

세상 사람들의 이목과 손가락질을 상관하지 않겠다는 것이니 이것 또한 태산을 한 삽 한 삽 떠서 옮기겠다는 것처럼 지독하고 무서운 발원(發願)이었다. 팽조는 과감하게 자신을 내던진 것이다.

무진은 문득 그런 팽조의 용기와 의지가 부럽고 존경스러워졌다.

지그시 그를 바라보던 무진이 불쑥 말했다.

"팽 형의 그 쾌검으로 나를 치시오."

"예?"

팽조가 눈을 휘둥그레 떴다.

"내 생각이 옳은지 시험해 보려는 것이외다."

팽조의 눈빛이 잠깐 흔들렸다. 그는 무진이 차가운 용담에 몸을 담그고 멍하니 쌍검봉을 바라보더니 무언가 깨달은 게 있는 모양이라고 여겼다. 그게 무엇일지 궁금해지기도 한다.

자기가 모시기로 한 이 공자가 잠깐 사이에 더욱 크고 높아진 것일까? 그렇다면 시험해 보지 않을 수 없다.

아무 말 없이 세 걸음 물러선 팽조가 검자루에 손을 올려놓고 무진을 바라보았다.

눈빛이 차가워지고 표정이 사라진다. 어느덧 호흡이 잔잔해지더니 숨을 쉬는 것 같지 않게 되었다.

그러던 어느 한순간, 그의 손가락이 검자루를 스쳤다.

어깨와 허리와 무릎은 고요하기만 하다. 전혀 움직임을 찾아볼 수 없다. 그런데 어느새 한 가닥 차갑고 스산한 검광이 허공을 가르고 있었다.

싯—

빠르다. 팽조의 일검은 그 어느 때보다 빠르고 맹렬했다.

무진은 눈을 반쯤 뜨고 있었다. 촌각을 다시 일 천, 일 만으로 쪼갠 듯한 시간 속에서 그의 눈이, 마음이 용담의 깊고 맑은 눈처럼 가라앉았다. 그것뿐이다. 움직여 피하지도, 막아낼 생각도 하지 않는다.

지이잉—

깜짝 놀란 팽조가 급히 손목을 비틀어 검로를 틀었다. 아슬아슬하게 무진의 목덜미를 스쳐 지나가며 한줄기 흔적을 남겨놓은 검이 부르르 떨며 울었다.

"합!"

맹렬한 기합성을 터뜨린 팽조가 내력을 더욱 끌어올려 쏟아져 나가는 검을 이끌었다. 그의 몸이 스스로의 검력을 감당하지 못하는 듯 휘청거리더니 보법을 밟아 몸을 틀며 세 걸음을 비껴 지나가고 나서야 가까스로 멈추어 섰다.

"이게 무슨 짓입니까?"

놀란 그가 꾸짖듯 날카롭게 소리쳤다. 가까스로 검을 거두어들였지만 아직도 가슴이 쿵쾅거리고 뛰었다. 등줄기에 식은땀이 흐른다.

"소생을 시험해 보신 겁니까?"

"아니, 내 믿음과 의지를 시험해 본 거라오."

"그럼 담력을 시험해 보고 싶으셨던 거로군요?"

무진이 희미하게 웃었다.

"여동빈이 썼다는 천둔검법이 어떤 것인지 알고 싶었는데 이제 조금은 알 것도 같군."

"어떤 것입니까?"

팽조가 잔뜩 흥분한 얼굴로 급히 물었다. 그는 일찍부터 검에 뜻을 둔 사람이다. 여동빈의 검술이라니 호기심이 동하지 않을 수 없다.

무진이 쌍검봉에 눈길을 둔 채 덤덤하게 말했다.

"의혹을 끊어버리는 것."

그건 믿음이기도 하다.

나에 대한 믿음이면서 상대에 대한 믿음이고 세상과 우주 삼라만상에 대한 믿음인 것이다. 도(道)의 시작은 그러하리라.

무진의 엉뚱한 말에 팽조가 어리둥절해져서 눈을 크게 떴다.

"예?"

"틀을 벗어나 자유로워지는 것."

집착을 버리는 일이다. 내 목숨에 대한 집착에서마저 벗어난다면 새로운 눈을 갖게 될 것이다. 심안(心眼)이면서 무념(無念)이기도 하다.

기욕무착(棄欲無着) 결삼계장(缺三界障)

망의이절(望意已絕) 시위상인(是謂上人)
욕심을 버리고 집착없으니 삼세의 속박을 벗어났구나.
욕망 또한 이미 끊어졌으니 그야말로 가장 뛰어난 사람이다.

호은암에서 무광 노스님이 읊어주던 법구경의 그 경구를 그때는 알지 못했다. 말도 안 되는 소리라고 비웃어주기까지 하지 않았던가.
무진은 이제야 기욕무착 결삼계장의 그 의미를 알 수 있을 것 같았다.
그건 선(禪)이 갑자기 다가오듯, 술에서 깨어난 이 아침에 문득 다가온 개안(開眼)이기도 했다.
오랜 세월 멀고 먼 길을 외로이 방황했는데 각성(覺醒)은 전혀 뜻밖의 곳에서 이렇게 엉뚱하게, 이렇게 쉽고 가볍게 불쑥 찾아든 것이다. 그게 인연이라는 것일까?
마음에 커다란 기쁨이 일어야 하련만 오히려 무겁고 담담하게 가라앉기만 했다.
"……!"
어리둥절하던 팽조의 눈도 무겁게 가라앉았다. 무진의 마음이 그의 형상에 나타나서 그걸 보고 느낀 건지도 모른다.
"팽 형은 이미 자신의 틀을 깨뜨렸으니 여동빈과 인연이 있는 건지도 모르지."
흑풍객은 무진에게 알 수 없는 말로 심득을 전해준 적이 있었다. 이제 무진은 자신도 모르는 사이에 조금 전의 깨달음을 팽조에게 전해주었다.
그때 무진은 아직 어려서 흑풍객의 말을 받아들이지 못했다. 그러나 팽조는 이미 검의 한 경지를 넘어선 자라 무진의 말속에 깃들어 있는 새로운 무엇을 보았다.

멀어지는 무진의 뒷모습을 멍하니 바라보고 있는 그의 얼굴에 기쁨이 반짝였다.

그가 옷을 훌훌 벗어 던졌다. 그리고 무진이 그랬던 것처럼 용담의 차고 깊은 물속에 풍덩, 제 몸을 던져 넣었다. 그리고 쌍검봉을 바라본다.

무진이 느꼈던 것이 고스란히 저에게로 옮겨져 오기를 바라는 간절한 마음에서였다.

"누구냐?"

무진이 무심한 얼굴로 물었다.

쌍검봉으로 향하는 오솔길에 한 사람이 서 있었던 것이다. 이글거리는 그의 눈이 무진의 얼굴에서 떠나지 않았다. 당군상이다.

"어떻게 된 거지? 어젯밤에 보았던 너는 오늘 아침에 보는 네가 아니란 말이냐?"

"응?"

"나는 어젯밤 누각에서 너를 보았다. 그리고 지금 또 본다. 그런데 내가 본 사람은 어제의 그 사람이 아니다."

무진이 희미하게 웃었다.

"너는 헛것을 보았던 게로군."

"그래? 그럼 내가 어젯밤에 본 것이 헛것이었을까? 아니면 지금 보고 있는 게 헛것인가?"

당군상의 얼굴에 의혹과 당혹감이 가득했다.

'이놈은 벌써 나의 상대가 아니로군.'

그렇게 느꼈기 때문이다.

그는 무진이 철웅방을 나설 때부터 내내 뒤를 밟고 있었다. 그러니 그가 알몸이 되어 용담에 풍덩 뛰어드는 걸 보았고, 팽조의 쾌검 앞에 우뚝 서 있던 걸 보았다.

지금 팽조는 용담 속에 잠겨 있는데 무진은 거기에서 나와 자기 앞에 서 있다. 어젯밤의 그놈이고, 조금 전 용담에 잠겨 있던 그놈인데, 지금 그는 전혀 다른 사람 같아 보였다. 마치 용담 깊은 물에 제 흉한 껍질을 벗어놓고 새로운 몸뚱이를 얻어 나온 것 같다.

"인정할 수 없다!"

당군상이 얼굴을 일그러뜨리고 버럭 소리쳤다.

술에 취해 늘어져 코를 골고 있던 무진의 모습을 애써 떠올렸다. 그렇게 시시하고 볼품없는 놈인데, 그런 놈 앞에서 제 가슴이 이처럼 위축되고 머리카락이 곤두선다는 걸 인정하고 싶지 않았다.

그걸 인정하면 자기 자신이 한없이 초라해질 것 같아서이다.

"너를 죽이겠다."

당군상이 어금니를 지그시 물고 스산하게 말했다. 무진의 맑은 눈이 왜? 하고 묻고 있었다.

"그게 당문의 전통이니까."

"너도 당문의 사람이었구나?"

"그렇다. 그러니 사매의 원한을 풀어주어야지."

"그래?"

무진이 다시 희미하게 웃었다.

"그런데 너는 나쁜 사람 같지 않군."

"어째서?"

"스스로를 두려워하고 있으니까. 사악한 자는 자기 자신을 속일 뿐 두려워하지 않는다."

"무엇이!"

당군상이 악에 받쳐서 소리쳤다. 무진에게 제 마음을 들켰다는 게 수치스럽고, 그런 자신이 또 부끄러워졌기 때문이다.

부끄러움이 변하여 분노가 되었다. 이제 당군상은 무진 앞에서 스스로의 나약함을 보고 분노하고 있었다.

"이얍!"

그가 두 손을 맹렬하게 뿌렸다.

쉬이익―

숲의 어두운 그늘에 숨어서 제 빛마저도 감춘 칙칙한 무엇이 유성처럼 쏘아져 왔다. 당문의 독특한 병기인 혈적자(血摘子)다.

그것은 던졌다가 다시 거두어들이는 투삭병(投削兵)의 일종으로 초승달 모양이었다. 안쪽은 뭉툭하고 바깥쪽의 날이 예리해서 목표물에 닿거나 스치면 보도로 벤 듯한 위력을 발휘한다.

손목의 힘으로 방향과 각도를 마음대로 조절할 수 있고, 빗나가면 허공을 선회해서 다시 돌아온다.

무진은 이런 종류의 암기도 아니고 병장기도 아닌 것을 처음 보는 터라 그 새로운 움직임에 호기심이 크게 일었다.

코앞에 다가들도록 뚫어지게 바라보다가 슬쩍 머리를 기울였다.

삐리리리―

목을 스쳐 가는 그것에서 새소리 같은 울림이 났다. 칼날이 바람을 가르고 회전하면서 우는 소리다.

저만큼 날아갔던 혈적자가 다시 새 울음소리를 내며 돌아왔다. 제가 뻗어나갔던 궤적을 더듬듯 다가오고 있으니 던진 자의 솜씨가 그만큼 교묘한 것이리라.

무진이 슬쩍 걸음을 옮겼다. 그가 있던 곳을 후비고 지나간 혈적자가 빨려들 듯이 당군상의 손 안으로 사라졌다.

십 보의 거리를 둔 좁은 공간 속에서 번개처럼 이루어진 한 번의 출수였다.

"보았겠지?"

당군상이 불쑥 말했으므로 무진은 어리둥절해졌다.

"이와 같이 움직이는 것이다. 그럼."

그가 다시 손을 뿌렸다. 삐리리리 하는 새 울음소리가 허공에 가득 찼다. 무진이 눈을 크게 떴다.

"헛!"

처음에는 한 개이던 혈적자가 두 개로 나뉘더니 다시 네 개, 여덟 개로 흩어져 어지럽게 날아들었다.

무진에게 자신이 사용할 암기를 보여주고 나서 본격적으로 출수를 한 것은 비겁한 자라는 비난이 듣기 싫어서였을 것이다.

암기라는 것 자체가 정정당당하게 겨루는 물건이 아니다. 암습과 기습을 주로 하는 것이니 언제나 비겁한 짓이라는 비난을 면키 어려웠다.

당문에서는 그런 암기를 잘 다루고 주로 썼다. 그래서 그들과 싸워본 사람들은 하나같이 다시는 상종 못할 것들이라고 이를 갈았다. 괴이 독랄하고 비겁하기 짝이 없는 치사한 것들이라는 말도 빠지지 않고 뒤따른다.

당군상은 자신이 경멸했던 자에게서 그런 말을 듣고 싶지 않았다.

핏핏핏핏—

몇 개의 혈적자가 온몸을 스치고 지나갔다. 그리고 앞서 지나갔던 것들은 뒤에서 다시 다가오고 있었다. 윙윙거리고, 새 울음소리 같고 휘파람 소리 같기도 한 소성(騷聲)이 인적없는 숲 속을 가득 메웠다.

일일이 피하거나 상대하기에는 두 개 뿐인 손이 너무 부족하다. 그 것들이 서로 섞이면서 이제는 도대체 몇 개의 혈적자가 난비하는 것인 지도 알 수 없게 되었다.

팅—

무진은 그것들의 요란한 소음 속에서 또 다른 소리 하나를 들었다. 작고 날카롭게 뻗어오는 낯선 소리다.

비로소 무진의 손이 칼을 잡았다.

파앗—

몸을 낮추며 힘껏 쳐 올리는 칼날에 수전(袖箭) 한 대가 동강나며 팅 겨져 날았다.

당군상은 혈적자들이 휘젓는 공간으로 소매 속에 감추고 있던 수전 을 쏘아 보냈던 것이다. 눈을 어지럽히고 귀를 먹먹하게 하는 혈적자 들의 소음 때문에 그것은 여간해서 알아보기 힘들다. 그러니 이 한 수 의 수법을 암도진창(暗逃進槍)이라고 했으리라.

무진은 눈을 닫고 귀를 열어두었다. 세상의 모든 소리들을 걸러내고 오직 혈적자들이 일으키는 바람 소리와 울림만을 받아들였다.

팅팅팅팅—!

우뚝 선 그가 칼을 눕히거나 세우고 가로지를 때마다 요란한 소리를 내며 혈적자들이 팅겨져 나갔다. 불똥이 아름답게 반짝거린다.

쉬익—

당군상의 소맷바람을 타고 다시 날아오는 무엇이 있었다.

"탓!"

무진이 가볍게 땅을 박차고 도약했다. 훌쩍 열 걸음을 좁히고 당군상의 머리 위에 솟구쳐 올랐다.

씨이잉 하는 소리를 내며 저만큼 빗나갔던 것이 재빠르게 돌아왔다. 반짝이는 칼 빛이 무지개처럼 뻗친다.

이번에는 승표(繩鏢)라는 것이었다.

손으로 던지는 탈수표(脫手鏢)와는 달리 표창에 가느다란 줄을 달아 조종하는 것이다. 투병(投兵)에 비해 거리에는 한계가 있으나 던졌다가 거둬들여 다시 사용할 수 있고, 자유자재로 허공을 휘저을 수도 있다.

당군상의 솜씨는 예상을 뛰어넘을 만큼 절묘하고, 암기의 배합이 훌륭했다.

무진이 힘껏 칼을 휘둘렀다. 땅! 하는 높은 쇳소리와 함께 등을 찔러오던 승표가 튕겨져 날았다. 그 순간에 당군상이 훌쩍 뛰어 위치를 바꾸었으므로 일격을 노린 무진의 도약은 헛수고가 되고 말았다.

몸을 틀어 소나무를 걷어찬 무진이 그 탄력으로 다시 몸을 날려 빠르게 다가들었다. 허공에서 자유롭게 방향을 바꾸어 치고 들어오니 무진을 쫓는 혈적자와 승표들이 자칫 잘못하면 오히려 당군상을 찌르게 될 형편이었다.

"흠!"

감탄의 탄성을 터뜨린 당군상이 다시 재빨리 자리를 이동했다. 그것을 본 무진의 왼손이 허리춤을 더듬었다.

핏—

이번에는 무진의 품에서 차갑고 날카로운 빛이 벼락처럼 쏟아져 나갔다.

"엇?"

의외의 일에 놀란 당군상이 눈을 크게 떴다.

무진이 소도(小刀)를 뽑아 날린 것이다. 왼손으로 던진 것이 오른손으로 한 것 못지않게 빠르고 정확하게 파고들었다.

미처 짐작하지 못하고 있던 당군상이 급히 손을 휘둘러 가슴에 박혀오는 그것을 쳐냈다. 손목에 두르고 있던 비갑(臂甲)이 소도를 튕겨내자 땅! 하는 맑은 소리가 났다. 그 틈에 바짝 다가든 무진의 칼이 당군상의 목을 노리고 사정없이 떨어졌다.

"헉!"

크게 놀란 당군상이 훌쩍 몸을 뒤집었다. 철판교의 신법으로 눕듯이 하며 땅을 걷어차고 맹렬하게 뒤로 물러나는 신법이 깨끗하고 정확해서 아름답게까지 보였다.

"하하하—"

무진이 우뚝 서서 낭랑하게 웃었다. 힘을 잃은 혈적자와 승표가 땡그랑거리며 그의 주위에 우수수 떨어졌다.

비무대회

　모두 긴장한 눈길을 한 사람의 움직임에 고정시키고 있었다. 상여상이다.

　넓은 비무대 위에서 그가 춤을 추듯 움직이고 있는 중이었다. 소맷자락이 펄럭이고 두 발이 번갈아 오르내릴 때마다 경력이 회오리치며 말려 올라갔다.

　그는 지금 어제에 이어서 다섯 사람째를 상대하고 있었는데, 권장 부문에 출전한 자들 중 염능파, 유소기 등과 함께 단연 두각을 나타내고 있었다.

　비무대회는 권장 부문과 병장기 부문으로 나뉘어 치러지는 중이었다.

　무진이 병장기 부문에 출전했다는 걸 안 참가자들이 대거 권장 부문으로 몰려서 그쪽은 연 이틀째 승자와 패자를 가리고 있었다.

병장기 부문에서는 벌써 낙점자들이 정해졌다. 스무 명 중에서 네 사람이 남았는데, 무진과 기벽강, 당군상, 그리고 뒤늦게 도착한 산동 신검문의 소문주 장사검이었다.

지금 상여상이 상대하고 있는 자는 사천제일이라고 하는 구룡표국(九龍鏢局)의 이지강(李志崗)이었다. 무당파의 속가제자로 입문해서 이십여 년간 수련하고 내려와 구룡표국의 아홉 명 표두 중 한 명이 된 자다.

아직 서른이 되지 않은 장한인데, 손의 씀씀이가 치밀하고 부드러운 중에 위맹한 기세를 감추고 있었다. 나가고 들어오는 보법이며, 걸어 차고 휘감는 각법이 권장의 신속함에 곁들여져 보는 사람들 모두가 과연 출중하다는 감탄을 터뜨렸다.

그에 맞서고 있는 상여상은 가볍고 유쾌한 수법을 자랑하고 있었다.

어제 하루 동안 그를 지켜본 사람들은 그가 철웅방의 소방주라서 유리할 것이라는 선입견을 버렸다. 그는 본래의 실력만으로도 과연 우승을 다투기에 부족함이 없는 청년 고수였던 것이다.

'대단한걸?'

무진도 상여상의 진면목을 보고 나서 그에 대한 생각을 바꾸었다.

내력이 충실하고, 기법이 몸에 익어 변화를 자유롭게 구사하는 것이 물 흐르는 듯했다. 어디 한 곳 막힌 데나 미심쩍은 데가 없었다. 내뻗고 후려치는 주먹과 손바닥의 기세가 마치 끊임없이 밀려오는 파도 같다.

두 발을 굳게 디뎌서 신형을 안정시켰다가 긴장을 풀며 가볍게 나아가고 맴돌 때는 구름이 흐르는 듯했고, 불쑥 발끝을 뻗어 찰 때는 어둠 속에서 창을 찌르듯이 날카롭고 위협적이었다.

양의권법(兩儀拳法)과 무당장권(武當長拳)을 적당히 섞어서 때에 맞게 임기응변하는 이지강의 솜씨도 놀라웠지만, 상여상의 유연하고 빠른 권법은 그를 압도하는 바가 있었다.

"하북 종 노사(鍾老師)의 진전을 받았군."

눈도 깜짝이지 않고 바라보던 염능파가 불쑥 말했다.

"종 노사라고?"

기벽강이 눈을 둥그렇게 뜨고 물었다. 염능파는 긴장하고 있었다. 그가 상여상의 몸놀림에서 눈을 떼지 못하며 건성으로 말했다.

"신려착번(神儷斬飜) 종자령(鍾滋翎)."

"엇?"

기벽강이 깜짝 놀랐다. 무진이 눈으로는 상여상의 권법을 살펴보며 물었다.

"누군데?"

"권신(拳神)으로 불리는 분이다. 강호에 넘치고 넘쳐 나는 고수들 중에서도 그만한 고수가 없을 거라고 하는 말을 들었다."

"그렇군."

무진이 감탄했다는 듯 머리를 끄덕였다. 그걸로 그만이다. 무진의 뒤통수를 노려보던 기벽강이 제 머리를 두드리고 투덜거렸다.

"제기랄, 산 넘어 산이라더니……. 이 괴상한 물건을 처리할 일도 골치 아픈데 하북신권의 제자는 또 뭐냐 말이다."

꽝—!

나무판을 구르는 소리와 '앗!' 하는 놀람의 외침이 동시에 터져 나왔다.

상여상이 발을 굴러 다가서며 내지른 주먹에 가슴을 정통으로 가격당한 이지강이 터뜨린 비명이었다. 그가 중심을 잃고 비틀거리다가 기어이 엉덩방아를 찧었다.

"결정되었군."

염능파가 혀를 차고 돌아서자 기벽강이 그의 팔을 낚아채고 눈을 부라렸다.

"뭐라는 거야?"

"쳇, 최후로 저 위에 올라가 싸울 두 사람이 정해졌다는 거야."

"우리는 아직 싸우지도 않았는데?"

"미련하긴. 쯧쯧……."

"뭐라고?"

"꼭 찍어 먹어봐야 맛을 알겠어?"

염능파가 눈짓으로 무진의 뒤통수를 가리켰다.

"음—"

기벽강의 얼굴이 잔뜩 일그러졌다.

술은 염능파 혼자서 다 마신다.

기벽강도 무진도 묵묵히 말이 없었다.

"그 빌어먹을 놈은 어떻겠어?"

문득 염능파가 혀 꼬부라진 소리를 했다. 기벽강이 휘딱 돌아보았다.

"누구?"

"유명밀부의 유소기라는 놈 말이다."

그는 유소기와의 싸움을 남겨두고 있었다. 그게 걱정되는 모양이다.

"흥, 생긴 것부터가 재수없는 놈이야. 밥맛없다."

기벽강이 툴툴거렸지만 염능파는 개의치 않고 제 할 말을 했다.

"음험하고 독한 놈이야. 아마 죽어도 여기서는 제 본래의 실력을 다 드러내지 않을걸?"

"그러는 네놈도 삼 푼은 숨길 것 아니냐?"

"응? 너는 어떻게 내 마음을 알았지?"

기벽강이 눈을 흘기자 염능파가 짐짓 깜짝 놀란 시늉을 했다. 무진이 그를 가리키며 하하 웃고 나서 말했다.

"여태까지 너는 네 힘의 반도 쓰지 않고 죄다 이겼으니 내일의 비무도 문제없을 거야."

"그렇지 않아."

염능파가 정색을 했다. 언제 술에 취한 모습을 보였느냐는 듯 멀쩡하다.

"유명밀부는 속을 짐작할 수 없는 괴상한 놈들이 득실거리기로 유명한 곳이다. 그들의 무공 또한 괴이하고 사악한 데가 있지."

"겁이 나는 거냐?"

"솔직히 그렇다."

기벽강이 끼어들었다.

"쳇, 섬서의 도화곡도 만만치 않다더라. 너만 봐도 알 수 있어. 음흉하기 짝이 없잖아?"

"뭐라고?"

염능파가 발끈해서 노려보았다. 여태까지 기벽강이 뭐라고 놀려도 실실 웃어넘기던 그였는데 지금은 날카롭게 긴장하고 있었던 것이다.

무진이 손을 저어서 그들을 가로막았다.

"다툴 것 없어. 내일 비무는 능파가 이긴다."

"어? 너, 그게 무슨 말이냐?"

염능파가 반색을 하고 무진에게로 돌아섰다. 그가 노리고 있었던 것은 바로 무진의 그 말이었던 듯했다.

"무슨 비결이라도 알고 있는 거야? 그렇다면 살짝 귀띔을 해줘야지. 그게 의리라는 거 아니겠어?"

눈마저 초롱초롱해져서 바라본다. 무진이 그의 속셈을 알고 빙글빙글 웃다가 되물었다.

"어떻게 싸울 셈이냐?"

"어떻게 싸우긴 최선을 다해서 열심히 잘 싸울 작정이지."

염능파가 눈을 부라리며 점잖게 말하자 무진이 심드렁하게 대꾸했다.

"그럼 그렇게 해."

"아, 젠장. 지금 누구 애간장을 태우기로 작정한 거냐?"

후다닥 달려든 그가 사정없이 무진의 겨드랑이를 간질이기 시작했다.

"아하하하—"

무진이 마룻장을 차고 뒹굴며 웃어댔고, 염능파는 그런 무진을 깔고 앉은 채 더욱 사정없이 간지럼을 태워댔다. 이곳저곳 가리지 않고 문지르고 찔러대는 손가락이 짓궂기만 했다.

한심하다는 듯 그들이 하는 짓을 물끄러미 바라보던 기벽강이 쳇, 하고 혀를 찼다.

"철이 없어도 저렇게 없을 수가 있나? 아주 놀고 자빠졌구만 그래. 빌어먹을 놈들 같으니."

"뭐야, 어서 말하지 못해?"

"알았다, 알았어. 그러니 좀 떨어져라. 징그럽다."

간신히 염능파를 떼어놓은 무진이 한동안 더 키득거리다가 겨우 마음을 가라앉혔다.

"그자는 네 의중을 탐지하기 위해 우선 지닌 바 재간의 반 정도만 보여줄 거야. 너도 물론 그렇게 하겠지."

"그게 순서 아니겠어?"

"나 같으면 말이지…… 그자가 손 써오기를 기다렸다가 갑자기, 가장 강력하게 들이쳐 버리겠어. 단번에 끝내 버리는 거지."

"앗!"

염능파가 깜짝 놀라 소리쳤고, 기벽강도 푸웃— 하고 막 넘기려던 술을 뱉어냈다.

"……!"

그들이 말을 잊은 채 눈을 동그랗게 뜨고 무진을 바라보았다.

한동안 무거운 침묵이 흘렀다.

"하하하하—"

그러다가 염능파가 손뼉을 치며 웃어댔고, 기벽강은 번쩍이는 눈으로 무진을 노려보다가 불쑥 말했다.

"이게 이제 보니 아주 교활하기까지 한 놈이었구만 그래?"

무진이 피식 웃었다.

"이겨야 하니까."

"샘만 내지 말고 너도 한 수 배워라. 그럼 될 거 아냐."

염능파가 넌지시 말했지만 기벽강은 흥! 하고 코웃음을 쳤을 뿐이다.

"나는 내 힘으로 해."

"제기랄 놈."

열흘 남짓 자나깨나 붙어 있더니 어느새 염능파도 기벽강의 말투를 배운 모양이었다. 저도 모르게 몸가짐이 흐트러지고 욕을 할 줄 알게 되었던 것이다.

다음날의 비무대회는 열기가 그 어느 때보다 뜨거웠다. 이제 점점 누가 우승자가 될지 윤곽이 뚜렷해지고 있기 때문이기도 하다.

비무대회는 철웅방만의 것이 아니었다. 강서뿐 아니라 강남 무림의 관심이 온통 비무장에 쏠려 있었다. 비록 우승자가 되지 못하더라도 다섯 손가락 안에 들기만 한다면 화려하면서 요란한 출도를 하게 되는 것이다.

이름 지어 붙이기 좋아하는 강호인들은 그들을 두고 여산오영(廬山五英)이라거나, 여산오웅(廬山五雄)이라는 말들로 환영할 것이다.

강호의 그 많은 후기지수(後起之秀)들 중에서도 뛰어난 자로 단번에 인정받는 길이기도 하다.

대회가 끝나면 강호에 청년 고수들의 탄생이 널리 알려지리라.

첫 비무에 나선 염능파는 그의 본래 모습을 되찾고 있었다. 침착한 중에 부드럽고 여유가 있어서 명가의 훈도를 잘 받은 청년이라는 게 여실히 드러났다.

둥—

북소리와 함께 유명밀부의 유소기가 비무대 위로 올라왔다. 가늘게 찢어진 눈빛이 음험하게 번쩍였다. 입술이 얇고 턱이 길었으며 살빛이 회분을 바른 듯 희어서 차가워 보였다.

무진은 염능파가 뒷짐을 지고 여유를 보이고 있는 중에도 내력을 운기하고 있다는 걸 눈치챘다. 관건은 과연 그가 지니고 있는 내력이 얼마나 두터운가에 달려 있을 것이다.

처음 조수(遭手)는 지닌 바 절초를 서로 풀어내는 것으로 시작하게 될 것이다. 사람들이 모두 생각하고 있는 그 상식을 깨뜨리는 것이 염능파가 승리를 거머쥘 수 있는 길이었다.

단상에는 많은 무림의 명숙들이 앉아 있었다. 하나같이 내로라하는 강서 무림의 노고수들이고, 한 방면에 우뚝 선 고인들이다.

염능파와 유소기가 그들에게 포권한 손을 절레절레 흔들어 인사했다.

명숙들을 대표해 자리에서 일어나 인사를 받은 철옹방주가 손을 높이 들었다.

징―

곧 무거운 징 소리가 울려 퍼졌고, 두 사람은 일 장 거리를 두고 마주 섰다.

유소기가 염능파를 뚫어지게 바라보았다. 염능파 또한 그의 음침한 눈길을 피하지 않고 마주했다. 서로 가볍게 눈인사를 나눈 것으로 차려야 하는 모든 격식은 다 차렸다.

유소기가 무게가 없는 것처럼 가볍게 움직였다. 흐느적인다고 해야할 수상한 움직임이다. 염능파는 두 손을 가슴 앞에 모은 채 허리를 약간 숙이고 움직이지 않았다. 이글거리는 눈으로 유소기의 움직임을 붙잡아둘 뿐이다.

'나 같으면 단번에 끝내 버리겠어.'

무진의 그 말이 염능파의 머리 속을 온통 채웠다.

비무는 실전이 아니다. 그러나 추수(推手:서로 순서를 약속하고 초식을 겨루는 일종의 대련)와도 또 다르다. 그 중간이라고 보아야 하리라.

지닌 바 무예를 비교해 봄으로써 서로 발전을 꾀하는 것이라지만 이기는 것이 목적임을 부정할 수 없다. 그러니 제한없이 마음껏 자신의 기량을 펼쳐서 상대한다. 살기(殺氣)를 뺀 실전이라고 해도 무방한 것이다.

웅크리고 있는 염능파의 모습이 두려워하는 것으로 여겨졌을까? 유소기가 '흐흐흐' 하고 음침한 웃음을 흘렸다. 발끝을 조금씩 밀며 접근해서 어느덧 세 걸음 앞까지 다가왔지만 염능파는 꼼짝하지 않고 있다.

"차합!"

유소기가 반 걸음 더 접근해 오자 염능파의 입에서 날카로운 기합성이 터져 나왔다. 그리고 재빨리 손을 뻗어 도화곡의 절기인 도화장(桃花掌)의 수법으로 유소기를 움켜쥐고 밀치려 하였다.

"흥!"

냉랭하게 코웃음을 친 유소기도 즉시 몸을 움직이고 두 손을 휘저으며 기이한 초식으로 반격해 왔다. 유명밀부의 무공은 그 실체가 강호에 드러난 바가 없다. 그러니 사람들은 그의 움직임 하나하나에서 눈을 떼지 못했다.

기묘하고 사이한 무공으로 알려진 유명밀부의 장법이라 잔뜩 기대하고 있었지만 정작 유소기가 펼쳐 보이는 것은 장타(長打)와 유사한 수법일 뿐이었다. 막고 뻗어서 밀치거나 때리는 권로(拳路)가 미묘한 차이를 보일 뿐, 밀부 무공의 특이함을 찾아볼 수 없다.

퍽—

두 사람의 손목과 권장이 가볍게 얽혔다. 서로의 내력을 시험해 본 것인데, 염능파가 눈살을 살짝 찡그리며 손을 움츠렸다. 마치 유소기의 내력을 당하지 못하겠다는 듯했다.

한 번 그렇게 부딪쳐 보고 나자 염능파가 실은 아무것도 아닌 놈이
라는 방심이 유소기에게 생겼다. 그가 흥! 하고 또 한 번 차가운 코웃
음을 치고는 득달같이 달려들며 빠르게 두 손을 휘둘렀다.

좌권과 우장이 번갈아 쳐나오는데, 항상 곡선을 그린다. 그러니 맞
으면 타격이 되고, 잡히면 유술(柔術)이 된다. 변화가 무쌍한 장법인 것
이다.

주춤거리며 그것이 몸 가까이 다가올 때까지 기다리던 염능파의 입
가에 언뜻 싸늘한 미소가 스쳐 갔다. 그리고 벼락처럼 움직였다.

"타합!"

온몸에 충만하게 끌어올렸던 내력을 터뜨려 버리는 힘찬 기합 소리
가 터졌다.

꽝—!

유소기의 두 팔이 무지막지한 힘을 견뎌내지 못하고 뒤로 꺾였다.
놀람으로 눈을 부릅뜬 그의 가슴에 염능파의 좌장이 틀어박힐 듯 부딪
치자 바윗덩이를 깨뜨릴 때와 같은 굉음이 터져 나왔다.

쏟아지듯 거침없이 뛰어들며 어깨로 유소기의 쌍장을 받고 우장을
뻗었다가 좌장을 쳐내는 동작이 하나인 것처럼 이루어졌다.

먹이를 노리는 호랑이처럼 잔뜩 웅크렸다가 일시에 온몸의 내력을
터뜨리며 덮쳐들어 끝내 버리는 그 신속함과 과감함이 모두를 놀라게
했다.

"크헉!"

유소기가 줄 끊어진 연처럼 훌훌 날려가더니 이 장 밖에 떨어져 뒹
굴었다. 손목이 꺾였고, 울컥울컥 선혈을 토해내고 있는 것이 내상 또

한 심상치 않은 듯했다.

"하하하하—!"

무진 곁에서 관전하던 기벽강이 갑자기 큰 소리로 웃음을 터뜨렸다. 그가 두툼한 손바닥으로 무진의 등짝을 철썩 갈겼다.

"네 말이 맞았다, 맞았어! 이게 무지막지한 놈인 줄만 알았더니 정말 여우 같은 놈이기도 하단 말이야!"

사람들이 모두 어리둥절해서 그와 무진을 바라보았다.

비무대회가 정점을 향해 치달을수록 청년 고수들의 진면목이 여실히 드러나서 관전하는 사람들 모두를 감탄하고 놀라게 했다.

그들은 이제 나름대로 누가 우승자가 될 것인지 짐작해 볼 수 있게 되었는데, 그래도 알 수 없는 건 기벽강과 장사검의 비무였다.

한 사람은 저 먼 서쪽 변방에서 칼 한 자루를 차고 홀연히 내려와 파란을 일으킨 풍운아였고, 한 사람은 강호 전역에 걸쳐 세력을 뻗고 있는 산동 신검문이라는 막강한 배경을 지닌 귀공자라 그렇다.

신검문의 위세가 욱일승천하는 데는 그들의 조직력 못지않게 빼어난 검법이 있기 때문이었다. 소문주인 장사검을 통해서 그것을 견식할 수 있게 된다는 것은 가슴 설레는 일이었다. 그것 한 가지만으로도 이번 비무대회를 구경하기 위해 온 사람들에게는 무엇으로도 바꿀 수 없는 소중한 경험이 될 것이다.

그 기벽강과 장사검의 비무는 도검을 들고 하는 것인 만큼 위험하기 짝이 없었다. 게다가 두 사람이 마치 필생의 대적을 만난 것처럼 한 치의 양보도 없이 달려드니 그렇다.

"차합!"

장사검의 낭랑한 기합성이 수봉 자락에 쩌렁쩌렁 울려 퍼졌다. 그의 검이 천변만화하는 조화를 쏟아낼 때마다 사람들은 감탄성을 터뜨렸다.

"탕마멸사검(蕩魔滅邪劍)이다!"

"과연 신검문의 절학은 천하제일이야!"

무겁고 진중하기가 태산 같은 검법이 한 수 한 수 침착하게 뻗어 나와 기벽강을 핍박했다. 온갖 마귀를 무찌르고 사악함을 쓸어버린다는 그 이름처럼 웅장하면서 정대한 검법이었다.

그러나 무진은 내심 머리를 가로젓고 있었다.

장사검의 검에서 정기를 느낄 수 없었기 때문이다. 쌍검봉을 바라보며 문득 깨달았던 탕마의 진정한 모습은 보이지 않았다.

여동빈이 천둔검법으로 온갖 마귀를 쫓았듯이, 탕마멸사검법이라면 맑은 정기를 품고 미혹을 걷어내며 광명한 뜻을 펼쳐야 한다. 틀에서 벗어나 자유로워야 하건만 신검문의 그 검법에는 여전히 미혹이 남아 있었다.

그건 검법의 부족함일 수도 있고, 장사검의 깨우침이 부족하기 때문일 수도 있다.

장사검과 기벽강은 어느덧 일백 초가 넘게 싸우고 있었다. 서로가 한 치의 양보도 없으니 그 살벌함이 멀리서도 느껴졌다.

기벽강의 칼은 면이 얇고 둥글게 휘어져 있는 만도(彎刀)다. 폭이 좁아서 약해 보이지만 그 강도(强度)가 금강석처럼 단단한 보도였다. 예리하기 비할 데 없어서 그것이 바람을 가를 때마다 싯싯거리는 날카로운 소리가 쏟아졌다.

체구가 우람하고 역사(力士)처럼 온몸의 근육이 잘 발달해 있는 그

에게 만도는 어울려 보이지 않았다. 철퇴나 거부(巨斧), 철장(鐵杖) 따
위의 중병(重兵)이 걸맞으리라.

사람들의 그런 생각과 달리 기벽강은 얇고 가벼운 그 만도에 익숙해
져서 이미 그것과 뜻과 몸과 정신이 하나가 되어 있었다. 도법이 정교
하면서 그것에 실린 힘과 기세가 기련산의 기상을 닮은 듯 웅장하고
교묘했다.

카카카캉―!

그의 만도가 장사검의 탕마척사검법을 거침없이 베어냈다. 칼과 검
이 서로 섞여 부딪치고 갈아댈 때마다 소름이 돋게 하는 소리와 불똥
이 어지럽게 날았다.

기벽강은 그 큰 덩치를 움찔거리며 춤을 추듯이 만도를 종횡으로 휘
저었는데, 오직 베어대는 수법뿐이라 그렇다.

그는 몸과 손을 빠르게 움직이며 크고 작은 원을 무수히 그려댔다.
그것들이 층층이 쌓이면서 어느덧 장사검을 옴짝달싹 못하게 옭아매고
있었다.

싸늘한 예기(銳氣)로 가득 찬 칼의 그물 안에서 장사검은 굵은 땀방
울을 흘리면서도 침착하게 일검 일검을 뻗어냈다. 어금니를 악물고 잔
뜩 굳어 있는 얼굴에서 반드시 이기고 말겠다는 고집스런 의지가 엿보
였다.

"이봐, 이쯤 했으면 되겠지?"

여유를 갖게 된 기벽강이 무진을 돌아보고 버럭 소리쳤다. 무진이
흰 이를 드러내고 웃으며 머리를 끄덕였다.

사람들은 한눈을 파는 기벽강의 엉뚱함에 놀랐지만 그 안에는 그럴
만한 사정이 있었다.

"벽강, 내 부탁 하나만 들어주겠어?"

기벽강이 비무대로 향하려는데 그를 붙잡아 세운 무진이 뜬금없이 그렇게 말했다.

"응?"

"장사검과 일백 초만 싸워줘."

"……?"

어리둥절해 있던 기벽강이 버럭 화를 냈다.

"아니, 그럼 내가 그깟 장가 애송이 놈의 백초지적도 되지 못할 거란 말이냐?"

"틀렸어. 백 초 안에는 그를 쓰러뜨리지 말아달라는 부탁인 거지."

"음, 그렇군."

기벽강이 멋쩍은 듯 슬쩍 웃고 무진의 등짝을 철썩 때렸다.

"좋아. 너를 만난 기념으로 기꺼이 부탁을 들어주지."

그리고선 의뭉스런 눈길로 지그시 바라보다가 슬쩍 말했다.

"신검문의 검법을 낱낱이 봐둬야겠다는 거로군. 안 그래?"

"그래야 할 이유가 있거든."

무진은 신검문에 대한 원한을 잊지 않고 있었다. 염 아저씨를 죽이고 대장간을 폐허로 만든 자들 아니던가. 목패에 제 피로 묘비명을 적어 아저씨의 초라한 무덤 앞에 꽂아두고 복수를 맹세했던 일도 잊지 못한다.

그때를 생각하며 굳어지는 무진의 얼굴을 바라보던 기벽강이 음흉한 웃음을 지었다.

"흐흐, 네놈이 뭔가 사정이 있는 놈이라고 생각했었다. 역시 내 짐작이 맞았어."

그리고 비무대에 올라 지금 저렇게 일백 초가 넘도록 싸우고 있었던 것이다.

무진이 됐다는 듯 머리를 끄덕이는 걸 본 기벽강이 씨익 웃었다.

"우얍!"

커다란 곰이 포효하듯 우렁찬 기합성이 터져 나왔다.

씨이잉―!

그의 칼이 여태까지는 볼 수 없었던 맹렬함으로 무지막지하게 떨어지고 휩쓸어갔다.

"엇!"

장사검의 얼굴이 창백해졌다. 이를 악문 그가 정신없이 쿵쿵거리며 십여 보를 밀려났다. 기벽강의 칼에서 살기가 느껴졌다.

'이놈은 나를 죽일 셈인가?'

그런 의문과 함께 장사검의 마음속에도 독한 뜻이 생겼다.

부드득 이를 간 그가 온 힘을 쥐어짜서 역시 이야압! 하고 벽력같은 기합성을 터뜨리며 마주쳐 나갔다.

그의 검법이 일변했다.

웅장하던 검초가 신랄해졌고, 당당하던 검로가 기묘하게 비틀리기 시작한 것이다.

쉭쉭거리는 날카로운 파공성이 장사검의 검끝에서 쉬지 않고 일었다.

"음?"

기벽강이 돌변한 그의 검세를 읽은 듯 눈을 부릅떴다. 위험하다는 생각이 퍼뜩 들었다.

"엇?"

멀리서 그 모든 것들을 지켜보고 있던 무진도 놀람의 외침을 터뜨렸다. 그의 얼굴이 순식간에 핼쑥해졌다.

어디선가 본 듯한 검법이다.

안개 속처럼 모호한 중에 불쑥 떠오르는 이름 하나가 있었다.

'매종칠검(梅從七劍)?'

무진은 속으로 억! 하고 비명을 터뜨렸다. 뜨거운 열기가 가슴을 달구며 달려갔다.

지금 장사검이 쏟아내고 있는 검로가 아버지를 죽이던 다섯 흉수들 중 한 명이 쓰던 검법과 흡사하다는 생각이 불쑥 들었던 것이다.

그때의 일이 머리 속에 생생하게 떠올랐다. 그자의 검에 찔리면서도 아버지는 매종칠검이라고 소리쳐 검법의 이름을 가르쳐 주지 않았던가.

"네 이놈!"

단상 위에 태연하게 앉아 있던 노인이 벌떡 일어서며 버럭 소리쳤다. 장사검을 꾸짖은 것이다.

장사검의 안색이 창백해졌다. 그가 급히 검식을 거두어들이며 훌쩍 뛰어 물러섰다. 얼굴 가득 두려움과 후회하는 기색을 떠올린 채 어쩔 줄 몰라 하고 있었다.

한순간의 욱하는 감정을 참지 못했던 자신의 실수에 대해서 후회하고, 노기를 가득 띤 얼굴로 노려보고 있는 노인에 대한 두려움에 떠는 것이다.

눈을 부릅뜨고 장사검을 노려보던 무진이 천천히 단상을 바라보았다.

짙은 재색의 장포를 걸치고 흰 수염을 늘어뜨린 풍채 좋은 노인이었는데, 매서운 눈길로 장사검을 노려보고 있는 중이었다.

이번 비무대회를 참관하기 위해 신검문에서 왔다는 노인이다. 봉공(奉公)의 신분이라니 전대 문주와 함께 신검문을 일으킨 원로인 것이다.

"소생이 졌소."

장사검이 얼굴을 푹 숙인 채 풀 죽은 음성으로 겨우 그렇게 말하고는 달아나듯 비무대를 떠났다.

기벽강이 어리둥절해져서 사방을 두리번거렸다.

그날의 비무대회가 끝났다. 내일이면 이제 우승자가 가려지리라. 병장기 부문에는 무진과 당군상이 남아 있고, 권장 부문에는 상여상과 염능파가 남았다.

무진과 당군상의 비무에서 이긴 자가 기벽강과 겨룬다. 그리고 거기에서 이긴 자가 권장 부문의 승자와 최후의 일전을 벌이는 것이다.

무진과 기벽강, 염능파, 당군상, 상여상은 그 이름을 천하에 널리 알리게 되었다. 무진의 예상대로 사람들 사이에서는 벌써 그들을 두고 여산오웅이라고 부르는 말이 떠돌기 시작했던 것이다.

무진과 기벽강, 염능파는 그날 밤 술을 마시지 않았다. 잠시 앉아 얼굴을 마주 보았지만 서먹서먹한 기분을 떨쳐 버리기 힘들었던 것이다. 내일 비무대회에서 서로 마주쳐야 할 것이라는 생각 때문이었다.

무진이 당군상을 이길 게 틀림없으니 결국 기벽강과 병장기 부문의 승자를 가려야 할 것이고, 염능파 또한 상여상에게 지고 싶은 마음이 없으니 그렇다.

그는 상여상을 이길 수 있다고 자신했다. 하지만 그렇게 되면 무진이나 기벽강과 최후의 싸움을 해야 하는데, 그게 영 꺼림칙하기만 했다. 지난 십 며칠 동안 밤낮을 가리지 않고 함께 어울려 뒹굴면서 어느덧 형제 같은 정이 생기고 만 것이다.

무진은 태연했지만 기벽강이나 염능파는 그렇지 못했다.

"제기랄, 가서 잠이나 자야겠다."

기벽강이 한 단지의 술을 벌컥벌컥 들이키고 나더니 화가 난 듯 휑하니 나가 버렸다.

"쯧쯧, 덩치는 곰만한 친구가 속은 영 열여섯 난 계집애 속일세그려."

혀를 차고 핀잔을 주었던 염능파도 피곤하다며 곧 자리를 피했다.

무진은 저만의 깊은 생각에 빠져들어 그들이 떠나는 것도 알지 못했다.

왜 장사검의 검초에서 아버지를 죽이던 자의 그 검초를 떠올린 건지는 무진 자신도 알 수 없었다. 조용히 정신을 집중해서 그때 자기가 보았던 것들을 하나하나 더듬어 떠올려 보았다. 어렸을 때였지만 워낙 충격적인 일이라 잊지 못하고 있었다.

'아닌 것 같으면서 또 비슷하기도 하다.'

매종칠검의 검로와 장사검의 그 검로는 어딘지 닮은 데가 많은 것 같았다. 하지만 단편적인 기억이니 확신할 수도 없다.

그때 흉수는 매종칠검을 처음부터 끝까지 펼친 게 아니었다. 중간의 어느 한 초식이었을 수도 있고 마지막 초식이었을 수도 있다. 그러니 자기가 본 것만을 기억하고 있는 무진으로서는 장사검의 검초와 그것을 비교해 보기가 어려웠다.

그런데도 자꾸 매종칠검이 떠오르는 것은 무엇 때문일까.

무진은 그것이 검로의 유사성과 초식의 성격 때문일 것이라고 생각했다.

절기라고 불리는 초식들은 모두 그것들만의 독특한 성격을 갖고 있다. 초식을 창안한 자의 철학이, 무에 대한 독자적인 해석이 그 안에 녹아 있기 때문이다. 그러니 첫 초식과 마지막 초식의 투로(套路)가 수미일관하고 사상이 면면히 흐른다.

그래서 무진이 매종칠검과 유사한 느낌을 장사검의 검에서 받은 것이리라.

그가 기억하는 매종칠검은 교묘하고 변화무쌍해서 화려하게 보이는 한편, 신랄하기 짝이 없는 검법이었다. 연민보다 단호함이 크고 포용보다 군림의 기세가 컸다.

참을 수 없게 된 무진이 서둘러 누각을 내려갔다.

"공자, 어디로 가십니까?"

여전히 누각 아래를 지키고 있던 팽조가 의아한 얼굴로 물었다.

"팽 형 먼저 들어가 주무시오. 나는 잠시 산책을 하고 오겠소."

"소생이 모시지요."

"아니, 나 혼자가 좋소."

손을 저어서 팽조를 뿌리친 무진이 급한 걸음으로 멀어져갔다.

그가 향하는 곳은 철옹방 깊숙한 곳에 있는 영웅당(英雄堂)이었다. 귀빈이 머무는 숙소이면서 방주의 거처인 진무원(眞武院) 곁에 있는 아담한 전각이다. 그곳은 기린각 서북쪽에 있었는데, 네 개의 전각과 다섯 개의 담을 지나고 정원을 가로질러야 했다.

야간 순시를 도는 순찰단의 무사들과 수시로 마주칠 수밖에 없었다.

그때마다 무진은 어둠 속에 스며들어 은신했다.

매복과 은신의 재주는 척가군에 있을 때부터 몸에 밴 병술이다.

땅바닥에 배를 깔고 엎드리면 풀잎 하나로도 제 기척을 감출 수 있었고, 바위에 달라붙으면 숨을 멈추고 그것의 한 부분이 되었다. 홀로 왜구의 진영 속을 수도 없이 들어가고 나왔지만 한 번도 발각된 적이 없었다.

순찰단의 무사들은 곁을 스쳐 지나가면서도 종적을 알아채지 못했다. 그러면 무진은 오감(五感)을 한껏 돋우어 주변의 기척을 세밀하게 살피고, 아무도 없다는 걸 확인한 다음에 바람처럼 가볍고 신속하게 나아갔다.

한 식경쯤 그렇게 움직이자 드디어 담장 너머로 영웅당과 진무원의 웅장한 전각들이 보였다.

납작 엎드려 기척을 살피던 무진이 몸을 일으키기 무섭게 훌쩍 담을 뛰어넘었다.

신속할 때는 과감해야 하고 은밀할 때는 숨마저 멈추어야 한다.

아름드리 매화나무 아래 웅크린 무진은 한 개의 시커먼 바위인 것처럼 보였다.

"그런 짓을 하다니. 너는 정신이 어떻게 된 게 아니냐?"

백염노인의 꾸지람이 엄중하다.

"잠시 분별력을 잃었습니다. 용서하소서."

그 앞에서 장사검은 고개를 거듭 조아릴 뿐, 눈길조차 제대로 들지 못했다.

"철웅방의 적망보갑이 무림지보로 꼽히고, 천외별원의 소저가 절세가인이라지만 너는 단지 그것 때문에 이곳에 온 게 아니다."

"……."

"호걸을 사귀고 천하에 널리 네 이름을 알리라는 문주의 말을 잊었더냐?"

"죄송합니다. 그만 호승심이 일어서……."

노인이 지그시 장사검을 바라보았다. 이것저것 많은 생각들이 스쳐 지나가는 듯 눈빛이 복잡했다.

창문 틈으로 무진은 그들을 훔쳐보고 있었다.

그는 지금 서까래와 벽이 만나는 꺾어진 면에 몸을 찰싹 붙이고 있었는데, 다리를 서까래에 걸고 몸을 거꾸로 해서 늘어뜨린 채 손바닥을 쪽 펴서 벽에 밀착시키고 있는 것이다.

눈을 창틈에 붙인 채 귀로는 그들의 대화를 엿들으면서 오감을 활짝 열고 사방의 동정을 탐지한다.

무진은 노인과 장사검의 대화 속에서 무언가 단서가 될 만한 것을 찾기 원했다. 그러나 백염노인은 입을 꾹 다물고 말았고, 장사검도 숙인 머리를 들지 못한 채 침묵할 뿐이었다.

얼마나 지루한 시간이 지나갔을까. 노인이 한숨을 내쉬고 귀찮다는 듯 손을 저었다.

"내일 일찍 떠날 것이니 그리 알아라."

장사검이 여전히 노인을 똑바로 바라보지 못한 채 고개를 푹 숙이고 종종걸음으로 물러갔다. 마치 엄한 사부에게 꾸지람을 당한 듯하다.

그가 사라지고 나서 한 사람이 찾아왔다. 저벅거리는 발소리를 듣고 무진이 재빨리 어둠 속에 웅크렸다.

이 늦은 밤에 수하들과 함께 나타난 사람은 놀랍게도 철옹방주 상곡운이었다.

그가 다섯 명의 수신호위를 밖에 세워놓고 영웅각 안으로 들어갔다. 아무 기별도 하지 않는 걸 보니 사전에 백염노인과 약속이 되어 있었던 듯했다.

무진은 더욱 긴장했다. 철웅방주의 다섯 수신호위들이 모두 만만치 않은 고수들이니 그렇고, 이 늦은 시간에 방주가 몸소 백염노인의 처소를 방문한 것이 수상하니 그렇다.

한동안 처마에 딱 달라붙어서 숨을 멈추고 있던 무진은 위험을 감수하고라도 모험해 볼 수밖에 없다고 생각했다. 그가 조금씩 몸을 내려뜨려 다시 벽을 짚고 매달렸다. 창틈에 눈을 붙이니 상곡운과 백염노인이 마주 앉아 있는 게 잘 보였다.

■ 제 5 장 ■
혼란（混亂）

혼란(混亂)

"그들은 왜 아직 오지 않소?"

한참 만에야 백염노인이 그렇게 물었다.

"시간이 되었으니 곧 오겠지요."

다시 침묵이 이어졌다. 한 식경쯤 그렇게 지루한 시간이 지났을 때 두 사람이 가벼운 걸음으로 나타났다. 그들이 방으로 들어서고 나서야 무진은 그 면면을 훔쳐볼 수 있었다.

한 사람은 오십 줄에 들어 보이는 뚱뚱한 자였는데 머리를 틀고 검은색 장포를 걸쳤다. 다른 한 사람은 깡마른 노인이었다. 상곡운보다는 늙어 보이고 신검문의 노인보다는 나이가 적을 것이다.

그들은 처음 보는 자였다. 단상에 앉아 있던 자들이 아니었던 것이다. 그렇다면 귀빈으로 철웅방에 온 게 아닐 텐데 이처럼 거침없이 영웅당에 출입하고, 방주와 마주 앉는다는 게 의아했다.

"이제 다 모였으니 시작합시다."

백염노인이 엄숙하게 말했다. 다들 일어서서 옷매무새를 가다듬었다. 얼굴에 엄숙하고 긴장하는 기색이 어렸다.

백염노인이 품에서 둘둘 만 두루마리를 꺼내 북쪽 벽에 걸었다. 좌르륵 펴지는 그것에는 타오르는 불꽃을 상징한 듯한 붉은 그림과 검은 원(圓)이 그려져 있고, '무량일선(無量一線) 천추지지(千秋之志)'라는 붉은 글자의 대구가 좌우에 적혀 있었다.

'저게 뭘까?'

애매한 그 뜻과 도형에 무진이 의아해하는데 사람들이 각자 품에서 무엇인가를 주섬주섬 꺼내 들기 시작했다. 뚱뚱한 노인은 작은 금종(金鐘)을 꺼냈고, 깡마른 노인은 소고(小鼓)를 들었다.

상곡운은 품에서 손바닥만한 옥돌을 꺼냈는데, 경석(磬石)이라 부르는 것이다. 파인 구멍에 손가락을 넣어 가자(架子:악기를 매달아놓는 틀)를 대신했다.

무언가 의식(儀式)을 행하려는 듯했다.

딱—

백염노인이 의식의 집전관이 되어서 손뼉을 쳤다. 그러자 사람들이 일제히 들고 있던 악기를 한 번 두드렸는데, 상곡운은 손가락을 가볍게 튕겨서 각퇴(角槌:악기를 치는 뿔로 만든 망치)를 대신했다.

금종이 내는 맑은 소리와 경석의 청성(淸聲)에 소고의 동동거리는 울림이 더해지자 신묘한 소리가 났다. 듣는 것만으로도 머리가 맑아지고 마음이 차분하게 가라앉는다.

방 안 가득 떠도는 악기의 여음과 함께 그들이 일제히 족자를 향해 머리 숙여 절하며 중얼중얼 무엇인가를 외우기 시작했다. 그 소리는 경을 읊는 것도 같았고 주문을 외우는 것도 같았다.

분위기가 자못 엄숙한 중에 음률에 고저장단이 있고 목청이 은은해서 노래를 부르는 듯 귀가 즐거워지기도 한다.

구절이 바뀔 때마다 들고 있는 악기를 두드리니 음률과 조화를 이루어 더욱 신비한 분위기를 자아냈다.

어떻게 보면 종교적인 제례 의식을 벌이고 있는 것도 같았지만 제물이 없고 제사장이 없으며 모신 신이 없으니 그것도 아니었다.

일 다경쯤 그렇게 악기를 두드리고 노래를 중얼거리던 사람들이 뚝 멈추었다. 주섬주섬 도구들을 정리한 그들이 다시 탁자에 둘러앉았다.

"이제 때가 머지않았소."

백염노인이 의젓하게 말을 꺼냈다. 다들 공경하는 얼굴로 귀를 기울일 뿐 함부로 입을 열지 않았다.

"이제 곧 십지(十地)가 열리면 대라천(大羅天)이 활짝 펼쳐질 것이니 다들 마지막 날까지 액(厄)이 타지 않도록 각별히 조심하라는 천주님의 말씀이 계셨소이다."

"명심하겠습니다."

세 사람이 한목소리로 말하며 머리를 숙였다.

"작금에 새로운 기운이 강호의 곳곳에서 느껴지고 있으니 이는 또한 풍운의 징조. 유명밀부에서 이 일을 맡으라는 명도 계셨으니 아마도 교 총사가 수고해야 할 것 같소이다."

백염노인의 말에 깡마른 노인이 머리를 숙였다.

그는 유명밀부의 외총사(外總司)라는 신분이었다. 부주를 대신해 부 밖에서의 모든 업무를 총괄하는 막중한 지위에 있는 노인이었던 것이다. 하지만 강호에 그를 아는 자가 없었다. 백염노인도 그의 성이 교(僑)

씨라는 것밖에는 아는 게 없었다. 그만큼 유명밀부 자체가 은밀한 집단인 것이다.

"맡겨두소서. 그자들의 준동이 있기 전에 낱낱이 밝혀내겠습니다."

교 총사의 눈빛이 음침하게 번쩍였다. 백염노인이 흡족한 듯 수염을 쓸고 이번에는 뚱뚱한 노인을 바라보았다.

"금은을 아낌없이 풀어야 할 것이니 그에 따른 준비도 차질없이 하라 이르셨소."

"우리 남가(南家)에서는 모든 준비가 끝났으니 당장이라도 하명만 하시면 그리할 수 있습니다."

"좋소. 천주님께서 각별히 지켜보고 계시다는 걸 기억하시오."

뚱보노인이 황송하다는 듯 급히 머리를 숙였다. 얼굴에 기뻐하는 표정이 역력했다.

백염노인이 마지막으로 상곡운을 바라보았다.

"천주님의 기대가 크오."

"감당치 못하겠습니다."

"방주는 장차 구천(九天)의 보좌 중 공석에 있는 남천(南天) 주작(朱雀)의 좌에 오를 몸. 부디 보중하시기 바라오."

그 말을 할 때 백염노인의 안색은 장중했고, 감히 자리에 앉아 있지 못하고 일어나 상곡운에게 깊이 읍(揖)했다.

상곡운 또한 부지런히 일어나 마주 읍하고 더욱 공경하는 낯빛으로 말했다.

"속하는 다만 천주님의 명을 받들 뿐, 무엇을 알겠습니까? 사자(使者)님의 보살핌을 바랄 뿐입니다."

"됐소."

백염노인이 흡족한 미소를 지었다.

남가를 대표해 온 뚱보노인과 유명밀부의 교 총사가 부러움과 질시에 찬 눈으로 상곡운을 바라보았으나 감히 한마디도 불평의 말을 꺼내지는 못했다.

그들의 행동을 엿보던 무진의 마음에 의혹이 더욱 커졌다. 보아하니 은밀한 집단에 속해 있는 모양인데 도대체 그게 무언지 짐작조차 할 수 없으니 그렇다.

'이상한 늙은이들 아닌가?'

그런 의문과 함께 마음속에는 자신도 알지 못할 불안이 먹구름처럼 가득했다.

"그런데……."

백염노인이 머리를 갸웃거리고 나서 상곡운에게 말했다.

"이번 비무대회 덕에 우리가 이처럼 세인의 눈을 피해 모일 수 있게 되긴 했지만 방주는 장차 여상이를 어찌할 작정이시오?"

"그건……."

상곡운의 낯빛이 어두워졌다. 한동안 망설이던 그가 탄식하고 말했다.

"자식의 일이 뜻대로 되지 않으니 제가 잘못 가르친 탓입니다. 하지만 혈육의 정은 물보다 진하니 머지않아 그 아이도 아비의 뜻을 알고 따르리라고 믿습니다. 사자께서는 너무 염려 마소서."

"그렇게 되어야지. 한낱 계집 하나 때문에 웅지를 꺾고 대사(大事)에 걸림돌이 된다면 그 아이의 재주가 너무 아깝소."

상곡운의 얼굴에 더욱 짙은 근심과 두려움이 어렸다. 백염노인의 말에는 끝내 상여상이 말을 듣지 않으면 죽여 없애서라도 방해가 되지 않도록 하겠다는 의미가 들어 있었기 때문이다.

'그렇군.'

무진은 비로소 여산 비무대회의 참뜻을 알았다.

상여상의 마음을 돌려놓기 위해서 보물과 담소옥을 내걸고 연 비무대회였을 뿐만 아니라, 그들이 세상의 이목을 감쪽같이 속이고 이처럼 자연스럽게 모일 수 있는 자리를 만든다는 의미도 있었던 것이다.

이제 무진은 그들의 큰 비밀을 엿보았으니 무사히 이곳을 빠져나가야 한다.

그가 최대한 조심하며 몸을 접으려 할 때였다.

"그런데 몽려지라 하는 그 아이는 어떻게 된 거요?"

문득 백염노인의 입에서 의외의 말이 흘러나왔다. 무진이 바짝 긴장하여 몸을 굳히고 더욱 귀를 기울였다.

"언제 참가 신청을 했는지 아는 자가 없었습니다."

"그럼 본인이 한 게 아니라는 말이오?"

"원래 신청은 멀리 떨어져 있는 자들의 편의를 위해서 대신할 수도 있도록 했으니 그럴 수도 있겠지요."

"지난 며칠 동안 그 아이를 지켜보았는데 심상치 않소. 무예가 특출할 뿐 아니라 자질 또한 남다른 데가 있으니……."

잠시 뜸을 들이는 것이 무언가 생각을 정리하는 모양이었다.

"게다가 강호에는 전혀 알려지지 않은 자라는 것이 이상하고, 또 기상이며 태도가 그자를 빼닮은 듯하니 더욱 의심이 가는구려."

"흑풍객 이정청 말씀입니까?"

상곡운이 웃음을 띠고 물었다. 그는 팽조와 싸우던 무진에게서 이정청의 모습을 떠올린 적이 있다. 그러나 백염노인은 또 다른 사람을 생각하고 있는 듯했다. 노인의 수염이 가늘게 떨렸다. 긴장하고 있는 것이다. 상곡운도 덩달아 긴장했다.

"누구 말씀입니까?"

"……."

그가 재차 물었으나 노인은 대답하지 않았다. 무진이 다시 살며시 몸을 펴서 창틈에 눈을 갖다 댔다.

백염노인은 잔뜩 눈살을 찌푸린 채 무언가 골똘히 생각하고 있었다. 한참 만에야 그가 신광이 이글거리는 눈으로 사람들을 둘러보고 나서 천천히 말했다.

"진천수 곽문탁."

"엇!"

상곡운과 다른 두 노인이 동시에 놀람의 외침을 터뜨렸다. 그들의 머리 속에 무진의 모습이 번개처럼 스쳐 지나갔다. 그리고 그들이 기억하고 있는 곽문탁의 모습이 겹쳐졌다.

너무 오래전의 일이라 그동안 잊고 있었다. 지금 남아 있는 기억도 희미하다. 하지만 백염노인의 말을 듣고 보니 무진의 생김새며 기상이 정말 젊었을 때의 곽문탁과 흡사하다는 생각이 들었다.

'헉!'

그들이 놀랄 때 무진도 경악했다. 이곳에서 아버지의 이름을 듣게 될 줄은 몰랐기 때문이다. 무진의 등줄기에 전율이 스쳐 갔다. 저도 모르게 헛바람이 새어 나오고 몸이 움찔 흔들렸다.

방 안에 있던 사람들의 시선이 일제히 문틈으로 향했다. 그들과 무진의 눈길이 딱 마주쳤다.

"이놈!"

상곡운이 버럭 외치며 몸을 날렸다.

'칫!'

혀를 찬 무진이 힘껏 벽을 치고 그 탄력을 받아 재빨리 몸을 뺐다.

꽝—!

둥근 창문이 박살나면서 상곡운이 벼락처럼 뛰쳐나왔다. 저만큼 어둠 속으로 치달아가고 있는 무진의 뒷모습이 얼핏 보였다.

"잡아라!"

그가 버럭 외치며 힘껏 땅을 박찼고, 백염노인과 나머지 두 노인도 뛰쳐나와 상곡운의 뒤를 따랐다.

무진은 온 힘을 다해 달렸다. 꼬리를 밟혔으니 조금이라도 늦출 수가 없다.

그런 그의 앞에 검은 그림자 하나가 불쑥 뛰어들었다. 방주의 수신 오위 중 한 놈이라는 걸 느낀 순간,

핏—!

짧은 바람 소리와 함께 무진의 칼이 어둠을 갈랐다.

"헛!"

최근거리에서 곧장 뻗어 나온 일격이다. 서로 부딪칠 듯 달려들고 있었으므로 그 기세의 맹렬함이 몇 배나 더해졌다.

"크윽!"

놈이 짧은 비명을 터뜨리며 앞으로 쓰러졌다. 깊게 베인 배가 쩍 벌어진 채다.

그 잠깐 동안에 상곡운의 신형이 서른 걸음으로 좁혀들었다. 무진이 한 번 홀쩍 뛰어서 담 아래 이르렀을 때 다시 한 놈이 불쑥 튀어나왔다.

피잉—

그자의 검이 흰 궤적을 그리며 쳐나오는 게 언뜻 보였다. 무진은 이를 악물었다. 앞서 베었던 놈과 마찬가지로 이놈 또한 정면에서 달려든 터라 자신의 얼굴을 보았을 것이다. 살려둘 수 없다.

무진은 그자의 검격을 무시한 채 발끝으로 땅을 박차고 쓰러질 듯 몸을 던졌다.

쉬잉—

머리 위를 아슬아슬하게 스쳐 가는 한 가닥 검기의 싸늘함이 정수리에 느껴진다.

왼손을 뻗어 땅을 치고 그 탄력을 빌어 불쑥 솟구쳐 오른 무진의 칼이 번개처럼 떨어졌다.

"크악!"

정수리가 쩍 벌어진 자가 단말마와 함께 주저앉았다. 그자의 어깨를 차고 뛰어오른 무진이 그대로 담을 뛰어넘었다.

"엇!"

뒤에서 맹렬하게 쫓아오던 상곡운이 놀람의 외침을 터뜨렸다.

야행인이 설마 자신의 수신오위 두 명을 그처럼 쉽게 해치울 줄은 몰랐던 것이다. 그것도 일격씩이다.

부드득 이를 간 상곡운이 훌쩍 뛰어 담 위에 올라섰다. 그러나 무진의 신형은 이미 어둠에 묻혀 보이지 않았다.

옷자락 펄럭이는 소리가 후르르 하고 나더니 백염노인과 유명밀부, 남가의 두 노인이 내려섰다.

"쥐새끼 같은 놈!"

상곡운의 눈에서 불길이 뿜어졌다.

감히 이곳까지 숨어들어 와 자신들의 은밀한 회동을 지켜보는 자가 있었다는 게 분해 견딜 수 없었다. 이들 세 명의 노인 앞에서 망신을 당했으니 더욱 그렇다. 잡아서 정체를 밝혀내지 못한다면 결국 자신에게 해가 될 것이다.

그가 품에서 호각을 꺼내 힘껏 불었다.

삐이이—

높고 날카로운 소리가 밤하늘 멀리 퍼져 나갔다.

이제 철옹방은 천라지망이 펼쳐진 것이나 같다. 쥐새끼 한 마리 빠져나가지 못할 것이다.

사방을 두리번거리던 상곡운이 홀쩍 몸을 날렸다. 그가 정원 복판에 뚝 떨어지더니 다시 솟구쳐 올라 대전의 높은 지붕 위에 가볍게 내려섰다. 단 한 번의 도약으로 새처럼 빠르고 경쾌하게 용마루 위에 올라서는 그의 신법이 놀랍기 짝이 없었다.

혀를 찬 세 노인들도 몸을 날려 각기 다른 곳으로 흩어졌다.

그들이 떠나자 담장 밑의 풀잎이 살짝 흔들렸다. 무진이 거기 떨어진 새끼줄처럼 엎드려 있었던 것이다.

담과 땅이 만나는 틈에 딱 붙어서 칼을 배에 깔고 엎드려 있으니 웃자란 풀잎들이 절로 몸을 덮어주어서 여간해서는 알아챌 수 없었다. 게다가 숨을 멈추고 자신의 기척마저 안으로 삼켰으므로 상곡운 등은 발 아래 그가 있다는 것을 조금도 눈치채지 못했다.

언제나 등잔 밑이 가장 어두운 법 아니던가. 그들은 모두 무진이 필사적으로 달아났을 거라고만 여겼을 뿐이다.

지체하고 있을 수가 없었다. 방주의 호각이 경계를 발하는 것일 테니 그렇다. 어둠을 골라서 은밀히 숨어드는 한 마리 뱀처럼 조심스럽게 나가던 무진이 또 하나의 담을 뛰어넘기 무섭게 맹렬하게 달렸다. 주위에서 가까이 다가오는 기척들을 감지한 것이다.

"저기다!"

소리친 자가 이곳에 온 첫날 보았던 순찰단의 당주 조규앙임을 알았다.

무진이 잠깐 망설이는 사이에 득달같이 내달려 온 그가 세 명의 수하들과 함께 앞을 가로막았다.

"너는?"

무진을 알아본 조규앙이 놀란 얼굴로 흠칫 물러섰다. 더 이상 갈등하고 있을 새가 없다.

"미안하오."

짧게 외친 무진이 한 가닥 질풍처럼 덮쳐 갔다.

씨이잉—

무정한 그의 칼이 어둠을 쪼개고 떨어진다.

온갖 변식을 다 버린 채 오직 살기로만 이루어진 일격이다. 내가 먼저 치지 않으면 죽게 되는 건 나라는 생각이 그의 칼을 그렇게 무정하고 잔혹하게 만들었다.

그건 처음 칼을 잡고 싸움에 나갔을 때부터 지금까지 변함없이 지켜온 그의 법칙이고, 뼈에 새겨둔 전장에서의 깨달음이었다.

"끄으으!"

무진이 치고 나간 순간 조규앙의 목이 쩍 벌어졌다. 그가 비명도 제대로 지르지 못한 채 답답한 신음을 흘리며 무너졌다. 무진을 잡으려던 손이 덧없이 허공을 휘젓다 툭 떨어졌다.

"아악!"

"컥!"

"크억!"

거푸 세 마디의 단말마가 와르르 쏟아졌다. 조규앙을 스쳐 지나간 무진이 곧장 뛰어들며 좌우로 후려치고 찍은 세 번의 번개 같은 칼 아래 세 목숨이 덧없이 스러지는 소리다.

미처 칼을 부딪칠 새도 없고, 몸을 틀어 피할 새도 없이 순식간에 벌어진 일이었다.

무진은 그들의 죽음을 뒤로하고 재빨리 담을 뛰어넘었다. 이제 그의 눈은 살기로 충혈되어 있고, 가슴의 고동이 빨라졌다. 숨 막히는 긴장과 흥분 때문에 견딜 수 없을 지경이 되었다.

무진은 악귀 야차였다. 조금의 인정도 찾아볼 수 없고, 따뜻하던 마음도 없다. 삶과 죽음의 경계선에서 이쪽과 저쪽을 가로지르는 아슬아슬한 외줄을 타고 오직 치달릴 뿐이다.

그것은 끊임없이 닥쳐드는 죽음의 공포와 싸우는 일이기도 했다. 더 빠르게, 더 강력하고 더 사납게 몰아치고 부딪쳐 그놈을 베어 넘어뜨려야 한다. 그럴 때 그를 지배하는 유일한 힘은 본능이었다.

팔목에 은은한 통증이 느껴졌다. 흥분으로 달구어진 숨이 악귀의 그것처럼 쉿쉿거리며 뿜어졌다. 그리고 참혹한 비명과 피비린내…….

"이놈!"

뒤에서 무서운 호통 소리가 들렸다. 번쩍 정신을 차린 무진은 자신이 핏물을 뒤집어쓴 채 널브러진 주검들 위에 홀로 서 있다는 걸 알았다. 등줄기를 타고 소름이 달려갔다.

다시 그를 가로막았던 십여 명의 순찰단 무사들이 모두 쓰러져 있었다. 숨이 붙어 있는 자는 없었다. 그리고 두 번 칼을 맞은 자도 없다.

쉬앙—!

무지막지한 잠력이 쏟아져 들어왔다. 돌아본 무진의 눈에 상곡운의 노여움으로 일그러진 얼굴이 와락 닥쳐들었다.

그는 아직 두어 장 밖에 있는데 후려친 장력이 철벽처럼 눌러오고 있었다.

"합!"

무진이 맹렬하게 칼을 후려쳤다.

쾅! 하는 요란한 폭음이 터져 나왔다. 칼에 실린 한 가닥 뇌전 같은 기운이 상곡운의 장력과 부딪쳐 그것을 곧장 갈라 버리며 그대로 뻗어 나갔다.

"으헛!"

깜짝 놀라 급히 신형을 멈추어 세운 상곡운이 거푸 장력을 쳐냈다.

쾅쾅광—!

그것이 무진의 칼에 실린 기운을 깨뜨리고 부딪칠 때마다 철퇴로 바윗덩이를 내려치는 것 같은 소리가 터져 나왔다.

무진이 훌쩍 몸을 뒤집더니 센 바람을 맞은 연처럼 순식간에 담을 훌훌 날아 넘어 다시 어둠 저쪽으로 사라져 버렸다. 태산같이 쏟아져 들어오는 상곡운의 장력을 탄력으로 이용한 것이다.

"으음—"

눈살을 찌푸린 상곡운이 크게 숨을 들이쉬어 한차례 호흡을 가다듬었을 때 무진의 모습은 이미 씻은 듯 사라지고 없었다.

그는 눈앞에 있었던 자의 얼굴을 떠올렸다. 온통 붉은 피를 뒤집어쓰고 있던데다가 두 눈마저 핏발이 서려서 끔찍했다. 누구인지, 어떻게 생긴 놈인지 알아볼 수 없다는 게 무진에게는 다행인 일이었지만 상곡운에게는 분하기 짝이 없는 일이었다.

'대체 누가 이처럼 막강한 내력과 잔혹무비한 도법을 지녔단 말인가?'

그런 의문이 걷잡을 수 없이 일었다.

무진은 또 하나의 담을 뛰어넘고 있었다. 두 개의 정원을 가로지르는 동안 몇 명을 베어 넘겼는지 생각나지도 않았다. 그저 미친 듯 달리고, 막아서는 자들이 있으면 알아볼 새도 없이 쳐 넘겼을 뿐이다.

휙—

그가 땅에 내려서자마자 희끗한 그림자 하나가 불쑥 달려들었다.

무진이 바라볼 것도 없이 와락 뛰어들며 일격을 날렸다. 번갯불이 번쩍이는 듯한 칼 빛 아래서 앗! 하고 당황하는 외침이 터졌다. 그리고 그자가 구르듯 몸을 던져 옆으로 일 장여나 뛰어 물러섰다. 순간적인 일이다.

벼락같은 일격을 가까스로 피한 자가 '곽 형!' 하고 급하게 불렀다.

"응?"

막 뛰어들며 다시 칼을 날리려던 무진이 흠칫했다.

"소생이오."

백의인이 다급한 음성으로 말하는데 지나치게 놀랐던지 목소리가 가늘게 떨려 나왔다. 상여상이었다.

그는 온통 핏물을 뒤집어써서 혈인으로 변해 버린 자가 누구인지 금방 알아보았다. 지금 철옹방 내에서 이처럼 흉악한 용맹을 보여줄 자는 그밖에 없다고 단정한 것인지도 모른다.

무진이 주춤하자 상여상이 왼쪽을 가리키며 더욱 빠르게 말했다.

"이곳이 아니오. 저쪽이오."

무진은 아무 말 없이 그가 가리킨 곳으로 몸을 날려 사라졌다. 그러자 상여상이 제 머리카락을 헝클고 땅 위에 한 번 뒹군 다음에 벌떡 일어나 소리쳤다.

"여기다! 여기다!"

그의 말이 끝나지도 않아서 옷자락 펄럭이는 소리와 함께 상곡운이 내려섰다.

"보았느냐?"

"예. 저에게 일격을 날리고 급히 저리로 달아났습니다. 소자는 감히 쫓을 생각도……."

다음 말은 할 필요도 없었다. 상곡운은 여상이 가리키는 오른쪽으로 벌써 사라졌던 것이다. 이어서 그의 수신호위 세 명과 순찰단의 무사들이 들이닥쳤다. 그들 또한 방주가 간 곳을 가리키는 상여상의 손가락을 보고 미친 듯 그쪽으로 달려갔다.

횟—

무진이 마지막 담을 뛰어넘었다. 저만큼 커다란 회나무 한 그루가 우뚝 서 있는 게 보였다. 기린각의 뒤쪽으로 온 것이다.

"공자, 이쪽입니다."

어둠 속에서 낮게 속삭이는 소리가 들렸다. 바라보니 팽조가 회나무 그늘에 서서 손짓을 하고 있었다.

"어떻게……?"

"상 공자가 여기로 올 것이라고 말해 주었습니다. 지체하고 있을 새가 없습니다."

그렇다면 그는 내가 분란을 일으킬 것을 어찌 알았단 말인가 하는 의문이 들었다.

상여상에 대한 생각으로 잠깐 눈빛이 흔들리는데 다가온 팽조가 벼락같이 검을 뽑아 휘둘렀다.

싯! 하는 날카로운 바람 소리가 들리고 피에 젖어 있는 옷이 네 조각으로 갈라져 벌어졌다. 그러면서도 몸에는 상처 하나 남기지 않았으니 그의 쾌검은 이 며칠 새에 더욱 정교하고 무서워진 듯했다.

팽조의 의도를 안 무진이 껍질을 벗듯 단번에 그것을 벗어버렸다. 그는 곧 알몸이 되었다.

팽조가 보퉁이 한 개를 던져 주고 턱짓으로 제 뒤쪽을 가리켰다. 거기 어둠 속에 우뚝 솟아 있는 누각이 보였는데, 오층 다락에서 은은한 불빛이 새어 나오고 있었다.

알몸에 신경을 쓰고 있을 때가 아니다. 무진이 뒤도 돌아보지 않고 뛰자 팽조가 침착하게 옷 조각을 쓸어 모아 제 품에 쑤셔 넣었다.

"쯧, 꼴이 그게 뭐냐?"

기벽강이 술잔을 든 채 혀를 찼고, 막 술을 넘기던 염능파는 푸웃 하고 그것을 뱉어냈다.

보퉁이 하나를 안은 채 알몸으로 우뚝 서서 두리번거리는 무진의 모습 때문이다. 피에 젖어 있었던 옷을 벗어버린 뒤라 몸뚱이는 깨끗했는데 머리카락이며 얼굴이 온통 붉게 물들어 있으니 더욱 괴기해 보였다.

자러 가겠다고 했던 자들이 다시 다락에 올라와 술판을 벌이고 있었으니 무진도 어리둥절해져서 어찌해야 할 바를 몰랐다.

"꼼짝 말고 있어라."

기벽강이 술단지를 들고 다가와 머리 위에 콸콸콸 쏟았다. 술이 핏물을 씻어내며 흘러내리자 염능파가 재빨리 제 겉옷을 벗어 닦아냈다.

잠깐 사이에 온통 핏물을 뒤집어써서 끔찍했던 무진의 얼굴이 제 색을 되찾았다. 술 냄새가 진동을 했다.

머리를 털어준 염능파가 술과 피로 젖어버린 제 겉옷을 기벽강의 품 안에 마구 쑤셔 넣었다. 기벽강이 눈을 부라렸지만 막무가내다.

무진이 서둘러 보퉁이를 풀고 장포를 꺼내 대충 몸을 가리자 두 사람이 그를 쓰러뜨리고 깔고 앉았다. 막 탁자 밑으로 칼을 밀어 넣었을 때 계단을 뛰어올라 오는 발소리가 났다.

순찰단주인 신기단창(神技短槍) 우겸강(宇兼剛)이 냉기를 풀풀 날리며 들어섰고, 그 뒤를 상곡운과 백염노인이 어깨를 나란히 하여 올라왔다. 이어서 상여상이 순찰단의 당주 두 명과 함께 들어서서 재빨리 좌우로 갈라졌다.

그들이 입구를 가로막고 늘어섰지만 세 청년은 아랑곳하지 않고 크게 취한 모습으로 마치 싸우는 듯 뒤엉켜서 낄낄거릴 뿐이었다.

두 청년이 무진을 깔고 앉아 괴롭히는 형상이었다. 여기저기 술단지가 굴러다니고, 탁자는 어지럽게 흩어진 안주들로 지저분하기 짝이 없었다. 술 냄새가 코를 찔렀다.

"커흠!"

상여상이 큰 소리로 바튼 기침을 했다.

"어? 이게 다 뭐냐?"

그제야 염능파가 게슴츠레하게 풀어진 얼굴로 돌아보고 손가락질하며 혀 꼬부라진 소리를 냈다. 기벽강은 여전히 무진의 등을 깔고 앉은 채 손을 뻗어 새 술단지를 더듬었다.

난간을 잡고 일어서려던 염능파가 중심을 잃고 비틀거리다 폭삭 주저앉았다.

"뭐, 뭐야? 누구 허락을 받고 여기 온 거야? 썩 꺼지지 못해?"

손가락으로 방주를 가리키며 주정을 하다가 기어이 웩 하고 제 앞자락에 구토를 해댔다. 기벽강이 그런 염능파의 등짝을 걷어차며 크게 웃었다.

"아하하하— 드디어 항복을 할 때가 되었구나?"

"무, 무슨 소리? 아, 아직 멀었다. 더 마실 수 있어."

"흥! 계속 헛소리를 지껄이면 네놈도 이놈처럼 깔아뭉개고 말 테다."

기벽강이 염능파의 머리통을 붙잡으려는 듯 손을 허우적거리며 말했는데, 입을 벌릴 때마다 고약한 냄새가 풀풀 났다. 그 엉덩이에 깔려 있는 무진은 아무것도 모르는 듯 코를 골고 있었다.

기벽강이 단지를 기울여 꿀꺽꿀꺽 술을 마셔댔다. 반은 흘려대는 것이어서 제 몸은 물론 무진의 몸마저 홍건하게 적셨다. 그의 머리카락이며 얼굴이 젖어 있는 게 바로 이런 이유 때문이라는 걸 말 대신 행동으로 보여주는 것 같다.

탁자를 잡고 간신히 일어선 염능파가 초점이 맞지 않는 눈으로 방주 등을 둘러보다가 상여상을 발견하고는 제 가슴을 쾅쾅 두드렸다.

"이봐, 네가 여상이라는 친구지? 내일 나와 겨루겠다고? 흥! 그럴 필요도 없어. 이 자리에서 승부를 내보자구. 어때?"

그러더니 기벽강과 무진을 가리키며 코웃음을 쳤다.

"흥! 저놈들? 아주 형편없는 놈들이야. 우리는 술로 승부를 내기로 했거든? 근데 봐. 나만 멀쩡하잖아? 그러니까 여기서 너하고 나하고 싸워서 결판을 내면 끝나는 거야. 자, 오라구."

그들의 하는 짓이 기가 막히고 꼴들이 가관이었다. 상곡운이 눈살을 잔뜩 찌푸린 채 외면했다. 그 곁에서 백염노인은 형형한 눈길로 코를 골고 있는 무진을 뚫어지게 보고 있었는데 커다란 몸집의 기벽강이 깔고 앉아 있었으므로 제대로 살펴볼 수가 없었다.

"철부지들 같으니라구. 쯧쯧……."

백염노인이 잔뜩 얼굴을 찌푸린 채 혀를 차고 돌아섰다.

"가자!"

상곡운도 그들의 꼴에 가뜩이나 안 좋았던 기분이 더 상했던지 불쾌한 얼굴로 옷소매를 털고 돌아섰다.

방주 일행이 우르르 다락을 내려갔지만 기벽강과 염능파의 술주정은 한동안 더 계속되었다. 잠시 후, 계단을 밟아 올라오는 가벼운 발소리가 나고 팽조가 들어섰을 때에야 다들 뚝 멈추었다.

"갔다. 이제는 안전해."

잔뜩 긴장하고 있었던지 팽조의 음성이 가늘게 떨렸다.

무진이 기벽강을 밀쳐 내고 벌떡 일어나 앉았다.

"고맙다. 그리고 미안하다."

"제기랄 놈, 고작 그런 말이나 하다니."

기벽강이 눈을 부릅떴고, 염능파도 매섭게 흘겨보았다.

"그래, 너 혼자서 이 밤에 한바탕 신나게 놀았단 말이지? 고얀 놈 같으니."

무진이 젖은 머리카락을 쓸어 올리며 씁쓸히 웃었다.

"내가 무슨 짓을 한 건지 모르겠다. 잠시 이성을 잃었으니 두렵고 후회스러울 뿐이야."

칼을 휘두르던 자신의 손을 물끄러미 내려다보는데 얼굴 가득 안타까움과 후회가 깃들어 우울해 보였다.

"한숨 푹 자고 나면 좋아질 거야."

기벽강이 일어나려 하자 염능파가 그를 붙잡아 주저앉혔다.

"아니, 내려가는 건 좋지 않아. 여기서 이렇게 밤을 새는 게 낫겠다."

그렇게 취했던 자들이 멀쩡하게 제 방으로 돌아갔다고 하면 당장 이상하게 여길 것이다. 기벽강이 감탄했다는 듯 염능파를 바라보고 씩 웃어주었다.

"그런데 어떻게 된 일이지?"

무진이 묻자 기벽강이 눈짓으로 팽조를 가리키고 말했다.

"팽 형이 그러더군, 아무래도 네가 사고를 친 것 같다고."

"팽 형이?"

팽조가 공손히 머리를 숙이고 나서 담담하게 말했다.

"공자가 누각을 떠나고 난 뒤에 상여상이 찾아왔었습니다. 산책을 하러 나가셨다고 하자 '이 밤에 말이오?' 하면서 의아해하더군요. 잠시 그와 한담을 나누는데 호각 소리가 들리고 동쪽이 시끄러워졌습니다."

상여상은 즉시 마음에 오는 느낌이 있었다. 그가 굳은 얼굴로 팽조에게 빠르게 말했다.

"그 친구일 것이오. 내 생각이 맞다면 그를 기린각 뒤쪽으로 빼돌리겠소. 뒷일은 팽 형께 부탁하오."

만약 자신의 생각이 틀려서 무진이 아니라면 전력을 다해 잡아야 한다. 상여상이 날듯이 소리가 들려온 곳으로 사라지자 팽조는 지체하지 않고 기벽강에게 달려가 도움을 청했다.

"그래? 만약 그놈이라면 숨겨주지 않을 수 없지."

그리고는 염능파를 끌고 다시 누각에 올라와 기다리고 있었던 것이고, 팽조는 상여상이 말한 대로 기린각 뒤에서 무진을 기다렸던 것이다.

"그렇게 된 일이었군."

무진이 한숨을 쉬었다.

"모두에게 부끄러운 짓을 했어."

"쓸데없는 소리. 그런데 대체 무슨 일이냐? 어디 속 시원하게 말이나 좀 해봐라."

눈을 흘긴 기벽강이 재촉했지만 무진은 입을 꾹 다물고 머리를 흔들기만 했다.

"아니, 지금은 아무것도 말해 줄 수가 없어. 미안하다."

"제기랄 놈, 미안하다는 말을 아주 입에 달고 사는구만."

기벽강이 다시 매섭게 눈을 흘겼다.

무진에게 무언가 말 못할 사연이 있다는 것을 그들은 이제 모두 눈치챘다. 그리고 그것이 자신들이 생각하는 것보다 더 심각하고 위협적인 일일 수 있다는 것도 느꼈다. 그렇지 않았다면 무진이 피투성이가 된 채 뛰어들지 않았을 것이고, 철웅방이 이처럼 소란스러워지지 않았을 것이니 그렇다.

기벽강과 염능파는 마치 화가 난 사람들인 것처럼 술을 마셔댔다. 그들의 마음속에 들끓고 있는 갈등을 읽은 무진의 얼굴이 더욱 우울해졌다.

그들은 어쩌면 무진과 만나게 된 것을 후회하고 있는지도 모르고,

어쩌면 그와 얽히게 될 자신들의 앞날을 내다보고 불안해하는 건지도 몰랐다.

지난 십여 일간의 정을 떨쳐 버리고 아무렇지 않게 돌아서면 그만이다. 아니면 한 번 맺은 인연을 끝까지 지켜서 그와 함께 죽음의 위험을 무릅쓰고 풍진강호를 헤쳐 나가야 할 것이다. 그 두 갈래 길에서 어느 한쪽을 선택하는 건 역시 쉽게 결정할 수 있는 일이 아니었다.

밤새 그렇게 몇 항아리의 술이 비워졌는지 모른다. 기어이 염능파와 기벽강은 새벽 하늘이 밝아오는 걸 보지 못한 채 쓰러졌고, 무진은 그들 곁에서 꼬박 밤을 새웠다.

"어떻게 됐소?"

백염노인이 잔뜩 화가 난 얼굴로 다그치듯 물었다.

침묵하던 상곡운이 한숨을 쉬고 머리를 설레설레 흔들었다.

"감쪽같이 사라졌습니다."

"대체 이게 무슨 꼴이오? 천주님이 아시기라도 하는 날이면 우리 모두는……."

노인의 탐스런 수염이 부르르 떨렸다. 상곡운이 낯빛이 핼쑥해져서 고개를 숙였고, 남가의 뚱보노인과 유명밀부의 교 총사도 두려움으로 떨었다.

한동안 무거운 침묵이 흘렀다. 한참 만에야 탄식한 백염노인이 모두를 둘러보고 침중하게 말했다.

"휴— 이 일은 아무래도 비밀을 지키는 게 좋겠소."

"감사합니다."

사면이라도 받은 듯 상곡운과 남가, 교 총사가 일제히 말하고 머리를 조아렸다.

이 일이 보고되면 그들 모두 문책을 받겠지만 책임은 상곡운이 가장 클 것이다. 그러니 백염노인의 말은 누구보다 상곡운을 배려해 준 것이 아닐 수 없다.

"교 총사."

백염노인이 유명밀부의 깡마른 노인을 불렀다.

"하명하소서."

교 총사가 머리를 숙였다.

"몽려지라는 놈의 뒤를 철저히 조사해 보시오."

"그렇게 하지요."

그들의 공통된 의심이었다. 한 시진 가까이 이마를 맞대고 논의해 본 끝에 무진이 가장 수상한 자라는 결론을 내린 것이다.

사건이 있은 즉시 상곡운은 방 내의 기밀단을 총동원해 지금 철응방에 와 있는 삼백여 명의 외부인들을 철저히 조사하게 했다. 가능성이 없는 자들을 하나씩 제외시켜 가다 보니 마지막으로 남는 게 무진이었던 것이다.

우선 칼을 쓴다는 게 그렇다. 다음으로 이미 드러난 바와 같이 무공이 출중하다는 게 그렇고, 체구도 그들이 본 야행인과 비슷했다. 게다가 철응방에 온 첫날 장세걸과 주문룡에게 중상을 입힌 솜씨로 봐서 손속에 인정이 없고 잔혹한 자라는 것을 알 수 있으니 의심은 더욱 커져 갔다.

더 기막힌 일은 누구도 몽려지라는 자에 대해서 아는 사람이 없다는 것이었다. 놀라운 무위를 지녔으면서도 강호에 전혀 알려지지 않은 신비한 자인 것이다.

야행인은 수신오위 두 명을 한 순간에 베어버렸고, 십여 명이나 되는 순찰단의 고수들을 눈 깜짝할 사이에 모두 쳐 넘겼다. 그리고 유유히 사라졌다. 그건 다시 생각해 봐도 기가 막히는 일이었다.

상곡운은 그자와 일장을 격돌했을 때의 일을 생각하고 얼굴이 어두워졌다. 자신의 절기인 대뢰신공(大雷神功)을 가볍게 쪼개고, 오히려 그 힘을 빌어 달아났다는 것은 그자의 내공이 자신과 비교해도 뒤지지 않을 만큼 크다는 증거 아닌가.

만약 몽려지가 바로 그자라면 이건 심각하게 받아들여야 할 일이었다.

그러나 몽려지는 밤새 오층 누각에서 기벽강, 염능파 등과 어울려 술을 마셨다. 그건 그들 모두가 직접 확인한 일이다. 그러니 더욱 이상하고 애가 탈 수밖에 없었다.

상곡운과 백염노인은 유명밀부의 교 총사에게 모든 기대를 걸었다. 그들은 은밀하고 신속한 행동으로 머지않아 의문을 밝혀낼 것이다.

멀리서 새벽이 밝아오고 있었다. 무진은 술 냄새가 진동하는 누각에 앉아서 지난밤의 일들을 되짚어보고 있었다. 기벽강과 염능파는 세상모르고 곯아떨어져 있어서 그들의 코 고는 소리가 요란하게 들렸다.

무진은 머지않아 대라천(大羅天)이 열릴 것이라고 했던 백염노인의 말에 자꾸 신경이 쓰였다.

대라천은 천외천(天外天)이다.

도교적 우주관에서 나온 말인데, 삼십이천(三十二天)에 삼청천(三淸天:太淸天, 上淸天, 玉淸天)과 대라천이 더해져 총 삼십육천이 된다.

대라천은 그 삼십육천의 으뜸으로 삼십오천계를 이끄는 하늘이며[三

十六天中 三十五天總繫於大羅天], 다른 천계는 유한하지만 대라천은 무한하여 끝이 없으니 가장 높은 하늘이다[其它天都有限 而大羅天是無限的它最高]. 또한 대라천은 모든 천계와 그 밖의 것까지 다 아우르니 가히 궁극이라 아니 할 수 없다[卻又包羅於諸天之外 沒有終極].

그렇다면 백염노인이 말한 천주라는 자가 꿈꾸고 있는 것은 바로 그 천외천의 지존이 되려는 것이니 이건 보통 일이 아니다.

'흑풍객과 무명 노스님이 말한 십 년은 이것과 연관이 있었던 게 아닐까?'

당장 그런 의문이 들었다. 당신의 죽음을 준비하면서 자부신공을 구전해 주었던 아버지가 '이십 년 뒤에는 가히 대성할 것이니 그때를 기다려라'라고 했던 것도 이 일과 연관이 있을지 모른다는 생각이 불쑥 든다.

그렇다면 아버지의 죽음과 이 일이 서로 깊은 관계가 있을 것이다.

무진의 등에 식은땀이 흘렀다. 자신이 지금 거대한 소용돌이의 한복판을 향해 성큼 다가섰다는 자각이 들어서였다.

"음―"

이마를 잔뜩 찌푸리고 신음을 흘렸던 무진은 애써 마음을 가라앉히고 자신의 생각에 몰두해 들어갔다.

"내가 할 일은 단 한 가지뿐이다."

잠시 후, 그는 이를 악물고 자기 자신에게 그렇게 단호하게 말해 주었다. 그 밖의 것들에는 신경 쓸 필요 없다.

그들이 나의 원수가 아니라면 무슨 음모를 꾸미든 상관할 것 없다. 하지만 나의 원수가 맞다면 대라천이 아니라 그보다 더한 하늘이라도 두 쪽을 내버리고 말리라 다짐했다.

염 아저씨의 복수를 하고 아버지의 복수를 하는 것. 그 원한을 가슴 깊이 품고 여태까지 강호를 떠나 숨어 지냈다. 그리고 이제 다시 돌아왔으니 주저하고 망설일 것 없는 일이다.

'내가 가는 길이 시산혈해를 이루더라도 반드시 뜻을 이루고 말겠다. 그 앞에 방해가 되는 것들이라면 가차없이 쳐 넘길 뿐이다!'

무진의 얼굴이 더욱 차갑고 냉혹해졌다.

■제6장■
첫 번째 단서

첫 번째 단서

지난밤에 무슨 일이 있었냐는 듯 철웅방은 고요하기만 했다. 어디에
도 격렬하고 참혹했던 싸움의 흔적은 남아 있지 않았다.

오늘이 비무대회의 마지막 날이다.

어제와 다르게 비무대회장에는 한기가 감돌았다. 대부분의 참관자
들은 이유를 알지 못해 어리둥절해져서 단상과 비무대를 번갈아 바라
보기만 했다.

단상의 분위기가 무겁게 가라앉아 있었는데, 그게 비무대회 전체를
어둡고 냉랭하게 하는 이유였다.

오늘 아침 일찍 떠나겠다던 백염노인은 여전히 산동 신검문의 봉공
신분으로 상곡운 곁에 앉아 있었다. 그러나 그들에게서 열기는 느낄
수 없었다. 단지 비무장을 바라보는 싸늘하고 적의마저 띤 시선이 있
을 뿐이다. 그러니 그 밖의 귀빈들도 머쓱해질 수밖에 없었다.

염능파는 졌다. 건성건성 그저 몇 번 권장을 주고받더니 어이없이 승부가 가려지고 만 것이다. 그 성의없는 겨룸이 참관자들을 실망시켰고, 분위기를 더욱 맥빠지게 했다.

피곤한 얼굴로 비무대를 내려오는 염능파를 보면서 무진은 마음이 아팠다. 그가 제대로 겨뤄보지도 못하고 패한 게 자기 때문임을 알기 때문이다. 그는 기벽강과 함께 어젯밤 꼬박 새우다시피 하며 많은 술을 마셔댔다. 이 아침에 비무대에 오르면서도 술 냄새를 풍기고 충혈된 눈에 피로가 가득했었다.

"괜찮아."

무진의 안쓰러워하는 눈길을 받은 그가 어깨를 두드리며 그렇게 말하고 씩 웃어 보였다.

무진은 상여상이 권장 부문의 우승자가 된 걸 다행으로 여기면서도 염능파에게는 애석하고 미안하기 짝이 없었다.

그리고 이제 무진과 당군상이 겨룰 차례였다. 무진은 벌써 비무대 위에 올라가 있는데 당군상은 아직 망설이고 있었다.

그는 심각한 갈등에 시달리고 있는 중이었다. 비무대에 오르기 전에 우선 발목을 붙들고 있는 '갈등'이라는 그 적을 이기고 나야 무진과 겨룰 수 있을 것이다.

당군상의 고민은 그의 상대가 무진이라는 데에 있었다.

'나는 무엇 때문에 이곳에 왔던가?'

그런 의문이 그를 더욱 괴롭게 했다.

이미 당연실과 혼약이 약조되어 있으니 여산선녀를 탐내서 온 게 아니다. 철웅방의 적망보갑이 절세의 호신지보(護身之寶)라지만 있으면 좋고 없어도 그만이다.

당군상은 자신의 존재를 강호에 널리 알리고 싶었다. 그건 당연실과 함께 강호의 경험을 쌓겠다며 당문을 나와 유람 길에 들어섰을 때부터 가졌던 생각이었다.

철웅방의 비무대회에서 우승한다면 그 뜻을 쉽게 이룰 수 있다. 그래서 지금까지 네 번을 싸워 모두 물리치고 올라와 드디어 세 번의 비무만을 남겨두게 되었다.

'하지만······.'

당군상이 더욱 깊게 눈살을 찌푸렸다.

당연실은 '그놈을 죽여 버려!' 하고 악을 썼다. 그러나 당군상은 자신이 그렇게 할 수 없다는 걸 이미 잘 알고 있었다. 무진과는 그날 아침 쌍검봉 아래에서 한차례 겨루어보았다. 그래서 그를 이기기도 어렵거니와 죽인다는 건 더 더욱 어려운 일이라는 걸 절실히 느꼈다.

'이건 이제 의미없는 일이 되었다.'

그런 생각이 점점 커져 갔다.

그가 저쪽, 군중들 속에 섞여 있는 당연실을 보았다. 그녀는 잔뜩 기대하고 있었다.

당군상은 십여 년 전에 당연실의 아버지이자 문주인 당옥담의 제자로 당문에 들어왔다. 그때 그는 열세 살의 어린 거지 소년에 지나지 않았는데, 지금은 당문의 비전을 전해받아 당가십걸(唐家十傑)에 들 만큼 뛰어난 고수가 되어 있었다. 그리고 작년에는 연실의 정혼자로 정해지면서 드디어 당가 성을 받았다.

당연실은 그런 당군상이 뜨내기에 지나지 않는 무진 같은 놈 하나 죽여 없애는 일은 아무것도 아니라고 굳게 믿고 있었다. 그와 눈길이 마주친 그녀가 배시시 웃어 보였다. 당군상의 볼이 파르르 경련을 일으켰다.

"당군상!"

진행을 맡고 있는 총관 이유가 높은 음성으로 불렀다. 그가 아직 비무대에 올라오지 않았기 때문이다.

당군상은 이제 결정해야 할 때가 되었다는 걸 알았다. 그가 다시 한 번 당연실을 돌아보았다. 그녀가 활짝 웃으며 손을 흔들어주었다.

그녀의 저 손에 자신의 운명이 달려 있다고 생각하자 조금은 비참한 마음이 되었다.

저 손을 쥐면 장차 당문의 계승자가 되고, 한 지방의 패주가 되어 강호에 우뚝 설 수 있을 것이다. 존귀와 부가 한 몸에 따른다.

당군상이 머리를 들어 비무대 위에 우뚝 서 있는 무진을 보았다. 그리고 저쪽에 묵묵히 서 있는 기벽강, 염능파의 눈과 마주쳤다. 그들 세 사람은 서로 다른 성격을 타고났으며 서로 다른 환경에 놓여 자랐겠지만 당당한 대장부의 기상을 갖고 있었다.

'하지만 나는?

당군상의 얼굴이 고통과 갈등으로 더욱 일그러졌다.

그들의 자유와 호쾌함이 한없이 부러웠다.

'돌아가자. 가서 사부님께 아뢰고 벌을 받자.'

당군상은 그렇게 결정했다. 그리고 미련없이 돌아섰다.

"아?"

사람들이 모두 놀람의 탄성을 지르며 의아해서 바라보았다. 그러나 당군상의 눈에는 아무것도 보이지 않았다. 마음에 가득했던 미련과 상념들을 훌훌 털어버릴 뿐이다.

"거기 서!"

뒤에서 악을 쓰고 있는 당연실의 음성도 들리지 않았다. 당군상은 사람들을 헤치고 휘적휘적 밖으로 걸어나갔다. 무진의 승리를 외치는 소리도 그에게는 이제 남의 일이었다.

'사문으로 돌아가리라. 가서 달게 벌을 받으리라.'

그 생각만이 당군상을 끌어당기고 있었다. 비록 파문당하거나 목숨을 잃을망정 이제는 내 의지대로 살겠다는 각오가 있을 뿐, 다른 모든 생각은 잊었다.

땅을 딛는 발에 감각이 없다. 구름 위를 걷는 것처럼 둥둥 뜬 느낌이었다. 그래서 당군상은 자신이 지금 술에 취한 사람처럼 휘청거리며 위태롭게 걷고 있다는 것도 알지 못했다. 당연실이 악을 쓰고 욕하며 쫓아오고 있었지만 돌아보지도 않았다.

그가 비무를 포기한 채 초라한 모습이 되어 떠나는 걸 본 기벽강이 쳇, 하고 혀를 찼다.

"저놈이 그래도 쓸 만한 놈이다. 결단력이 있어."

염능파가 퉁퉁 부은 제 얼굴을 꾹꾹 눌러대며 그렇게 중얼거렸다. 기벽강이 그의 종아리를 걷어차고 투덜거렸다.

"빌어먹을 놈아, 저놈이 저렇게 가버리면 나는 어쩌고?"

"올라가서 맘껏 지랄을 떨어보렴. 나 같으면 안 그러겠다만……."

"음—"

이제는 기벽강이 감당하기 힘든 고민에 빠졌다. 그러나 그는 태생적으로 복잡한 것을 싫어하는 사람이었다. 시원시원한 게 좋은 만큼 주저함이 없다.

"제기랄!"

발을 구른 그가 큰 소리로 외쳤다.

"나도 포기요!"

그리고는 놀라는 사람들을 돌아보다가 염능파의 옆구리를 찌르고 히히 웃었다.

"비무 따위로는 만족할 수 없어. 저놈과는 언제든 정말로 싸워보고 싶거든. 누구의 칼이 강한지 목숨을 내놓고 싸워봐야 직성이 풀릴 거다. 그게 통쾌하기도 하고. 안 그래?"

"소원이라면 그렇게 해라. 그나저나 이제부터는 더 바빠지겠는걸?"

"왜? 무슨 일이라도 생기는 거냐?"

"너하고는 상관없다. 내 일이야."

그리고 나서 혼잣말처럼 중얼거렸다.

"가뜩이나 바쁜데 묏자리까지 찾아다녀야 하다니……. 이놈은 쓸데없이 덩치만 커가지고 땅도 많이 필요할 거야. 제기랄."

무진은 드디어 비무대 위에서 상여상과 마주 섰다.

서로 바라보는 두 사람의 눈에 만감이 교차했다. 상여상이 무진에게 포권하고 머리를 숙였다. 감사의 진정이 넘쳐 나는 눈길이었다. 무진도 그에게 머리 숙여 고마움을 표했다. 그것이 지난밤의 도움에 대한 감사라는 것을 아는 사람은 상여상뿐이다. 그가 보일 듯 말 듯 희미하게 웃었다.

결선에서의 비무는 병장기를 택하든 권장을 택하든 본인이 결정할 수 있다. 상여상이 품에서 섭선을 꺼내 들고 손가락으로 탁탁, 두드려 보였다. 무진을 바라보는 눈길에 의미가 실려 있다.

'내가 병장기를 택할 테니 곽 형은 권장을 택하시오.' 라는 의미였다.

무진은 그의 뜻을 알았다. 만약 칼을 쥐고 휘두른다면 어젯밤의 일이 들통날지도 모른다. 백염노인과 상곡운이 눈을 부릅뜨고 내려다보고 있는 것도 자신의 도법에서 단서를 찾기 위해서일 것이다.

보일 듯 말 듯 턱을 끄덕인 무진이 두 주먹을 불끈 쥐고 나섰다. 그것을 본 백염노인과 상곡운의 얼굴에 실망의 기색이 역력했다.

"탓!"

상여상이 짧은 기합성과 함께 가볍게 다가들었다.

좌르르르—

섭선이 활짝 퍼지는 소리가 경쾌하게 들린다.

날을 세워서 긁으면 칼로 베는 듯 예리해지고 말아 쥐고 때리면 몽둥이처럼 위력적인 게 섭선의 조화다.

이쪽의 병장기나 권장을 휘감아서 무력하게 만들기도 하고, 활짝 펼쳐서 상대의 눈을 가리고 암수를 쏟아내기도 한다. 혈을 찌를 때는 판관필 못지않은데다가, 때로는 암기가 장착되어 있어서 의외의 효과를 노릴 수도 있다.

그처럼 변화무쌍한 것이 섭선이었다.

상여상이 한껏 눈부신 조화를 뽐내는 것 같았지만 공격을 하는 그도, 무진도 맥이 빠져 있기는 마찬가지였다. 비무대회 자체가 이미 별 의미가 없게 되었을뿐더러, 서로 승부의 결과를 알고 있으니 더 그렇다.

무진에게는 이제 이것보다 더 급하고 더 중요한 일이 생겼다.

"차핫!"

그가 허장성세로 우렁찬 기합성을 내질렀다. 이제 그만 끝내자는 신호이기도 하다.

상여상도 눈치를 채고 섭선을 와라락 접으며 성큼 다가섰다. 무진이 손을 뻗어 크게 원을 그리며 상여상의 어깨를 붙잡을 듯 다가왔다. 빙글 돌며 말아 쥔 부채로 무진의 곡지혈을 때린 상여상이 왼쪽 팔을 접어 태양혈을 쳤다.

"아!"

그것을 본 사람들이 일제히 놀람의 외침을 터뜨렸다. 위험하고 악랄한 수법이기 때문이다.

팔꿈치로 제대로 맞았으니 당장 머리가 깨졌을 것이지만 무진은 그저 둔한 충격을 받고 엉덩방아를 찧었을 뿐이다. 그 꼴이 우스꽝스러워서 사람들은 한숨을 쉬는 한편 무진을 가리키며 웃어댔다.

"제기랄 놈. 저게 뭐 하는 짓이람."

기벽강이 잔뜩 눈살을 찌푸리고 못마땅한 듯 투덜거렸다. 염능파도 발을 구르며 안타까워했다.

"저런, 차라리 내가 대신 싸우는 게 나을 뻔했다. 눈앞에서 보물과 미녀를 내던져 버리는구나."

단상에서 바라보던 상곡운의 눈살이 더욱 찌푸려졌고, 백염노인은 더 볼 것 없다는 듯 벌떡 일어서서 자리를 떠나 버렸다.

형식적인 시상의 절차와 찬사의 말들은 들을 것도 없고 기다릴 것도 없다.

상여상은 제가 그토록 바라던 것을 얻었으니 원이 없을 것이다. 무진은 이제 자신이 원하는 걸 찾을 때라고 생각했다.

"어? 그냥 가는 거냐?"

염능파가 서둘러 떠나는 무진의 옷자락을 잡았다.

"곧 참가자들을 위한 연회가 있을 텐데?"

"아니, 그것보다 급한 일이 있다."

"그럼 일 보고 돌아올 거냐?"

"그 길로 이곳을 떠날 작정이야."

"이런, 제기랄 놈 같으니!"

염능파가 한껏 인상을 쓰고 노려보았다.

"우리하고는 이제 이렇게 헤어지겠다 이 말이지?"

다가온 기벽강도 험악한 얼굴을 하고 노려보며 으르렁댔다.

"작별 인사도 없이 너 혼자 홀쩍 가버리려고 했단 말이냐? 그게 무슨 경우지?"

난처해하던 무진이 우울한 얼굴이 되어서 그들을 천천히 바라보다가 겨우 말했다.

"내 일에 너희들을 끌어들이고 싶지 않아서다."

"뭣이?"

"흥! 누가 너더러 맘대로 결정하라고 했어?"

기벽강과 염능파가 동시에 소리쳤다.

무진은 지체할 수가 없었다. 막 비무대회가 끝난 어수선한 틈을 타서 이곳을 빠져나가지 않는다면 그럴 기회를 찾기 힘들 것이기 때문이다. 또 그에게는 달리 서둘러야 할 이유가 있기도 했다.

"좋다. 내일 해질 무렵에 점장대(點將臺)에서 보자. 자세한 얘기는 그때 하도록 하자."

그들을 뿌리친 무진이 사람들 틈으로 헤집고 들어갔다. 팽조가 잰걸음으로 뒤따르고 있었다.

"공자, 어디로 가시는 겁니까?"

방을 벗어나오자 팽조가 물었다. 무진이 여전히 잰걸음으로 걸으며 말했다.

"팽 형, 형은 스스로를 귀찮게 할 것 없소. 자유의 몸이니 어디든 팽 형이 가고 싶은 곳으로 가는 게 좋겠소."

"나는 가고 싶은 곳을 이미 결정했으니 더 말하실 것 없습니다."

"응?"

"비록 대협의 소리를 듣지 못하는 괴팍한 놈이지만 신의가 무엇인지는 알고 있답니다."

무진이 우뚝 걸음을 멈추고 비로소 돌아보았다. 팽조의 얼굴은 엄숙하기만 했다. 그가 무진에게 고개를 숙였다.

"나는 내 자신에게 신의를 지키고자 할 뿐입니다. 공자와는 상관없다고 해도 좋습니다."

무진을 따르겠노라고 스스로 맹세했으니 무진이 뭐라고 하든 제 뜻대로 하겠다는 고집이었다.

무진이 머리를 설레설레 젓고 나서 역시 엄숙한 얼굴이 되어 말했다.

"내가 가는 길은 외롭게 도산검림(刀山劍林)을 넘어야 하는 길이오. 그러니 어느 골짜기에서 덧없는 죽음을 맞이하게 될지 모르지. 영광은 없고 혈풍을 헤쳐 가야 하는 고달픔만 가득한 길이라오."

팽조가 흰 이를 드러내고 활짝 웃었다. 소리없는 웃음이다.

"그거야말로 평소 소생이 원하던 길이외다. 이제 한이 없겠군요."

"좋소. 그럼 같이 갑시다."

그의 뜻을 돌이킬 수 없다고 여긴 무진이 머리를 끄덕였다. 팽조가 길게 읍하고 나서 '주공(主公)' 하고 불렀다.

"서지 못해!"

당연실의 표독한 외침에는 이제 살기마저 깃들어 있었다.

무진이 철웅방을 나왔을 때 당군상은 여산 끝자락에 서 있었다. 얼굴에 표정이 없고 눈빛이 멍한 것이 실성한 사람처럼 보이기도 했다.

연실이 그의 옷깃을 잡고 협박도 하고 매달리기도 했지만 아무 소용이 없었다. 분해서 씩씩거리다가 당군상이 저만큼 멀어지면 다시 잰걸음으로 다가가서 옷자락을 잡았다. 그게 벌써 몇 번째인지 모른다.

이제 그녀는 단단히 화가 나 있었다. 마음에 독한 생각이 들어 얼굴마저 일그러졌다.

획—

땅을 박차고 몸을 날려 당군상의 머리 위를 뛰어넘은 그녀가 두 팔을 활짝 벌리고 막아섰다. 그를 노려보는 눈길이 싸늘했다.

"네가 감히 나를 이렇게 무시할 수 있어?"

"……."

"아버지가 그동안 어떻게 너를 키웠는데 이제 와서 배신하겠단 말이지?"

"……."

"거지새끼로 굴러 들어와서 이만큼 훌륭하게 자랐으니 이제는 네 멋대로 해도 된다고 생각하는 거야?"

당군상이 길게 탄식했다.

"사매, 네가 당문의 사람이듯 나 또한 그렇다. 나를 너무 핍박하지마라."

"흥! 너는 배신자야!"

"단지 너의 부탁을 들어주지 않아서 그렇단 말이냐?"

“싸워보지도 않고 포기했으니 당문의 명성에 먹칠을 했어.”

“그 일은 사문으로 돌아가 벌을 받을 작정이다.”

“그런다고 내 화가 풀어질 줄 알아?”

물끄러미 그녀를 바라보는 당군상의 얼굴에 안타까움이 깃들었다. 그녀에 대한 안타까움이다.

“너는 내가 진정으로 원하는 게 무엇인지 전혀 알지 못하고 있다.”

“나와 결혼해서 장차 당문의 외성을 이끄는 장로가 되고 더 나아가서는 가주가 되는 것 아니었어?”

“한때는 그런 꿈도 가졌었지. 하지만 치기를 벗어나지 못했을 때의 일일 뿐, 이제는 아니다.”

“아니라고?”

“나는 몽려지와 그의 친구들이 부럽다. 내가 그들 속에 끼어 있을 수 없는 게 부끄럽구나.”

그것이 너 때문이고, 외성으로서 당가에 속해 있는 때문이라는 듯 물끄러미 당연실을 바라보았다.

“뭐가 부러워? 집도 절도 없이 떠도는 신세가 그리워진 거야? 다시 저잣거리에서 이집 저집 구걸하고 다니던 그때로 돌아가고 싶다는 거야?”

“하— 너는 내 마음을 이해하지 못한다.”

“흥! 네가 내 뜻을 따르기만 하면 될 텐데 어렵게 이해하고 말고 할 게 뭐 있어?”

“나는 몽려지를 죽일 수 없다.”

“그렇다면 좋아. 나도 너와 결혼하지 않겠어.”

의외의 말이다. 물끄러미 그녀를 바라보던 당군상이 씁쓸하게 웃었다.

"사매, 네가 그렇게 말했으니 이제 홀가분해질 수 있겠군. 고마운 일이다."

"무엇이?"

그녀는 파혼을 선언하면 당군상이 즉시 항복하고 매달릴 줄 알았다. 그것을 바라고 있기도 했다. 하지만 자신을 불쌍하다는 듯 바라보며 하는 말에는 견딜 수 없는 모멸감마저 느꼈다. 파혼을 기다리고 있었다는 것 같으니 더 그렇다.

"너는 이제 당문의 사람이 아니야!"

악독하게 소리친 그녀가 손목을 털었다.

시잇―

작은 파공성이 일었다. 당군상은 그것이 그녀가 즐겨 사용하는 철련화(鐵蓮花)라는 걸 알아보았다.

원래는 줄을 달아 던지는 것으로, 승표(繩鏢)와 용법이 비슷한 투삭병(套索兵)인데 활짝 핀 연꽃 모양이다. 철원앙(鐵鴛鴦)이라고 부르는 새 모양의 것도 있지만 당연실은 철련화를 특히 좋아해서 많은 수련을 쌓았다.

철련화나 철원앙은 보통 어른의 주먹만큼 크다. 유성추(流星鎚)와 비슷한 것이다.

그러나 당연실이 즐겨 쓰는 것은 공깃돌만한 크기로 개조한 소철련화였다. 크기를 줄인 대신 조종줄을 없애고, 목표물에 박히면 꽃잎이 활짝 펴지도록 개조했으므로 순수하게 암기로 탈바꿈한 것이기도 했다.

그녀는 그것에 당문의 절독(絶毒)인 칠채화문독(七彩花璃毒)을 먹여서 지니고 다녔다. 철련화의 활짝 핀 꽃잎마다 영롱하고 아름다운 빛이 스며 있는 게 그런 이유였다.

당군상은 그 지독한 암기가 밀려들고 있었지만 꿈쩍도 하지 않았다. 서글픔을 가득 담은 듯한 눈으로 그녀를 뚫어질 듯 바라보고 있을 뿐이었다.

픽!

그의 어깨에 철련화가 깊이 박혔다. 즉시 꽃잎이 활짝 펴지면서 낚싯바늘의 미늘처럼 살 속에 파고든다. 짜르르한 통증과 함께 한줄기 서늘하고 담담한 향기가 코끝에 스쳤다.

"아!"

당연실의 안색이 핼쑥해졌다. 설마 그가 고스란히 철련화를 맞을 줄 몰랐던 것이다. 화가 나서 던졌지만 당군상의 몸에 그것이 박히자 곧 후회가 밀려들었다. 그녀가 창백하게 질린 얼굴로 입술만 바들바들 떨고 있을 때, 당군상이 천천히 말했다.

"이것으로 너와의 인연이 끊어진 걸로 하자."

"뭐얏!"

후회하던 마음이 그의 무심한 한마디 말로 인해 다시 걷잡을 수 없는 노여움으로 변했다.

당군상이 돌아섰다. 그녀에게 넓은 등을 보이고 터벅터벅 걸어 멀어져 간다. 입술을 떨던 그녀가 어깨를, 온몸을 와들와들 떨었다. 분노와 연민과 안타까움이 범벅이 되어 밀려들었다. 그래서 당연실은 어떤 게 진실한 자신의 마음인지 알 수 없게 되어버리고 말았다.

"죽어버려. 콱 뒈져 버려!"

발을 구르며 악을 쓰는 그녀의 볼을 타고 두 줄기 눈물이 흘러내렸다.

"몽려지, 이 나쁜 놈! 반드시 내 손으로 죽이고 말 테야."

엉뚱한 화를 그에게 돌렸다.

편협하고 옹졸한 그녀는 이 모든 일이 저로 인해 벌어진 것이고, 작고 사소한 것에서 비롯되었다는 걸 까맣게 잊었다.

제 분을 풀지 못해 안달하더니 이제는 당군상마저 잃었다. 그리고 그게 다 무진 때문이라는 원한을 제멋대로 품어버렸다.

그가 나타나지 않았더라면 지금도 장세걸과 주문룡을 거느리고 그들을 호령하고 부리면서 위풍당당하게 강호를 유람할 수 있었을 것이다. 그러나 그가 나타나면서 모든 게 엉망이 되어버렸다. 그게 그녀가 생각할 수 있는 전부였다.

사소한 일이 이처럼 크고 한스러운 일로 바뀔 수 있다는 건 그녀이기에 가능하리라.

"나옵니다."

팽조가 빠르게 속삭였다. 바위에 등을 기대고 비스듬히 앉아 있던 무진이 천천히 몸을 일으켰다. 그들은 지금 철웅방의 높은 문이 보이는 바위 곁에 몸을 감추고 있는 중이었다.

몇 사람이 철웅방을 나오고 있었는데, 그 속에 장사검이 섞여 있었다. 백염노인은 아직 방에 남아 있는지 보이지 않았다.

그들을 기다리는 동안 무진은 궁금해하는 팽조에게 매종칠검을 찾고 있다는 말을 해주었다. 그러자 팽조가 머리를 갸웃거렸다. 들어본 적이 없는 검법이었던 것이다.

팽조는 무진이 가슴에 한을 품고 있다는 걸 눈치챘다. 하지만 더 묻지 않았다. 그가 말해 줄 때까지 기다릴 작정인 것이다. 무진이 자기를 신뢰한다면 말해 줄 것이고, 그렇지 않다면 묻는다고 해도 말해 줄 리 없으니 그렇다.

"첫 싸움은 제가 하지요."

팽조가 검을 두드리며 씩 웃었다.

철옹방을 나온 장사검은 갈림길에서 사람들과 인사를 하고 헤어졌다. 그는 왼쪽으로 갔고, 사람들은 성자현으로 내려갔던 것이다.

장사검이 구강(九江)에서 배편을 이용해 양주로 갈 것이라고 예측했는데 역시 그랬다. 양주에서 운하(運河)를 타면 제남부(濟南府)까지 편하고 빠르게 갈 수 있기 때문이다.

혼자 걷게 되자 장사검의 걸음이 더 빨라졌다. 그가 구강으로 가는 지름길을 택한 걸로 보아 급히 가야 할 어떤 이유라도 있는 모양이었다.

산을 가로질러 가는 작은 오솔길에는 인적 하나 없었다. 뒤도 돌아보지 않고 뛰듯이 걸은 장사검이 언덕 위에 올라섰을 때였다.

"좀 쉬어가면서 가라."

뒤에서 문득 낯선 음성이 들려왔다.

돌아본 장사검이 흠칫 놀랐다. 저만큼 떨어진 곳에서 팽조가 따라오고 있었던 것이다. 조금 전까지만 해도 그의 기척을 알지 못했다. 누가 이처럼 가깝게 뒤따라오고 있는 걸 모를 만큼 둔한 장사검이 아닌 것이다.

그런데 불쑥 나타났으니 아마 자기를 기다리고 길가에 숨어 있었던 모양이라고 생각했다. 그리고 그건 좋은 뜻이 있어서가 아닐 것이다.

"무슨 일이냐?"

장사검이 날카롭게 물었다.

"너를 죽이려는 거야."

팽조가 히죽 웃고 스산하게 말했다.

"응?"

어리둥절했던 장사검이 곧 팽조를 가리키며 하하 웃었다.

"정신 나간 놈이로구나. 너는 내가 누구인지 알고나 있는 거냐?"

"산동 신검문의 소문주."

"흐흐, 그걸 알면서도 시비를 걸어왔단 말이지?"

"흥! 신검문 따위는 하나도 두렵지 않다."

팽조의 말이 장사검을 어리둥절하게 했다.

지난 십 년 동안 신검문은 강호에서 가장 큰 방파로 성장해 있었다. 어디에 가든 신검문의 위명을 모르는 자가 없다. 비록 팽조가 강남 무림에서 귀검빙심으로 불리는 고수이고 그의 쾌검술이 절정에 이르렀다지만 저렇게 말한다는 건 이해할 수 없었다.

머리를 갸웃거린 장사검이 피식 웃었다.

"미친 게로군."

"목을 내놓을 테냐, 아니면 심장을 꺼내줄 테냐. 둘 중에 하나를 선택해라."

"핫!"

거세게 코웃음을 친 장사검이 한심한 놈이라는 듯 혀를 차고 다시 물었다.

"대체 이유가 뭐지? 나는 너와 원한을 맺은 적이 없는데?"

"네가 매종칠검을 익혔다는 게 죄지."

무진의 이야기를 들은 바가 있으므로 슬쩍 넘겨짚어 본 말이다. 그런데 장사검이 즉각 걸려들었다.

"무엇이? 네가 그걸 어떻게 아느냐!"

장사검이 당황한 얼굴로 크게 소리쳤다. 팽조에게서 매종칠검이라는 이름을 들은 것이 그에게 큰 충격으로 다가온 듯했다.

"흐흐흐, 내 짐작이 맞았군."

팽조가 더욱 싸늘해진 얼굴로 음침하게 웃었다. 그러자 장사검도 낯빛이 냉랭해져서 살기를 드러내고 말했다.

"이제는 내가 너를 죽여야겠다."

팽조는 기다리고 있던 바이고 장사검도 결심을 했으니 두 사람 모두 머뭇거릴 이유가 없었다.

"합!"

장사검이 짧은 기합성을 터뜨리고 벼락처럼 달려들었다.

피잉—

그의 검이 눈부신 궤적을 그리며 허공을 갈랐다.

"흥!"

팽조가 선뜻 물러서며 코웃음을 쳤다.

장사검이 빠르지만 쾌검이라면 이미 한 경지를 넘어선 팽조에게는 가소롭게만 보일 뿐이었다.

검봉이 가슴 앞에 이르도록 꼼짝하지 않고 기다리던 팽조가 손목을 털 듯 가볍게 뿌렸다. 한줄기 번갯불이 그의 허리춤에서 번쩍인 것 같았다.

캉—!

벼락같은 쇳소리가 터져 나왔다.

장사검이 부르르 떠는 검을 쥐고 옆으로 돌아나갔다. 허공에 윙윙거리는 검명(劍鳴)이 가득 찼다.

"이놈!"

부르짖은 팽조의 신형이 유령처럼 흐느적거렸다.

쾌검을 구사하는 자들의 특징은 눈이 빠르고 신법이 빠르며 오감이 특출하게 발달했다는 거다.

팽조가 귀검빙심으로 불리는 까닭은 그의 귀신같은 신법 때문이기도 했다. 그는 어느덧 장사검의 그림자가 되어서 달라붙어 있었다.

"차합!"

무시하는 마음을 버린 장사검이 검법을 바꾸었다. 우렁차게 외치며 좌우로 빠르게 검을 휘두르고 찔렀다. 두 발을 쉬지 않고 움직이면서도 어디 한 곳 어색함이 없이 검격을 날려댄다.

팽조는 그의 검술 또한 예사롭지 않다는 것을 알았다. 과연 강호의 후기지수들 중 으뜸을 다툴 만한 자였던 것이다.

장사검은 신검문의 절초인 표풍검법(飄風劍法) 중 풍소비설(風掃飛雪)의 초식을 펼쳐 내고 있었는데, 절묘한 그 검법이 팽조를 어지럽게 했다.

표풍검법(飄風劍法)은 신검문을 대표하는 검법이었다. 오늘날 신검문의 위세가 천하에 진동하게 된 것이 바로 그 검법 때문이라고 해도 과언이 아니다. 그만큼 강호에 널리 알려진 절세의 검법인 것이다.

세찬 바람이 불어와 땅에 쌓인 눈을 날리니 세상이 온통 하얗게 변해 버린다.

그와 같은 초식의 이름처럼 과연 장사검의 검초는 뛰어나서 한순간 팽조를 위기에 몰아넣는 듯했다.

"흥!"

그물처럼 내리덮이는 희디흰 검영(劍影) 속에서 팽조의 냉랭한 코웃음이 들려왔다.

'이까짓 애송이 하나 내 뜻대로 하지 못한다면 어찌 강호에서 팽조를 고수라고 부르랴.'

그런 오기와 독기가 한꺼번에 터져 나오자 팽조의 검은 더욱 빨라지고 신법 또한 더욱 기묘해졌다.

독 오른 살모사의 숨결처럼 싯싯거리는 매서운 바람 소리가 풍소비설의 초식을 뚫었다.

팽조는 그 형체를 찾아볼 수 없을 만큼 빠르게 움직였다. 앞으로 튀어나갔다가 물러서고, 좌우로 맴도는 움직임이 어찌나 재빠른지 흐릿한 그림자만 눈에 어른거릴 뿐이었다.

장사검의 낯빛이 침중해졌다. 조금 전까지도 팽조를 가볍게 여겼는데 이제 그런 마음을 싹 버렸다.

그의 표풍검법은 아직 능숙하지 않다. 그러니 농익을 대로 농익은 팽조의 절세쾌검을 맞아 곧 파탄을 드러냈다.

때로는 초식보다 무서운 게 바로 오랜 경험에서 얻은 깨달음이다.

장사검이 절기를 익힌 청년 고수라고 하지만 팽조는 오래전부터 강호에서 명성을 얻은 노회(老獪)한 고수였다. 대적 경험이 당연히 앞설 수밖에 없다. 그러니 상대의 심리와 초식을 읽고 임기응변하는 데에 있어서 장사검은 그를 따라갈 수 없었다.

팽조는 빠른 신법을 십분 앞세워서 장사검의 절묘한 초식에 맞섰다. 그의 쾌검이 표풍검법의 천적이 아닌가 하는 의문이 들 만큼 풍소비설 초식의 맥을 여지없이 끊어놓곤 했다.

"헛?"

장사검이 놀란 외침을 터뜨리고 힘껏 검을 뿌려서 팽조를 주춤거리게 한 후에 즉시 물러섰다. 얼굴이 놀람과 분노로 창백해져 있었다.

그의 옷자락에는 다섯 개의 구멍이 숭숭 뚫려 있었는데, 검상을 입은 듯 옅은 피가 흘러내렸다.

"흐흐흐, 신검문의 절기가 고작 그거였느냐? 그래 가지고서야 어디 푸줏간에 매달아놓은 고기나 제대로 발라낼 수 있겠어?"

팽조가 검을 흔들며 비웃었다. 그는 의도적으로 장사검을 약 올리는 것이다. 화가 잔뜩 난 그가 비무대에서 기벽강을 상대할 때 잠깐 보였던 그 검법을 펼쳐 내게 하기 위해서였다.

그리고 그의 뜻대로 장사검은 참을 수 없는 분노와 모욕감으로 부르르 몸을 떨었다.

"십성 익힐 때까지는 절대로 펼쳐 보이면 안 된다."

그의 강호행을 걱정하면서 신신당부했던 부친의 말마저 까맣게 잊었다. 비무대 위에서도 그 일 때문에 백염노인에게 꾸지람을 들었건만, 한 번 화가 치솟자 그것마저 잊고 말았다.

'일검에 죽여 버리면 누가 알 것인가?'

그런 유혹이 들자 더 망설이지 않았다.

"이얍!"

매섭게 외친 장사검이 와락 달려들며 검을 내뻗었다. 표홀하고 날카롭던 검세가 돌변하여 맹렬한 중에 기묘한 떨림을 보였다.

"헛!"

팽조가 눈을 부릅뜨고 경악성을 터뜨렸다. 그가 부딪쳐 본 그 어떤 검세보다 위협적인 무엇이 느껴졌던 것이다.

검봉이 수백 수천 개의 꽃잎처럼 흩어져 날렸다. 장사검의 모습은 그 비화(飛花) 뒤에 가려져 보이지 않는다. 무수한 별떨기가 와르르 쏟아지듯 찬연한 검광이 허공을 가득 뒤덮었다.

한 번 그 어지러운 검세 안에 갇혀 버리자 어디로 몸을 비껴야 할지 알 수 없게 되었다.

"치잇!"

불끈 오기가 솟구친 팽조가 한껏 내공을 끌어올려 휘파람처럼 날카로운 숨을 불어내며 미친 듯 움직였다.

파파파팟―

바늘이 소나기처럼 쏟아져 내린다면 그럴까?

만천화우(滿天花雨)라는 절정의 암기 수법을 대하는 것 같기도 한 막막함이 팽조의 눈앞을 깜깜하게 했다. 그건 이십여 년이 넘게 강호를 주유한 그로서도 처음 대하는 검법이었고, 처음 대하는 두려움이었다.

검기에 실린 차갑고 악독한 기운이 팽조의 몸을 휘감았다. 촘촘한 그물이 조여드는 것 같다.

'저거다!'

숲 속에서 지켜보던 무진이 눈을 부릅떴다. 바로 저것이 아버지를 찌르던 매종칠검이라는 확신이 선 것이다.

그는 관전하는 중이라 팽조처럼 압박감을 느끼지 않았으므로 검법의 조화를 똑똑히 볼 수 있었는데, 빠르고 맹렬하며 천변만화하니 검의 움직임을 예측할 수가 없었다.

팽조의 위기를 느낀 무진이 더 지켜보지 않고 불쑥 몸을 일으켰다.

팟―

땅을 박찬 그가 쏘아진 화살처럼 날아들었다. 쐬아아― 하는 파공성

이 거칠게 일고, 허공에서 뿌려 친 칼이 한줄기 차가운 빛으로 뻗어나
갔다.

"핫!"

막 팽조의 가슴을 찌르려던 장사검이 깜짝 놀라 기합성을 터뜨리며
급히 몸을 틀었다. 그가 쳐낸 검기가 허공을 격하고 무진의 칼을 때렸
다.

콰앙—!

쇠종이 깨지는 것 같은 굉음이 터져 나왔다.

장사검이 '으음' 하고 신음하며 쿵쿵거리고 물러섰다. 입술이 파랗
게 질린 것이 큰 충격을 받은 모양이었다. 무진은 딱딱하게 굳은 얼굴
로 칼을 늘어뜨린 채 우뚝 서 있었다. 그를 알아본 장사검이 이를 부드
득 갈았다.

"바로 네놈이었지?"

대뜸 물어보는 말에서 적의와 놀라움이 동시에 읽혔다.

무진의 일격과 마주치고 나자 그는 즉시 '이놈이다!' 하는 느낌을
받았다. 바로 어젯밤 은밀한 회동을 훔쳐보았고, 한바탕 피바람을 휩
쓸고 사라졌다는 그 야행인의 정체를 알아낸 것이다.

그를 노려보는 무진의 얼굴에 냉막함이 가득 뒤덮였다. 끓어오르는
분노가 이성을 마비시켰지만 다시 그것을 더 큰 살기가 억누르니 그렇
게 된 것이다.

"누구에게서 배웠지?"

"뭘 말이냐?"

"매종칠검."

"네놈이 그걸 알다니?"

"사실대로 말해 준다면 목숨은 살려주겠다."

"흥!"

장사검이 코웃음을 쳤다.

"너를 살려줄 것인지 죽일 것인지를 결정하는 건 나야."

그가 오히려 무진을 위협했다.

"말해 봐라. 어디에서 매종칠검이라는 이름을 들은 거냐? 사실대로 말한다면 고통없이 죽여주마."

"음—"

무진은 이놈이 입을 열지 않으리라는 걸 알았다. 그렇게 가르침을 받았으리라. 아니면 저의 검법으로 반드시 이길 수 있다는 확신을 가졌기 때문일 것이다.

"좋다. 네 검법을 깨뜨리고 너를 죽여서 어디엔가 숨어 있을 그자들에게 나의 의지를 알리겠다."

비로소 복수 행로가 시작되는 것이다. 무진은 장사검을 첫 제물로 삼겠다고 작정했다. 매종칠검이 깨졌다는 사실이 전해진다면 그들 다섯 괴한은 크게 놀랄 것이다.

무진이 지그시 어금니를 물어 흥분을 억제하고 성큼 다가섰다.

장사검은 그의 서슴없는 기세에 놀랐다. '이놈은 대체 어떻게 된 놈인가?' 하는 생각이 들면서 마음이 위축되었다. 그러나 곧, '나의 검법은 천하제일이다' 하는 자부심이 그에게 두려움을 잊게 했다.

그가 천천히 검을 들어 무진을 겨누었다. 검봉에 새파란 기운이 맺혀 일렁이는 것 같았다. 내력을 모두 쏟아 넣고 있는 것이다.

칼을 움켜쥔 무진이 그런 장사검을 노려보고 섰다. 오른발을 앞으로 내딛고 칼끝이 아래를 보게 한 채 바위처럼 단단하게 지키고 서서 꿈쩍도 하지 않았다.

무진은 팽조를 위기로 몰아넣었던 그의 검법을 보았다. 그래서 이 싸움은 오래 끌어서는 안 된다는 걸 알았다. 장사검의 검법이 신묘하고 날카로우며 변화가 구름처럼 쌓이니 시간을 끌수록 감당하기 어려워지리라는 판단이 선 것이다.

'일격이다.'

초식은 필요없다. 변화도 필요없다. 제가 알고 있는 그 어떤 초식이나 변식으로도 매종칠검을 누를 만한 게 없기 때문에 더욱 그렇다. 그러니 방법은 오직 순수한 힘과 과감함으로 일격에 끝내 버리는 수밖에 없었다.

의표를 찌른다는 것이고, 발을 떼기 전에 발등을 찍는다는 것이다.

무진이 단단한 바위처럼 굳게 지키고 서서 일격의 기회를 노리고 있다면, 장사검은 무진이 쳐놓은 덫으로 조금씩 다가오는 사냥감이 되었다.

그가 미끄러지듯 세 걸음을 내딛더니 땅을 박찼다.

"차합!"

진기가 충만하게 실린 날카로운 기합성이 터져 나왔다.

피이잉―

검이 바람을 가르는 소리마저 떼어놓은 채 쇄도해 들었다. 검봉이 연꽃처럼 벌어지고 검기의 폭우가 쏟아진다.

'그때 아버지의 느낌은 어땠을까?'

그 찰나의 순간에 무진에게 불쑥 그런 생각이 들었다. 자신을 노리고 쳐들어오는 매종칠검 앞에 놓였던 아버지를 떠올리자 가슴 가득 울분과 슬픔과 증오가 들어찼다.

그때 아버지는 벽옥소로 그자의 검을 눌렀다. 그것이 검신을 누르고 훑어 오르며 냈던 날카로운 소성이 귀에 가득 살아났다.

파파파팟—!

검기의 폭풍이 그물처럼 무진을 덮었다.

"주공!"

팽조의 다급한 외침이 아스라이 먼 곳에서 들려왔다.

옷이 조각나 날리고 피부가 쩍쩍 갈라지며 붉은 피를 뿜어냈다.

그러나 무진은 그대로 얼어붙어 버린 듯 움직이지 않았다. 일격의 거리가 잡히기를 기다리는 것이다.

지금 그는 용담의 차가운 물속에서 쌍검봉을 바라보며 느꼈던 굳은 마음을 되살려 내고 있었다.

팽조의 쾌검 앞에 저를 내맡기고 눈 하나 깜짝하지 않고 지켜보던 바로 그 부동심이다.

미혹(迷惑)을 끊어버리고 무한히 자유로워지는 바로 그것이다.

'조금 더!'

들끓는 흥분과 긴장을 향해 일갈했다. 칼을 쥔 손이 사시나무 떨리 듯 떨리고 있었지만 그것도 무시한다.

위험하다는 본능의 아우성이 뇌성처럼 머리 속에 울렸다. 그의 검을 쳐 넘기기 전에 죽을지 모른다는 두려움도 왈칵 덮쳐들었다.

그러나 무진은 그 모든 것을 무시했다. 미혹이기 때문이다.

오직 단 한 번의 기회를 위해서 그는 인내의 한계를 넘어서 극한으로 스스로를 내몰았다.

검기가 쏟아져 들어오는 찰나의 순간이 억겁이나 되는 듯 늘어져 보였다.

그리고 검봉이 보였다. 수백, 수천 개로 흩어졌던 그것이 비로소 하나가 되어 찔러오고 있다. 모든 변초, 허초가 사라진 순간이었다. 아무리 많은 변화와 속임수가 있어도 결국 내 몸을 꿰뚫는 건 하나의 검 아니던가.

"탓!"

무진의 입에서 엄청난 외침이 터졌다.

번쩍!

쳐 올린 그의 칼이 심장에 와 닿은 장사검의 검에 붙었다. 그리고 아버지가 그랬듯 검신을 긁으며 무섭게 치달아 올라갔다.

끼이이익—!

온몸에 소름이 돋게 하는 날카로운 소리가 무수한 바늘이 되어서 박혀들었다. 장사검의 눈이 커졌다. 검을 누르는 무진의 엄청난 내력이 해일처럼 쏟아져 들어왔기 때문이다. 그건 감당할 수 없는 힘이었다.

장사검은 무진의 칼이 머리 위에서 눈부신 빛을 뿌리며 떨어지는 걸 언뜻 보았다. 그리고 그게 끝이었다.

파아—!

칼이 살을 쪼개고 뼈를 가르는 소리가 한 번 울렸고, 목에서 늑골까지 가르고 들어간 그것이 피를 빨아들였다.

"아—!"

그 끔찍한 광경에 팽조가 부르르 몸을 떨었다. 지나친 놀람으로 인해 검이 떨어져 발 아래 구르는 것도 모르고 있었다.

■제7장■
여산오웅(盧山五雄)

여산오웅(廬山五雄)

"도대체 어떻게 하신 겁니까?"

쩍쩍 갈라진 무진의 상처에 금창약을 발라주며 묻는 팽조의 음성은 아직까지 떨리고 있었다.

장사검을 두 쪽 낸 후 무진은 털썩 주저앉았다. 일격에 자신의 모든 걸 쏟아버린 탓이다. 팽조가 달려와 그를 들쳐 업고 미친 듯 뛰었다. 그리고 인적없는 개울가에서 무진의 상처를 씻어주었다.

"처음에는 본능에 따르지요. 그리고 나중에는 의지로 그것을 누르는 겁니다."

"예?"

"팽 형이 처음 그자의 검을 침착하게 기다렸다가 쳐냈던 것과 다르지 않지요."

"음—"

팽조가 깊은 침음성을 흘렸다.

'도대체 이 젊은 주인의 그런 인내와 과감함은 어디에서 나오는 걸까?'

수많은 싸움을 했고, 그래서 실전의 경험이 풍부하다고 자부했지만 무진의 그런 무모하기까지 한 과감성에는 질릴 뿐이었다.

무진은 자기 자신을 온전히 내던지고, 살고 죽는 것에서 초연해져야만 할 수 있는 한 번의 도박 같은 것을 아무렇지 않게 해냈다. 그것이 팽조에게는 충격이었다.

무진이 이미 셀 수 없을 만큼 많은 싸움을 했고, 그것이 모두 죽음과 삶의 경계를 딛고 해온 것임을 알지 못하기 때문이다. 그러니 실전의 경험이라면 무진이 팽조보다 훨씬 앞서 있었다. 그게 지금 그가 가지고 있는 가장 큰 보물이기도 하다.

외줄 위에서 목숨을 다투는 싸움일수록 초식의 정교함보다는 적절한 임기응변이 큰 힘이 된다. 그리고 그것은 생각 이전에 몸이 먼저 움직여 주는 반사 신경 같은 것이었다.

팽조가 무진의 일격에 오래도록 감탄하며 혀를 차고 있을 때 무진은 다른 생각에 빠져들어 있었다.

'그를 끌어내야 한다.'

무진은 그렇게 생각했다.

신검문에 매종칠검이 전해지고 있다는 걸 확인했으니 한 가지 확실한 단서는 찾은 셈이다.

신검문주인 신검수사(神劍秀士) 장운령(張雲嶺)을 끌어낸다면 조금 더 구체적인 게 밝혀질 것이다. 그 첫 미끼는 이제 던져졌다. 바로 무진 자신이었다.

천하제일 검객으로 불리는 그를 두고서 흑풍객은 '그까짓 놈'이라며 비웃은 적이 있었다. 그러니 어쩌면 그도 흉수가 아닐지 모른다. 하지만 상관없었다. 매종칠검이 신검문에 전해진 경로를 추적하면 될 뿐이다.

한동안 운기해서 기운을 되찾은 무진은 자신이 아직 멀었다는 생각에 마음이 어두워지지 않을 수 없었다.

장사검의 매종칠검은 완전한 것이 아니다. 그런데도 온몸을 던져서 겨우 그것을 깨뜨릴 수 있었다.

'나는 아직도 멀었다.'

암담한 기분이 되었다. 지금으로서는 정작 흉수를 만났을 때 그를 상대할 수 없을 것이니 그렇다.

무진은 용담에서의 깨달음으로 자기가 한 걸음 훌쩍 전진했지만 그것만으로는 여전히 부족하다는 걸 절실히 느꼈다.

그런 생각이 무진을 우울하게 하는 한편 불같은 투지를 불어넣어 주기도 했다.

'더 이상 올라갈 데가 없는 정점에 서 있기보다 지금처럼 목표를 가질 수 있는 게 좋다.'

그렇게 스스로를 달랬다. 한 발 한 발 멈추지 않고 내딛는다면 언젠가는 반드시 가장 높은 곳에 우뚝 서게 되리라. 그리하여 아버지가 지니셨던 천하제일인의 영예를 되찾아오리라는 의지가 그를 빛나게 했다.

인적없는 계곡을 타고 걸으면서 팽조는 그런 무진의 모습을 홀린 듯 바라보고 있었다.

급한 물굽이를 타고 꺾어지는 모퉁이를 돌아섰을 때 저 앞에 한 사람이 보였다. 술에 취한 듯 위태롭게 비틀거리며 천천히 걷고 있는 장한이었는데 그 뒷모습이 낯설지 않았다.

'누굴까?'

눈살을 찌푸리던 무진이 '앗!' 하고 놀란 외침을 터뜨렸다. 그자가 기어이 중심을 잃고 옆으로 구르더니 차고 급한 계곡물 속에 처박혀 버린 것이다.

팽조가 달려가 뒷덜미를 잡고 끌어냈다.

"엇? 이자는 당군상입니다!"

그의 놀란 외침이 무진을 어리둥절하게 했다.

급히 다가가서 들여다보니 정말 당군상이었다. 얼굴이 파랗고 입술을 파르르 떨고 있는 것이 심상치 않아 보였다.

"당 형, 당 형! 정신 좀 차려보시오. 이게 대체 어찌 된 일이지?"

"주공, 아무래도 절독에 중독된 것 같습니다."

"독?"

무진이 어리둥절한 얼굴로 팽조를 바라보았다. 사천의 당문이라면 암기와 독으로 이름난 가문이 아닌가. 그런데 독에 중독되다니?

팽조가 급히 당군상의 상의를 찢었다. 왼쪽 가슴 윗부분, 빗장뼈 아래쪽에 작은 구멍이 뚫려 있는데 그곳 주위의 살빛은 시커멓게 변해 있었고, 죽은피가 고름처럼 조금씩 흘러나오고 있었다. 그런데도 악취 대신 한 가닥 은은한 향기가 맡아진다는 게 이상했다.

"지독한 암기로군요."

상처를 들여다본 팽조가 눈살을 찌푸렸다.

"우선 마른 곳으로 옮겨야겠습니다."

이런 일에는 강호의 경험이 풍부한 팽조의 말을 따르는 게 이롭다. 성큼 당군상을 들쳐 업은 무진이 첨벙첨벙 계곡을 건너 햇빛에 달구어진 바위 위에 그를 내려놓고 가슴을 문질러 주었다.

손바닥에 자신의 내력을 모아서 안마해 주기를 얼마쯤 했을까. 따뜻하고 질긴 기운이 몸 안에 스며들자 당군상의 볼에 조금씩 생기가 어리기 시작했다.

"끄응—"

그가 괴로운 듯 신음을 흘리고 잔뜩 얼굴을 찌푸렸다.

"당 형, 정신이 드오?"

당군상이 천천히 눈을 떴다. 눈동자에 조금씩 초점이 잡히더니 드디어 무진을 알아보았다.

"아? 당신은……."

"마음을 가라앉히고 정신을 모으시오."

무진이 그의 가슴에 두 손을 붙인 채 자신의 내력을 흘려 넣어주기 시작했다. 두어 식경 쯤 지나자 당군상은 스스로 운기할 수 있게 되었다. 무진이 손을 떼고 물러나며 이마의 땀을 닦았다.

"한 고비는 넘겼군. 하지만 더 늦기 전에 해독을 해야 할 텐데……."

"독을 쓴 자에게 해독약이 있을 테지만 시간이 꽤 지난 것 같으니 어디에서 그자를 찾아야 할지 난감하군요. 또 그때까지 당군상이 버텨줄 수 있을지도 알 수 없는 노릇입니다."

"음……."

이런 일에는 속수무책인 무진으로서는 답답하기만 할 뿐이었다.

"몽 형, 걱정할 것 없소."

당군상이 천천히 눈을 뜨고 힘없는 음성으로 말했다. 그의 의식이 돌아온 걸 안 무진이 기뻐하며 다가앉았다.

"어쩌다가 이렇게 된 거요?"

"결국 내 욕심이 나를 이렇게 만든 거니 나 때문이라고 해야겠지요."

당군상이 쓸쓸히 웃었다. 그 모습이 처연해 보여서 무진은 가슴이 뭉클해졌다.

팽조가 마른 나뭇잎이며 가지를 한아름 주워왔다. 바위 위에 그것을 쌓아놓고 불을 붙이자 기세 좋게 타올라 조금 뒤에는 이글거리는 숯덩이가 되었다. 무진이 허리춤에서 소도를 꺼내 그 속에 찔러 넣고 끝이 벌겋게 될 때까지 달구었다.

"참을 수 있겠소?"

당군상이 애써 웃어 보였다.

그를 지그시 바라보던 무진이 천천히 불칼을 상처 속에 넣었다. 지지직 하고 살이 타는 역겨운 냄새와 연기가 피어올랐다. 이를 악물고 있는 당군상의 이마에서 굵은 땀방울이 뚝뚝 떨어졌다. 고통이 뼈에 스미련만 그는 한마디의 신음도 흘리지 않고 잘 참아냈다.

활짝 벌어진 여덟 개의 꽃잎이 살 속에 단단히 박혀 있어서 한참 실랑이를 하고서야 겨우 뽑아낼 수 있었다. 당군상은 지나친 고통을 참느라고 탈진한 채 미약한 숨만 헐떡였다.

"지독한 물건이로군."

무진이 눈살을 찌푸렸다. 다가와서 들여다본 팽조가 머리를 설레설레 흔들었다.

"철련화로군요. 당문의 암기 중에서도 악독한 것이지요."

"당문의 암기라고?"

무진의 깜짝 놀라서 당군상을 바라보았다. 그가 왜 당문의 암기에 상처를 입었는지 이해할 수 없어서다.

"지금은 아무것도 묻지 마시구려."

당군상이 입술을 악물고 밀려드는 고통을 참으며 겨우 말했다.

상처에서 흘러내리던 시커먼 피가 점차 맑은 빛을 되찾아갔다. 독기가 어느 정도 빠진 것이다. 그러나 몸 안에 널리 퍼졌을 그것을 깨끗이 제거하지 않는다면 여전히 위험했다.

팽조가 지혈산(止血散)을 고루 뿌리고 옷자락을 찢어서 단단히 동여매고 나자 급한 대로 치료가 끝났다.

품에서 작은 옥병을 꺼낸 당군상이 안에 담겨 있던 것을 마시고 나서 눈을 감고 운기에 들어갔다.

점장대(點將臺)는 성자현 북쪽 외곽에 있는 명승인데, 삼국 시대 오나라의 도독 주유(周瑜)가 적벽대전을 앞두고 파양호에서 수군을 조련시킬 때 수시로 올라가 점고했다는 곳이다. 바다처럼 넓은 호수로 뻗은 조그만 반도에 위치해 있어서 대에 오르면 파양호의 아름다운 경치가 한눈에 들어온다.

그 점장대의 난간에 기대어 노을이 깃드는 호수를 바라보는 두 사람이 있었다. 한 명은 곰처럼 큰 덩치를 지닌 우락부락한 청년이고, 한 명은 백의에 백건으로 산뜻하게 멋을 낸 귀공자풍의 청년이었다.

무진과 만나기 위해 철옹방을 나온 기벽강과 염능파였다.

"제기랄, 해가 다 졌는데 대체 언제 오려는 거야?"

기벽강이 땅거미에 덮이고 있는 여산의 운봉들을 바라보며 투덜거렸다.

"사내가 그렇게 참을성이 없어서야, 쯧쯧……. 어? 저기 오고 있잖아."

"어디, 어디?"

반색을 하며 돌아보던 기벽강이 온통 인상을 쓰고 염능파를 노려보다가 주먹을 번쩍 들어 올렸다.

"요 쥐방울 같은 것이 형님을 속여?"

"하하하! 속는 놈이 미련한 거지, 속이는 이 형님이 나쁘겠어?"

염능파가 기둥을 안고 돌아가며 깔깔거리고 놀려댔다.

벌써 두 시진째 기다리고 있으니 지루함을 참을 수 없었는데, 어울리지 않는 짓거리일망정 한바탕 그렇게 소란을 떨고 나자 조금은 더 견딜 만해졌다.

"배고파 죽겠다."

낙천적이던 염능파도 눈살을 찌푸리고 투덜댔다.

"술이 고픈 거겠지. 조금만 참아라. 형님이 아예 네놈을 술독에 빠뜨려 주마. 어? 정말 저기 오네?"

"하하, 넌 덩치만 컸지 바보야. 내가 써먹은 수법을 또 써먹으면 속아 넘어가겠냐?"

염능파가 웃으며 놀려댔지만 기벽강은 이미 점장대에 없었다.

"어라?"

어리둥절해서 두리번거리는 염능파의 눈에 난간을 훌쩍 뛰어넘어 벌써 저만큼 달려가고 있는 기벽강의 뒷모습이 보였다. 그리고 그 앞에 세 사람이 다가오고 있었다.

그들이 무진과 팽조, 그리고 당군상이라는 걸 알아본 염능파가 머리를 갸웃거렸다.

"저놈들은 언제 만났담? 그건 그렇고, 꼴들은 또 왜 저 모양이야? 서로 싸웠나?"

그의 눈에 무진과 당군상의 걸음걸이가 불안해 보였던 것이다. 특히 당군상이 더해서 그는 무진과 팽조에게 의지한 채 끌려오다시피 하고 있었다.

달려간 기벽강이 손가락질을 하며 뭐라고 소리를 꽥꽥 질러대더니 후딱 당군상을 들쳐 업고 나는 듯 돌아왔다. 누각으로 한달음에 뛰어오른 그가 버럭 소리쳤다.

"가서 의원을 붙잡아 와!"

"의원?"

"썩을 놈아, 여기 죽어가는 얼간이가 있잖아! 저기 다 죽게 생긴 멍청한 놈도 있고."

무진을 돌아보고 하는 말이다. 무진의 상태 또한 썩 좋아 보이지 않았다. 얼굴색이 창백하고 손발에 힘이 없어 보인다.

"대체 이게 무슨 일이냐? 아니, 너희 둘이서 한바탕한 거야? 왜? 비무대회는 시시해서?"

"저놈이 또 헛소리를 지껄이는구나."

무진이 핀잔을 주자 팽조가 씁쓸하게 웃고 말해 주었다.

"독에 당했다. 당문의 기린아가 당문의 독에 당했다니 웃어야 하는 건지 울어야 하는 건지 알 수 없는 일이야."

"독이라고?"

염능파와 기벽강이 동시에 소리치고 비로소 당군상을 꼼꼼히 살펴보았다. 난간에 겨우 기대앉아 있는데, 안색이 창백하고 숨결이 가느다란 것이 심상치 않았다. 당군상이 쓴웃음을 지었다.

"여러 친구들에게 폐만 끼치는군. 미안하다."

"흐흐흐, 친구라고 하면서 그런 말을 할 건 또 뭐냐?"

염능파나 기벽강은 그가 과감히 무진과의 비무를 포기하고 돌아섰을 때 이미 호감을 갖고 있었다.

"이놈아, 어서 의원이나 한 놈 잡아오라니까?"

기벽강이 눈을 부라렸다. 염능파가 상대도 하지 않고 이번에는 무진의 상처를 살펴보았다. 그러더니 눈을 흘긴다.

"이놈은 순 엄살이로군."

무진의 외상이라야 살가죽이 갈라지고 찢긴 것이니 크게 신경 쓰지 않아도 된다. 지금 무진은 계속해서 당군상에게 내력을 넣어주느라고 지쳐 있었던 것이다. 이곳까지 오는 동안에만도 세 차례나 자신의 내력을 소모해 가면서 당군상의 원기가 꺼지지 않도록 보호해 주었다.

"저 친구야 독에 당했으니 그렇다 치고, 너는 대체 어찌 된 일이냐? 온몸에 검상을 입다니. 싸웠어? 누구랑?"

"휴―"

한숨을 쉰 무진이 쓴웃음을 지었다.

"말하자면 복잡하고 사연이 길다. 그러니 서두르지 마."

그리고는 눈을 감고 곧장 운기조식에 들어갔다. 사정을 눈치챈 기벽강과 염능파가 곧 점장대의 계단을 가로막고 호법을 섰다.

잠시 후, 무진이 눈을 뜨자 그들이 우르르 몰려와 물었다.

"어쩔 셈이냐?"

"당문에 데려다 줘야지."

"하긴, 당문의 독에 당했다니 거기에나 가야 해독할 수 있게 될 거야. 그런데 그때까지 무사할 수 있을까?"

여기서 사천 당문까지는 물길을 타고 아무리 빨리 간다고 해도 족히 보름은 잡아야 할 것이다. 그나마 구강에서 무한까지 장강의 물길이 이어져 있고, 거기서는 동정호를 거쳐서 사천 성도까지 또 물길이 계속 이어진다는 게 다행이다.

그러나 당군상의 상세로 보아 그는 지금 하루가 시급한 상황이었다. 보름은커녕 내일 당장 어떻게 될지 모를 정도로 독이 온몸에 퍼져 있었다.

기벽강이 하늘을 보더니 버럭 화를 냈다.

"젠장, 이놈은 또 왜 이렇게 안 오는 거야?"

"응? 누가 또 오기로 했나?"

무진이 의아해서 묻자 염능파가 턱짓으로 여산을 가리키고 웃었다.

"상여상이 오기로 했다. 여기 당군상까지 있으니 오늘 우리들 여산 오웅이 한자리에 다 모이는 거지."

그러더니 볼을 부풀리고 투덜거렸다.

"쳇, 그놈이 우승자가 되다니. 아무리 생각해도 억울해서 못 견디겠다. 사람들이 그 계집애같이 생긴 놈에게 여산오웅 중의 으뜸이라고 할 거 아냐? 흥!"

염능파가 무진을 흘겨볼 때 어둠에 잠겨가는 호수 저쪽에서 낭랑한 웃음소리가 들려왔다.

"하하하, 없는 자리에서 욕을 하다니, 그건 영웅호한이 할 짓이 못 된다. 너희는 모두 나쁜 놈들이야."

"응?"

다들 깜짝 놀라 바라본 곳에 지붕을 얹은 작은 배 한 척이 달빛이 비치기 시작한 호수 위를 유유히 흔들리며 다가오고 있었다. 뒤에서 노를 젓고 있는 사내를 보고는 기벽강과 염능파가 일제히 야유를 퍼부어 댔다.

"저놈이 혼자서 신선놀음이나 하고 자빠졌구나."

"다른 사람들은 눈알이 빠질 지경인데 혼자서 한가롭게 뱃놀이나 하고 있다. 역시 나쁜 놈이야."

상여상이 노를 놓고 하하 웃으며 손짓을 했다.

"달도 좋으니 내려들 와라. 갓 잡은 잉어를 안주 삼아 배 안에서 한잔하면 신선이 부럽지 않을 게다."

염능파가 대뜸 소리쳤다.

"배 아파서 그 짓은 못하겠다! 여기 환자도 있어서 우리는 꼼짝할 수 없으니 네가 올라와라!"

"환자라고?"

놀란 상여상이 뱃전을 딛고 훌쩍 몸을 날렸다. 아직 언덕까지는 삼 장여나 남아 있는데 그것을 가볍게 뛰어넘고, 다시 몸을 솟구쳐 옷자락을 펄럭이며 대 위로 훌훌 날아오르는 경신술이 멋져서 모두는 감탄성을 터뜨렸다.

"곽 형."

대에 오른 상여상이 먼저 무진에게 포권하고 그렇게 불렀다.

"응? 곽 형이라니? 여기 곽가가 어디 있단 말이냐?"

기벽강과 염능파는 물론 팽조와 당군상까지 의아한 눈을 크게 뜨고 무진과 상여상을 바라보았다. 무진이 씁쓸하게 웃고 손을 저었다.

"새삼스럽게 무슨 짓이오?"

"네가 곽가냐? 그럼 몽가는 어디 가고?"

염능파가 눈을 부라리고 다그쳤다. 모두의 시선이 무진에게 쏠렸다.

"지금 그게 급한 게 아니잖아? 차차 말해 줄 테니 우선 저기 군상이에 대해서 상의해 보자."

무진이 스스럼없이 이름을 불렀다. 친구로 받아들인다는 의미다. 당군상의 눈에 기쁨이 반짝였다.

급히 그의 상태를 본 상여상이 잔뜩 눈살을 찌푸렸다.

"이런, 지독한 독에 당했군."

"방법이 없겠어?"

염능파가 묻자 잠시 생각하던 상여상이 심각한 얼굴로 말했다.

"마침 사부님께서 아직 파양현(波陽縣)의 영복사(永福寺)에 계시니 그분께 보이면 무슨 수가 있을지도 모르지."

"그렇다면 어서 가자."

"한데, 워낙 번거로운 일을 싫어하시는 분이라……."

상여상의 사부라면 권신(拳神)으로 불리는 신려착번(神儷斬鱗) 종자령(鍾滋翎)이다. 오래전에 강호에서 은퇴해 종적을 알 수 없었는데 그 고인이 영복사에 있다니 그것도 반가운 일이었다.

이번 기회에 은거고인을 뵙고 한 수 지도라도 받을 수 있다면 금상 첨화 아니겠는가. 그런 속셈에 염능파가 마구 서둘렀다.

파양현에 가려면 넓은 호수를 대각선으로 가로질러야 하니 물길만 이백 리 가까이 된다.

영복사의 팔층 석탑이 보이는 곳에 이르렀을 때는 하룻밤이 꼬박 지나고 다음날 해가 뜰 무렵이었다.

그들을 객원에서 기다리게 한 상여상이 혼자서 안으로 달려들어 갔다.

"사부님께서 다른 사람은 만나고 싶어하지 않으신다."

잠시 후 다시 나온 상여상이 잔뜩 미안한 얼굴로 말했다. 그 말은 염능파를 가장 실망시켰다. 그가 투덜거리거나 말거나 당군상을 부축하고 사라진 상여상은 그 뒤로 한참이 지나고 나서야 돌아왔다.

"그런데 네 사부님이 해독을 하실 줄은 아는 거냐?"

단단히 삐친 염능파가 이죽거리듯 물었으나 상여상은 태연할 뿐이다.

"강호를 떠나신 후 채약과 조제에 깊은 관심을 기울이셨다. 그 방면으로 일가견이 생기셨으니 안심해도 돼. 하지만……."

상여상의 얼굴에 그늘이 졌다.

"워낙 지독한 독이라 아무래도 당문으로 보내야 할 것 같다. 당 형도 한사코 사문으로 돌아가기를 원하고 있으니……."

듣고 있던 무진은 그가 스스로 벌을 청하려 한다는 걸 알았다. 자신과의 비무를 포기한 것이 사문을 욕되게 했다고 여기는 것이다. 또 당연실과의 관계를 끊은 것에 대해서도 사문에 아뢰고 처분을 받아야 할 것이다. 그게 지금은 당군상이 가장 먼저 해야 할 일이었다. 그러니 그는 죽더라도 당문의 문지방을 넘어서서 죽기를 원하는 것이다.

그와 당연실과의 관계는 당군상이 그런 말은 하지 않았어도 짐작으로 모두들 눈치채고 있었다. 철련화가 당연실이 자랑으로 여기는 암기이니 더 말할 것 없다. 그녀의 외호가 철련교화(鐵蓮驕花) 아니던가.

"사부님께서는 닷새 정도 치료하면 독이 더 이상 퍼지지 못하도록 제어할 수 있을 거라고 하셨어."

염능파가 당장 투덜거렸다. 기벽강도 같은 생각인 모양이다.

"쳇, 이 좁은 절간에서 닷새를 기다린다는 건 너무 지겨울 거야."

빙긋 웃은 상여상이 무진에게 말했다.

"당 형이 곽 형에게 감사하다는 말을 전해달라더군."

"누구라도 그렇게 했을 거야."

"내가 여기서 그를 돌봐주지. 닷새 후에는 쾌선 한 척을 내서 직접 당문까지 호송해 줄 테니 다들 아무 걱정 말아."

그렇게 당군상의 일은 결정이 되었다. 죽지 않을 거라는 말을 위안으로 삼고 무진 일행은 거기서 상여상과 작별을 해야 했다. 강호에서 다시 만나자는 약속을 잊지 않았다.

상여상은 무진의 손을 놓을 줄 몰랐다. 아쉬워하는 마음이 절절했기에 무진의 마음속에는 그가 철웅방주의 혈육이라는 것이 더 큰 안타까움으로 남았다. 장차의 일이 어찌 될지 불안하기도 했다.

"이봐, 이제 네 말 좀 들어보자. 무엇 때문에 우리를 감쪽같이 속인 거냐?"

구강으로 돌아가는 배 안에서 염능파가 더 참지 못하고 다그쳐 물었다. 노를 젓고 있던 팽조도, 물이 무섭다며 배 밑바닥만 뚫어지게 바라보고 있던 기벽강도 일제히 무진을 보았다.

"내 본래 이름은 곽무진이다."

무진이 그들의 안색을 살피며 내처 말했다.

"아버님의 원수를 갚기 위해 강호에 나왔지."

"그게 누군데?"

염능파가 눈을 반짝이며 바짝 다가앉았고, 팽조와 기벽강도 귀를 기울였다.

"모두 다섯 명이다. 그러나 내가 아는 건 없다."

무진은 자신의 지나온 날들을 솔직하게 말해 주었다. 때로는 탄식하고 때로는 흥분하고 감탄하면서 듣던 그들이 장사검을 죽인 대목에 이르러서 깜짝 놀라 눈을 크게 떴다.

염능파가 버럭 소리쳤다.

"아니, 이런 무모한 놈이 있나? 그래, 너 혼자서 신검문을 상대하겠다고?"

"천하를 상대해야 하는 일이라 해도 그만둘 수 없다."

"신검문이 무슨 촌구석에서 으스대는 허술한 무관 정도 되는 곳인 줄 아는 거냐?"

그렇지 않다는 걸 이제는 무진도 잘 안다. 침묵하던 그가 무거운 얼굴이 되어서 말했다.

"그래서 너희들을 끌어들이지 않겠다는 거다. 나와 함께 있으면 너희들도 위험해진다."

"제기랄, 강호라는 곳이 원래 그런 곳인데 뭘 걱정해?"

기벽강이 제 가슴을 두드리며 호기를 부렸다.

"두 발 뻗고 편히 자는 게 좋다면 처음부터 강호에 나서지도 말았어야지. 이게 보기와는 다르게 아주 소심한 친구로구만?"

염능파는 심각했다. 그가 무진을 뚫어지게 바라보며 다시 한 번 확인하듯 또박또박 물었다.

"그러니까 지금부터 그 신검문을 차근차근 깨뜨리면 매종칠검을 전해준 자가 나설 거라 이거냐?"

"그렇다."

무진을 노려보던 염능파가 피식 웃고 그의 어깨를 두드렸다.

"하긴, 가는 곳마다 그놈들 설쳐 대는 꼴이 영 보기 싫었는데 잘됐지 뭐야."

무진은 그들이 매종칠검에 대해서 알지 못한다는 게 이상했다. 잠시 생각하는데 염능파가 다시 재촉했다.

"그럼 나머지 네 놈의 절기는 뭐냐?"

무진이 단문도(斷門刀)와 염라편(閻羅鞭), 낙화신장(落花神掌)을 차례로 말해 주었지만 그들은 모두 머리를 갸웃거릴 뿐이었다. 마지막으로 천외쌍도(天外雙刀)라는 이름을 말했을 때 기벽강이 크게 놀라 버럭 소리쳤다.

"천외쌍도라고?"

무진의 눈이 번쩍했다. 기벽강이 눈을 부릅뜨고 노려보는데 마치 단단히 화가 난 것 같았다.

"지금 천외쌍도라고 했느냐?"

"들어봤어?"

"음—"

그의 얼굴이 시뻘겋게 달아올랐다. 이제는 다들 기벽강에게 눈길을 모았다. 그의 안색이 심상치 않았다.

"봐라!"

외친 기벽강이 제 칼을 선뜻 뽑아 뱃전에 콱 박았다. 푸른 물빛을 받아 번들거리는 칼이 부르르 떨며 울었다.

"그렇다! 바로 저거였어!"

무진이 소리쳤다. 기벽강이 비무대 위에서 휘둘렀을 때만 해도 그것이 천외쌍도를 쓰던 자의 칼과 비슷한 모양이라고 여겼을 뿐이다. 모든 칼은 다 비슷하고 모든 검은 다 비슷하다. 그와 같이 만도 또한 비슷한 모양일 테니 이상하게 여길 게 없었던 것이다.

그러나 기벽강이 천외쌍도라는 이름에 놀라며 반응을 보이자 이제 그의 칼은 다 비슷한 그런 칼이 아니었다. 그것은 무진에게 잊을 수 없는 악몽을 심어준 바로 그 칼인 것이다.

"빌어먹을, 제기랄!"

기벽강이 단단히 화가 난 듯 뱃전을 마구 걷어찼다.

"그자가 기어이 일을 저지르고 말았구나!"

"이젠 네가 말해야 할 차례다."

무진이 차가워진 눈으로 바라보며 낮게 말했다. 염능파와 팽조의 얼굴에 긴장이 가득 떠올랐다.

"사문의 배신자다."

"음?"

의외의 말이다. 기벽강이 분한 듯 씩씩거리며 떠듬떠듬 말했다.

그는 기련산에 있다는 신비의 문파인 기련파(祁連派)의 전인이라고 했다. 사백이 한 사람 있었는데 특이하게 두 자루의 칼을 익혀 뛰어난 솜씨를 지니게 되었다. 도법이 상승의 경지에 이르렀지만 성격이 음침하고 편협해서 장문 직을 물려받기에는 적당치 않았다.

"사조께서는 고민 끝에 둘째 제자에게 장문 직을 물려주셨다. 바로 내 사부님이시지."

염능파가 짐작이 간다는 듯 머리를 크게 끄덕였다.

"오라, 사제에게 장문인 자리를 빼앗긴 그가 화가 나서 기련산을 뛰쳐나가 버린 거로구만?"

"원한을 품고 사조님을 해친 다음 보물인 장문영부를 훔쳐서 달아나 버렸어."

"엇? 그럼 제 사부를 시해했단 말이냐? 게다가 장문영부라고?"

언제나 호쾌하던 기벽강의 얼굴이 어두워졌다.

"그래서 사부님은 장문 직을 물려받았으나 아직 장문인이 되지 못하셨다. 부끄러운 얘기지."

"음—"

무진과 염능파가 눈살을 찌푸렸다.

문파의 제자가 되어가지고 사문의 명예를 지키지는 못할망정 장문영부를 훔쳐서 달아났다는 건 제 사부를 시해했다는 것 못지않게 천인공노할 짓이었다.

"사부님은 그 즉시 강호에 나와 그를 찾아다녔지만 종적도 발견하지못하고 낙심해서 돌아오셨다."

"사부님이 연로하셨으니 이제 네가 그 임무를 띠고 나온 거로구나?"

"문호를 정리하고 장문영부를 찾아서 돌아가야지."

염능파가 기벽강을 흘겨보며 투덜거렸다.

"이제 보니 이게 아주 무서운 놈이었구만 그래? 여태까지 제 본래솜씨를 감춰오고 있었다는 거 아냐?"

기벽강은 젊은 나이에 한 문파를 대표해서 문호를 정리하겠다고 강호에 뛰어들었다. 그건 그가 이미 기련파의 절기들을 대성했다는 말아니겠는가.

기벽강이 히죽 웃었다.

"나는 한 가지만 집중해서 배웠을 뿐이다. 다른 절기들은 맹탕이나다름없어."

문파의 다른 것들을 포기하고 오직 배신자를 처단할 수 있는 절기만그동안 배우고 익혔다는 얘기였다. 그러니 기벽강은 한 가지 목적을위해 키워낸 병기인 셈이다. 그것이 완성되기까지 이십 년 가까운 세월이 걸렸던 것이다.

무진은 기벽강에게도 절실한 사연이 있다는 것을 알았다.

"하지만 너에게 양보할 수는 없어."

기벽강이 무진의 눈길을 피했다. 왠지 그에게 죄를 지은 것 같은 느낌이 들었던 것이다. 침묵하던 그가 무뚝뚝하게 말했다.

"문호를 정리하기 위해 내가 나왔으니 이 일은 내 소관이다."

"나에게는 원수를 갚는 일이다."

"나는 사부님의 명을 받고 나왔단 말이다. 그러니 내 일이다!"

"무엇이!"

두 사람의 감정이 격앙되자 팽조가 그들 사이로 끼어들었다.

"서로 다툴 일이 아닙니다. 벽강이와 함께 사건을 파헤쳐 나가다 보면 자연히 마주치게 될 터. 그때 두 사람이 힘을 합쳐 싸우면 서로 뜻을 이루는 거지요."

"음—"

기벽강이 신음하고 다시 외면했다. 그러나 그의 얼굴에는 불만이 남아 있었다. 그건 무진도 마찬가지여서 배 안의 분위기가 서먹서먹해지고 말았다.

"그런데 네 아버님은 대단하셨던 분인가 보다. 그러니 그들 신비의 다섯 고수가 노렸던 게지. 선친의 존함이 어떻게 되시냐?"

염능파가 분위기를 바꿔볼 요량으로 물었다.

"문탁이라 하셨다. 진천수라고 불리셨다더군."

"진천수 곽문탁?"

팽조가 머리를 갸웃거렸고, 염능파도 기벽강도 어리둥절한 얼굴을 했다. 무진도 어리둥절했다. 아버지의 함자를 말하면 다들 알 거라 여겼는데 아는 사람이 하나도 없지 않은가.

"흑풍객 이정청은 아느냐?"

무진이 묻자 이번에는 다들 머리를 크게 끄덕였다.

"그는 무서운 사람이지."

"강호에 그만한 고수를 찾아보기 힘들다고 하더라."

"그가 강호에서 사라진 지도 벌써 칠 년이 되어갑니다. 혹자는 영영 강호를 떠났다고도 하고, 혹자는 아무도 모르게 죽었다고도 하는데 알 수 없지요."

무진의 얼굴이 더욱 일그러졌다. 흑풍객은 알면서 자신의 아버지는 모른다니 그렇다. 흑풍객은 선부(先父)가 천하제일인이었다고 말했다. 그런데 아는 사람이 없다니 이건 이상하기만 한 일이다.

그러나 다시 생각해 보니 그날 밤 엿보았던 백염노인과 철응방주 등은 분명 곽문탁이라는 이름을 말했을뿐더러 잘 알고 있는 듯했다.

'그렇다면 아버지께서도 그들과 관련이 있으셨던 것일까?'

그런 의문이 들었다. 거기에서 조금 더 생각이 나아가자, 지금 강호인들이 매종칠검과 천외쌍도 등의 절기와 그것을 사용하던 다섯 명의 초고수들에 대하여 전혀 알지 못하고 있는 것처럼 아버지도 그런 사람들 중의 한 명이 아니었을까 하는 의문도 생겼다.

"가만, 네가 말한 절기들 중에 염라편이 있다고 했지?"

무엇을 생각했는지 염능파가 불쑥 말했으므로 무진은 제 생각의 꼬리를 끊고 그를 바라보았다.

"그리고 보니 철응방주 상곡운의 별호가 무적금편(無敵金鞭)이야. 우연인가?"

"음?"

무진의 머리 속에 다시 빠르게 생각이 스쳐 갔다.

신검문의 백염노인과 장사검은 매종칠검을 알고 있었다. 그리고 철웅방주는 편법(鞭法)의 고수로 강서 무림에 군림하는 자였다. 그렇다면 장사검이 매종칠검을 익혔듯 그의 무적금편도 어쩌면 염라편에서 나온 게 아닐까?

무진의 머리 속은 이제 터져 버릴 것처럼 복잡해졌다. 그 와중에도 천주의 사자로 왔다는 백염노인이 상곡운에게 포권하며 하던 말이 생생히 떠올랐다.

"방주는 장차 구천(九天)의 보좌 중 공석에 있는 남천(南天) 주작(朱雀)의 좌에 오를 몸. 부디 보중하시기 바라오."

그는 분명히 그렇게 말했다.

그건 상곡운의 편법이 이제 정체를 알 수 없는 비밀 집단의 수뇌부 자리에 오를 수 있을 만큼 대단해졌다는 의미도 된다.

'그가 원수와 관계된 자라면?'

그 생각을 하자 가슴이 답답해졌다. 상여상 때문이다. 그는 풍류를 알고 사심이 없는 좋은 청년이었다. 한 번 인연을 맺었으니 잃고 싶지 않은 사람이기도 하다.

그런 생각은 염능파나 기벽강 등도 마찬가지여서 그들의 얼굴도 무진과 같이 침울해졌다.

"아직 확실한 게 아니니 이 일은 여상에게 말하지 않는 게 좋겠군요."

그들의 마음을 읽은 팽조가 그렇게 말했으므로 다들 한숨을 쉬고 말았다.

다음날 오후 구강에 도착했다. 장강의 물줄기가 동서로 길게 갈라지는 곳이다. 서쪽으로 가면 무한에 닿고, 동쪽으로는 남경을 거쳐 바다에 이른다.

그곳에서 무진과 팽조, 기벽강과 염능파는 서로 갈라지기로 했다. 팽조는 여전히 무진을 그림자처럼 따랐고, 염능파는 기벽강을 따라가기로 했으니 그렇다.

무진과 기벽강은 힘을 합쳐서 신비 집단의 비밀을 파헤치기로 했다. 그들과 부딪쳐 싸우려는 것이다. 무진이 찾는 자들 속에 기벽강이 찾는 자가 포함되어 있으니 그렇게 되는 게 당연했다.

단서라고는 오직 신검문에 매종칠검이라는 신비의 검법이 있다는 것 하나다.

무진은 신검문의 호남 분타를 치기로 했다. 염 아저씨의 복수를 겸해서 신검문을 자극해 그들이 모습을 드러내게 하려는 것이다. 기벽강은 염능파와 함께 산동으로 가서 신검문의 동태를 감시할 것이다.

각기 갈 곳을 정한 그들 네 사람은 그날 구강진의 낡은 주가에 틀어박혀 밤새 술을 마셨다.

술이 시간을 늘려주면 좋으련만 그렇지 못해서 또 날이 밝는다.

새벽 찬바람을 맞으며 나루에 선 그들은 모두들 붉어진 눈으로 말없이 바라보기만 했다.

정해진 이별은 아무리 애달파도 어쩔 수가 없다. 동정호로 떠난다는 배가 먼저 닻을 올렸다. 무진과 팽조가 자꾸 뒤돌아보며 널판을 건너 배에 올랐고, 버드나무 줄지어 선 언덕에서는 기벽강과 염능파가 지칠 줄 모르고 손을 흔들었다.

일 년 뒤 낙양(洛陽)에서 만나기로 했으니 기약없는 이별은 아니다.

하지만 그들에게 그 일 년은 삶과 죽음의 고비를 넘나들어야 하는 세월이 될 것이다. 그러니 마음속으로 약속을 무사히 지킬 수 있게 되기를 서로 빌어줄 뿐이다.

무진이 탄 작은 배는 동정호를 향해 장강을 거슬러 올라가 곧 멀어졌고, 기벽강과 염능파는 어깨를 늘어뜨린 채 양주(揚州)로 가는 큰 배에 올랐다. 그곳에서 운하를 타고 제남부까지 가려는 것이다. 그러면 산 설고 물 설은 산동 땅이다.

구강은 옛적에 시상(柴桑)이라고 불렸던 곳이다. 삼국지의 그 유명한 적벽대전(赤壁大戰)을 준비하던 곳이기도 하다. 당시 손권이 이곳에 주둔하여 조조와 대치하고 있었는데, 제갈량이 단신으로 강을 건너와 그를 설득하고 동맹을 맺은 곳이기도 했다.

적벽대전이 일어나기 직전 제갈량과 주유가 치열한 머리 싸움을 하는 한편, 힘을 합쳐 조조를 물리칠 준비를 한 곳이 바로 이 지역이었던 것이다.

그곳에서 무진과 팽조, 기벽강, 염능파 등은 마음을 하나로 묶었다. 그리고 대라천이라 불리는 신비한 집단이 거대한 어둠이 되어 도사리고 있는 곳을 향해 두려움없이 나아갔다.

제8장 ▨

척살자(刺殺者)

척살자(刺殺者)

상음(湘陰)을 지나간다. 동정호는 그때나 지금이나 다름없이 푸르고 넓었다. 물새들이 무리 지어 날고 훈훈한 봄바람에 물 냄새가 피어오른다.

무진은 상강(湘江)을 더듬어 올라가는 뱃전에 서서 저 멀리 아득하게 푸르러 보이는 산과 들을 바라보았다. 이곳에서 화씨촌(華氏村)은 보이지 않는다. 하지만 무진은 제 마음으로 내내 그곳을 바라보고 있었다.

지난 몇 년 동안 염 아저씨의 대장간은 여기저기 그 흔적이 남아 있을 뿐, 이제는 사라지고 없었다. 밭 가운데 박혀 있는 주춧돌을 더듬는 손길이 사뭇 떨렸다.

"내가 살았던 곳이라오."

목소리가 떨려 나오고 울음에 젖어 있었다. 그래서 무진의 등 뒤에 공손히 서 있는 팽조도 슬퍼졌다.

밭두렁 저 너머에 살고 있던 노인은 없었다. 중년이 된 그의 아들과 손자가 밭일을 하고 있었지만 무진을 알아보지 못했다. 수상쩍다는 눈으로 힐끔힐끔 훔쳐볼 뿐이다.

세월이 더 지나면 주춧돌마저 뽑혀 사라지고 말 것이다. 그러면 염 아저씨의 흔적은 세상 어디에서도 찾아볼 수 없으리라.

기도하듯 무릎을 꿇고 앉아 주춧돌만 쓰다듬던 무진이 동쪽 언덕을 바라보았다. 몇 그루의 키 큰 소나무가 지키고 있는 저 너머에 공동묘지가 있다. 그리고 거기 염 아저씨의 초라한 새 집이 있다.

억새풀 우거진 묘지로 올라간 무진은 한참을 두리번거리며 찾아야 했다. 그때의 그 초라하던 무덤은 새롭게 생긴 봉분들 틈에 파묻혀 잘 보이지 않았고, 웃자란 풀과 나무들이 뒤엉켜 어느 게 무덤이고 어느 게 둔덕인지 구분하기 힘들었던 것이다.

그 잡풀들 속에서 목패를 겨우 찾아냈다. 세월의 풍상에 찌들고 닳아서 볼품없이 비틀리고 쩍쩍 갈라진 채 시커멓게 삭아가고 있었다. 찌든 먼지를 털고 닦아내자 희미한 글자가 나타났다.

제 피로 쓴 묘비명이다.

붉던 그것도 검게 퇴색해서 겨우 흔적만 남기고 사라져 가고 있었지만, 그것을 쓰다듬는 무진의 가슴속에는 아직도 선명하고 똑똑하게 각인되어 있었다. 그것은 세월이 흐를수록 닳아 없어지기는커녕 오히려 새파란 귀화(鬼火)로 번쩍이며 살아 있는 무엇이다.

"내 두 번째 아버지였소."

"그러셨군요."

팽조가 검을 뽑아 말없이 풀을 쳐내고 뒤엉킨 나뭇가지들을 잘라

냈다.

절정의 쾌속함으로 공간을 가르고 심장을 찔러서 적의 피를 빨아들이던 보검이 지금은 낫이 되었다.

눈에 보이지도 않을 만큼 빠르던 그 손이 조심스럽기 짝이 없게 천천히 한 뼘 한 뼘 풀을 베어간다.

무진은 팽조의 검 아래 조금씩 드러나는 벌건 흙무덤에서 눈을 떼지 못했다. 떼장도 입히지 않은 그 초라한 집 안에서 염 아저씨는 백골로 누워 있을 것이다.

무진은 나무를 깎았다. 깨끗한 속살로 새롭게 명패를 만든 것이다. 그리고 다시 제 손가락을 찔러 그 피로 비명(碑銘)을 썼다. 하얀 명패 위에 붉은 글자가 뚜렷이 새겨졌다.

묘지를 내려오는 무진의 눈빛이 무심하게 가라앉았다. 팽조는 그의 마음이 지금 얼마나 단단하고 얼마나 새파랗게 날이 서 있는지 알 수 있었다.

"호은암에 들러주시오."

나루에서 배를 타기 전 무진이 불쑥 말했다.

"예?"

"천산평에 있소. 가서 그들이 잘 있는지 살펴보고 내 안부도 전해주오."

"신검문에는 혼자 가시려고요?"

"형양(衡陽)에서 기다리지요."

한 번 천산평이 있는 곳을 바라본 무진이 팽조를 떼어두고 성큼 배에 올랐다.

이곳에 왔으니 반나절이면 들러볼 수 있는 곳이다. 하지만 무진은 어금니를 악물고 참았다. 천산평의 하얀 억새밭과 호은암의 낡은 대문이 저기 보이고, 댕기머리를 팔랑거리며 뛰어오는 수련의 고운 모습이 저기 보이는 듯했다.

'바보야, 왜 이제 왔어?'

눈을 흘기는 작은 계집아이의 얼굴이 손에 잡힐 듯하다. 하지만 무진은 참아야 했다. 십 년을 약속했으니 아직도 삼 년이 남아 있는 것이다.

지겹도록 법구경만을 가르치고 또 가르쳐 주시던 무광 노스님. 흑풍객에게 선뜻 소림사의 비전 절기라는 대라법수(大羅法手)를 전해주던 모습도 눈에 선했다.

그때만 해도 무진은 스님이 세상을 놀라게 할 만한 절기를 지니고 있는 고수이면서 소림사의 고승이라는 걸 까맣게 모르고 있었다. 늘 짓궂기만 하던 노스님에게서 무진이 느낀 건 따뜻한 관심과 사랑이었을 뿐이다.

흑풍객은 호은암에서 자기가 원하던 것을 다 얻었으니 지금쯤은 절기를 만들어냈을지도 모른다. 그러면 과연 그것은 천하제일이라 할 만한 것일까? 그런 생각들이 자꾸 발을 잡아당겨서 뿌리치는 일이 힘겹기만 했다.

무진은 그의 제자가 되기를 끝내 거절했었다. 그러나 그로부터 심득을 전해받았다는 걸 이제는 잘 알고 있었다. 그것이 지금 자신이 지니게 된 힘의 한 부분이라는 것도 인정했다. 그런 것을 생각할 때마다 흑풍객에 대한 고마움이 고개를 들었다. 그건 곧 그리움이기도 했다.

그러면서도 팽조를 보내면서 제 이름을 염자경이라 해야 한다고 말해 준 것이 마음에 걸렸다. 아직은 흑풍객에게 '내가 당신이 찾고 있는 곽문탁의 아들이오'라고 말해 줄 수 없기 때문이다.

'하지만 언젠가는 당당하게 밝히리라.'

지금은 단지 마음속으로 그렇게 다짐할 뿐이었다.

느릿느릿 상강의 물줄기를 거슬러 올라간 배가 형산 기슭을 돌아갔다.

물 위에 어른거리는 형산 준봉들의 그림자를 보면서 무진은 문득 흑룡보를 떠올렸다.

소봉이라고 하던 그 야무진 계집아이도 어느덧 다 큰 처녀가 되어 있을 것이다. 자신에게 한 대 얻어터지고 주저앉아 끙끙거리던 모습이 떠올라 안쓰럽기도 했다.

'흑룡보주는 아직도 웅크리고만 있을까?' 하는 생각과 함께 그 사람이야말로 어쩌면 지금의 무림에서 흑풍객과 함께 천하를 오시할 유일한 인물일 것이라는 생각이 들었다. 한없이 오만하고 차갑던 흑풍객이 보주 앞에서만은 조심하지 않았던가. 그를 공경하는 듯한 모습을 보이기도 했었다.

하나하나 떠오르는 옛 추억들을 뒤에 남겨두고 배는 형산을 지나 한참을 더 거슬러 올라갔다. 그리고 날이 어두워졌다.

형양은 큰 도읍이다. 상강(湘江)과 내수(來水)가 교차하는 곳으로써 수륙 교통의 요지이고 문물이 번창했다. 호남의 요충이라 옛적에는 이곳을 두고 항우와 한신이 다투었으며, 삼국 시대에는 동탁과 조조가 다투기도 했다.

밤이 되었는데도 저잣거리는 오가는 사람들로 넘쳐 났다. 마차와 사람들이 한데 엉켜서 거리를 가득 메웠다.

병장기를 지닌 강호인들을 심심찮게 볼 수 있는 건 이곳이 호남 신검문의 분타가 있는 석고산(石鼓山)과 멀지 않기 때문이다.

무진은 번잡한 거리와 사람들이 신기한 듯 두리번거리며 천천히 걷고 있었다. 팽조와 닷새 후에 만나기로 했으니 서두를 게 없었던 것이다.

"연락할까요?"

"그만둬. 그들은 알지 못하는 게 낫다."

"위험한 놈 아닙니까."

"그들에게 그런 거지. 상관하지 말고 이칠에게 인계해라."

방금 무진이 지나간 골목 어귀에 앉아 있던 두 명의 거지들이 속삭인 말이다.

중년의 거지가 깔고 앉아 있던 볏짚자리를 둘둘 말아 들고 일어서더니 허리를 구부정하게 굽히고 천천히 골목 안쪽으로 사라졌다.

사람들에 묻혀서 멀어지는 무진의 뒤통수를 노려보던 늙은 거지는 이내 무릎을 끌어안고 꾸벅꾸벅 졸기 시작했다.

음침하고 습한 골목 안쪽에 지저분한 주가들이 대여섯 개 모여 있었다. 성읍의 노동자나 놀음꾼들이 몇 푼씩 들고 와서 먹고 마시는 곳이다.

덕지덕지 분칠을 해서 늙은 얼굴을 감춘 창기들이 문 뒤에 숨어 있다가 만만해 보이는 자를 재빨리 낚아채서 사라지는 걸 흔히 볼 수 있었다. 싸움이 자주 일어났고 때로는 죽어 나자빠지는 자도 생겼다. 그러나 그 모든 게 골목 안쪽의 일일 뿐이다. 바깥 세상으로는 알려지는 법이 없었다.

퀴퀴한 냄새가 진동하는 골목의 한 주가 앞에 긴 걸상이 놓여 있고 몇 사람이 나란히 앉아서 술을 마시며 큰 소리로 떠들고 있었다. 주방이 따로 있지 않아서 술과 초라한 안주거리를 올려놓고 있는 목판 건너가 바로 화덕이 있는 주방이었다.

그들에게 다가간 중년의 거지가 검은 옷을 입고 후줄근한 몰골을 한 사내 곁에 엉덩이를 들이밀고 앉았다. 머리카락이 헝클어지고 목에 땟국물이 흐르는 것이 사내 또한 거지나 다름없는 몰골이었다.

"왔다."

거지는 그 한마디를 했을 뿐이다. 그리고 사내의 술병을 빼앗아 제 입에 처박았다. 검은 옷의 사내는 아무 말도 하지 않았다. 공허하고 무기력한 눈길로 멍하니 허공을 바라볼 뿐이다. 삶의 의지를 잃어버린 낙오자의 모습 그대로였다.

"그렇게 강한 놈인가?"

사내가 혼잣말인 것처럼 중얼거렸다. 과연 내가 나서야 할 만큼 대단한 놈이냐는 의문이 든 모양이었다.

"그거야 네가 확인해 봐야 할 일이지."

술병을 제 품에 쑤셔 넣은 거지가 슬그머니 자리를 떠서 어둠 속으로 사라졌다.

흑의사내는 그가 보이지 않을 때까지 앉아 있었다. 나른해 보이는 모습이다.

"빌어먹을. 언제부터 밀부의 윗대가리라는 놈들이 이렇게 소심해졌던 거야?"

사내가 다시 혼잣말처럼 중얼거렸다.

그는 유명밀부에서 중원 곳곳에 심어둔 살수 중 한 명이었다. 이름은 없다. 그를 아는 사람들은 그저 이칠(李七)이라고 부를 뿐이다.

밀부의 명을 받고 그동안 서른다섯 건의 일을 해결해 주었다. 그가 아직까지 살아서 형양의 뒷골목을 어슬렁거리고 있다는 건 그 모든 일을 다 성공했다는 얘기다. 그만큼 그는 뛰어난 자객이면서 밀부의 골칫덩이이기도 했다. 통제가 되지 않으니 그렇다.

"이젠 이 짓도 슬슬 지겨워지는군."

한숨을 쉰 사내가 느릿느릿 몸을 일으켰다. 온몸에 생기라고는 하나도 없어 보인다. 누가 보든 게으르고 무기력한 폐인일 뿐이었다.

"소앵이만 자유로워지면 돼."

사내의 나른하고 음울한 중얼거림이 그가 앉아 있던 자리에 음습하게 가라앉았다.

그는 골목의 창기 한 명을 사랑하고 있었다. 소앵(小鶯)이라는 이름의 서른셋 먹은 불쌍한 여자다.

밀부와는 서른여섯 번 일을 해주기로 계약했으니 이번 일을 마치고 나면 그들로부터 풀려난다. 그러면 그는 소앵이와 함께 이 지긋지긋한 강호를 떠나 산비탈에 화전을 일구며 살 작정이었다.

'몸을 파는 건 그녀나 나나 똑같아. 훗, 웃기는 인생이지.'

흑의의 사내, 이칠은 이제 그 지겨운 일에서 벗어나게 되었다는 것만으로도 제가 마지막으로 죽여야 할 그놈에게 감사하는 마음이 들었다.

"이칠이 갔나?"

"그렇습니다."

"그럼 한시름 놔도 되겠군."

다시 돌아온 중년의 거지로부터 보고를 받은 늙은 거지가 기지개를 켰다.

"잘 지키고 있어."

이번에는 늙은 거지가 술 취한 듯한 걸음걸이로 사람들을 헤치고 멀어져 갔다.

형양성 동쪽에는 동능택(東綾澤)이라는 연못이 있다. 못가에 아름드리 버드나무들이 줄지어 있고, 송림이 우거지며 동림(東林)의 사당도 있어서 제법 운치와 묵향(墨香)이 느껴지는 곳이다.

그 연못을 끼고 높은 담의 고루거각들이 처마를 맞대고 있었다. 성에 출사하는 고위 관리나 부유한 상인, 관에서 은퇴한 노학자가 모여 사는 곳이라 깨끗하고 조용한 부촌인 것이다.

청석이 깔려 있는 골목에 한 사람이 나타났다. 허름하기는 하지만 단정하게 손질된 청색 장삼을 입고 가죽신을 신은 노인이었다. 어느 저택의 집사처럼 보이는 그가 얼마 전 저잣거리에서 쪼그리고 앉아 있던 바로 그 늙은 거지라고 생각할 사람은 아무도 없을 것이다.

노인의 자박거리는 발소리만 작게 울릴 뿐, 골목 안은 쥐 죽은 듯 조용하기만 했다. 몇 번 굽이를 돈 그가 '태평유복(太平裕福)'이라는 편액이 걸려 있는 한 저택의 대문 앞에서 멈추어 섰다.

콩콩콩—

문에 붙어 있는 고리를 흔들자 곧 안쪽에서 굵직한 음성이 낮게 들려왔다.

"누구시오?"

"노삼일세."

곧 쪽문이 열리고 주위를 두리번거린 노인이 빨려들 듯 안으로 사라졌다.

"이칠이 갔다고?"

"그렇습니다."

"……."

"하온데……."

"말해라."

"어째서 갑자기 죽이라는 명이 내려진 것인지 잘……."

백염이 탐스럽게 늘어진 노인이 조용히 찻잔을 내려놓았다. 온화한 얼굴에 비단옷을 입고 있었으며 자세가 바른 것이 벼슬살이를 오래 한 사람처럼 보였다.

스스로를 노삼이라고 했던 노인이 움찔해서 시선을 떨구었다. 지그시 그를 바라보던 노인이 빙긋 웃었다.

"내가 누구냐?"

"태평전의 전주님이십니다."

"그럼 너는?"

"전주님 수하의 제삼당을 맡고 있습니다."

"됐다."

노삼의 등줄기로 식은땀이 흘렀다. 그러나 오늘은 전주의 기분이 좋은 모양이었다. 노인이 탐스러운 백염을 쓸고 나서 말했다.

"부에서 위험한 놈이라고 판단했으니 죽이라는 명을 내린 게지. 명을 받았으면 수행하면 될 뿐, 쓸데없는 호기심은 안 좋아."

"천한 것이 잠시 망령이 들었던가봅니다. 용서하소서."

백염노인의 눈길이 정자 바깥의 연못으로 향했다. 절한 노삼이 뒷걸음으로 물러나 사라질 때까지 노인은 단정한 모습으로 앉아 있을 뿐이었다.

"게 있느냐?"

문득 노인이 낮은 음성으로 불렀다. 그러자 정자의 기둥 뒤에서 검은 그림자 하나가 소리없이 스며 나와 부복했다.

"하명하소서."

"소앵이라고 했던가?"

"······."

"불쌍한 삶을 그만 끊어주어라. 자비를 베푸는 거니 그 아이도 좋아할 게다."

"존명."

다시 기둥 뒤로 스며들 듯 돌아간 그림자가 사라졌다. 태평전주의 혼잣말이 허공에 떠돌았다.

"이칠, 그놈을 이대로 놓아주기에는 너무 아까워."

그는 천하에 흩어져 있는 유명밀부의 십전(十殿) 중 제팔전(第八殿) 태평전의 전주인 왕가령(王可翎)이다.

이십년 전 강호에서는 그를 오행춘마(五行春魔)라고 했는데, 수려한 외모와 고절한 무공으로 숱한 여인들을 농락했기 때문이다.

화산파의 여제자 한 명을 간살(姦殺)했다가 노여움을 사서 천 리를 쫓아온 화산기검(華山奇劍) 능운봉(陵雲峰)의 검에 찔려 죽었다고 알려졌는데, 유명밀부의 태평전주가 되어서 형양에 살고 있었던 것이다.

"그놈이 신검수사 장운령의 자식 놈을 죽였다니 그래도 제법 솜씨가 있는 모양이야?"

고요한 얼굴로 중얼거리던 노인이 소리없이 웃었다.

"부주도 많이 소심해졌어. 때가 가까워졌으니 긴장한 걸까?"

그대로 두면 장운령이 알아서 할 일을 유명밀부가 나서서 처리해 주어야 하는 게 속으로는 불만이었던 것이다.

하지만 그도 밀부에서 갑자기 무진을 척살하려고 하는 진정한 이유에 대해서는 알지 못하고 있었다.

형양에는 석고서원(石鼓書院)이 있다. 백록당서원(白鹿洞書院:강서 여산), 악록서원(岳麓書院:호남 장사 악록산), 응천부서원(應天府書院:하남 상구) 등과 함께 송대에 세워진 것으로 천하사대서원으로 불리는 역사 깊은 곳이다.

객잔에서 하룻밤을 잔 무진은 다음날 아침 일찍 석고산을 향하여 길을 떠났다. 성문을 나와 북쪽으로 이십 리쯤 올라가면 울창한 송림으로 뒤덮인 산이 우뚝 솟아 있다. 그곳이 석고산인데, 생긴 모양이 두루뭉실하면서 산정이 평평해 멀리서 보면 큰 북을 엎어놓은 듯해서 붙여진 이름이다.

산계(山界)가 사방 이십여 리에 이르니 그리 크지 않은 산이지만 바위 봉우리가 우뚝우뚝 솟아 있고 우거진 송림 사이로 골짜기가 깊어서 안에 들어가면 깊은 산중에 있는 것처럼 아늑했다.

산 남쪽에 서원이 있고 북쪽 기슭에 신검문 분타가 있다. 무진은 남쪽으로 방향을 잡았다. 옛적, 서당에서 글을 읽던 때가 문득 생각나서였다.

아이들이라고는 몇 되지 않는 깊은 산골 마을이었지만 글 스승은 엄격하면서 자애로웠고, 그때 꾸지람을 들어가며 글을 배우던 일이 지금은 못내 그리운 추억으로 남아 있었다.

그 아이들도 다들 뿔뿔이 흩어져 어디에선가 자신들의 삶을 만들어 가고 있을 것이다.

마음을 맑게 해주는 향기로운 솔바람을 깊이 들이마시며 천천히 오솔길을 걸어 올라가는 무진에게서 피 냄새는 나지 않았다. 누가 보든 그는 한가롭게 산책을 나온 사람의 모습이었다. 다른 사람들의 눈에 띄는 게 싫어서 칼마저 헝겊으로 둘둘 말아 지녔으니 더욱 그렇다.

서원은 당대에 시작되어 송대에 성행한 전통적인 사학 교육 기관이다. 그곳에 모여든 유생들은 과거 시험에 참가하는 것이 목적이 아니라 저명한 학자에게서 학문을 배우는 데에 뜻을 두고 있었으니 순수한 열정을 지닌 자들이었다.

하지만 명대에 이르러 그러한 전통은 급속히 사라졌다. 어느덧 서원 본래의 목적을 떠나 관학과 마찬가지로 대부분이 과거 시험에 참가하기 위한 공부를 하는 장소로 되어버린 것이다.

멀리서도 낭랑하게 글 읽는 소리가 들려왔다. 오전 일과 중인 모양이다.

무진은 어려서 글을 깨우쳤지만 사서삼경을 공부하지 못했다. 그가 읽은 책이라고는 호은암의 노스님에게서 받은 법구경이 전부였던 것이다.

소나무 숲에 가득한 공맹지도(孔孟之道)의 낭송이 향기로운 훈풍이 되어서 맴돌았다. 석고서원의 오래된 담이 보이는 숲가에서 무진은 멍하니 그 소리들을 듣고 있었다.

유학은 엄격하고 절제된 것을 가르친다. 법구경 속의 부드러움과는 차이가 있지만 때로는 그 엄격함이 오히려 사람의 마음을 깨끗하게 해 준다.

무진은 경 읽는 소리를 들으며 '나는 군자인가?' 하는 의문을 가졌다.

'나는 도를 행하고 있는가?' 하는 자기 성찰이 부끄러움과 괴로움으로 다가왔다.

'나는 중용을 잃고 편협해져 있는 게 아닐까?' 하고 생각하자 마음이 어두워졌다.

그가 지금 유생들의 강송(講誦)을 들으며 우울해져 있는 것은 두 가지 서로 상충되는 가치 앞에서 갈피를 잡지 못하기 때문이었다.

복수라는 것과 중용 또는 도라는 것은 서로 어울리지 않는다. 그러나 무진은 그 모든 것을 잃거나 버리고 싶지 않았다. 삶이라는 것이 그와 같이 언제나 서로 반대되는 것을 두고 어느 쪽을 택해야 할지, 어느 것을 버려야 할지 몰라 고민하고 괴로워하는 것인지도 모른다.

"아직도 마음에 확고함이 없다."

무진은 그렇게 자기 자신을 꾸짖었다. 흔들린다는 것은 스스로에 대한 믿음이 적다는 것이고, 제가 하고자 하는 일에 대한 자신감이 부족하다는 것이며, 무엇보다 의지가 약하다는 것이리라.

문득 자신의 부족함을 들여다본 무진의 얼굴이 고통으로 일그러졌다.

나에게는 강한 의지와 굳은 신념이 있고 뜨거운 열정이 있다고 믿어 왔는데 한낱 유생들의 강송에도 흔들리는 마음을 보아야 했다는 노여움이 컸다.

"바보 같은 놈이다!"

발을 구르며 다시 꾸짖었다.

강송은 벌써 그쳐 있었지만 무진의 귓속에는 아직도 그 소리가 남아 무겁게 울리고 있었다.

서원의 문이 열리고 몇 사람이 나왔는데 그중 한 사람이 소나무 숲 앞에 서 있는 무진을 발견했다. 수상해 보였던 것일까? 그들이 서로 무진을 가리키며 수군거리더니 덩치가 크고 제법 단단해 보이는 자가 성큼성큼 걸어왔다.

그때까지도 무진은 저에 대한 실망과 노여움으로 떨고 있었다. 가까이 다가온 자가 그런 무진을 보더니 머리를 갸웃거렸다.

"이보시오."

그가 불렀을 때에야 무진은 번쩍 정신을 차렸다.

"엇?"

눈앞에 있는 유생을 살펴보던 무진이 눈을 크게 떴다. 유생도 마찬가지다.

"너, 너?"

무진을 가리키며 머리를 갸웃거리고 인상을 썼다. 이름을 생각해 내려고 애쓰는 것이다.

"맞다. 무진, 너 무진이지? 그렇지?"

무진도 동시에 그의 이름을 생각해 냈다.

"왕종탁!"

"어라? 이게 정말 무진일세?"

얼떨떨해서 바라보던 그가 몸을 부르르 떨더니 와락 달려들어 끌어안았다. 무진도 두 팔을 활짝 뻗어 그를 굳게 품었다.

황가촌의 글방에 다니고 있던 여섯 살 무렵의 글 동무였다. 무진보다 세 살 많은 그 아이는 언제나 짓궂게 굴었다. 괴롭히기도 많이 괴롭혔지만 또 누구보다 잘 어울려 놀아주었으므로 가장 기억에 남아 있다.

"맞다! 무진이다! 하하하하ㅡ"

종탁이 무진을 안고 돌았다.

"대체 어찌 된 거냐?"

하채의 숙사로 무진을 끌고 들어간 종탁이 대뜸 물었다.

"너는 여기에 언제 왔어?"

"이놈아, 형님이 먼저 물었잖아."

종탁이 눈을 부라렸다. 싱글벙글 벌어진 입이 좀체 다물어질 줄을 모르고 있었다.

"가만있자, 그런데 네 성이 뭐였더라? 장가였던가? 아니, 서가였나?"

종탁이 제 머리통을 두드리며 끙끙거렸지만 좀체 무진의 성이 떠오르지 않는 모양이었다. 하긴, 어린 나이에 서로 헤어졌는데 아직까지 무진이라는 이름을 기억하고 있는 것만 해도 용한 일이었다.

그때 무진은 사(史)가였다. 누구나 사무진이라 불렀고, 무진 자신도 그렇게 믿고 있었다. 아버지는 돌아가시던 날 저녁에 비로소 '네 성은 곽가다'라고 말해 주셨다.

"곽가였잖아. 벌써 잊었어?"

"아, 맞다. 곽가였지. 가만, 그런데 좀 이상한걸?"

손뼉을 쳤던 종탁이 다시 머리를 갸웃거렸다. 아무리 애써도 사씨 성은 떠오르지 않는 모양이다.

"젠장, 아무려면 어때? 네가 그때 그 서당의 막둥이 무진이면 됐지."

"맞아. 까짓 이름이야 아무려면 어때? 네가 그때의 그 못된 종탁이면 그만이지."

"뭐라고? 이런 제기랄 놈이?"

"아하하하—"

그들은 다시 옛날로 돌아가 서로를 간질이고 꼬집으며 뒹굴었다.

종탁이는 어렸을 때도 제법 어른스런 욕을 잘했다. 유생이 되어서 한껏 점잔을 빼고 있어야 할 지금도 그런 모양이었다.

무진은 그렇게 개구지고 말 안 듣던 종탁이가 어엿한 유생이 되어서 서원에 기거하고 있다는 게 믿어지지 않았다. 종탁은 또 무진이 거칠고 투박한 강호의 무사가 되어 있는 게 믿어지지 않아서 한숨을 쉬었다.

"하긴, 그동안 참 많은 세월이 지났지."

다른 아이들의 소식은 종탁이도 알지 못했다. 다들 어디에선가 잘 살고 있을 거라는 막연한 믿음이 그들이 가질 수 있는 위안일 뿐이다.

종탁이가 무진에게 서원을 구경시켜 주겠다며 이끌었다. 그는 이곳에 와 있게 된 지 벌써 오 년째라고 했다. 과거 시험을 준비하고 있는 것이다.

무진이 주제를 모르는 실없는 놈이라고 비아냥거리자 제법 눈을 부라리며 고관대작의 흉내를 냈다.

"이놈아, 내가 장차 높은 벼슬을 하게 되면 너를 무관으로 천거해 주마."

"쳇, 나라의 녹을 먹고 살 생각은 조금도 없다."

"그게 어때서? 입신양명이라는 게 무언지 몰라서 하는 소리냐?"

"나는 강호의 야인으로 만족하니 너는 부디 높은 벼슬아치가 되어서 배운 바를 꼭 실천해라."

연못가에 서서 그렇게 잡담을 나누던 그들이 천천히 서당 위쪽으로 걸어갔다. 이끼 앉은 돌계단을 올라가자 우거진 대나무 숲이 나왔다.

"발소리를 조심해라. 여기는 스승님이 가장 아끼는 곳이야. 내가 외인을 데리고 여기까지 왔다는 걸 아시면 노여워하실 거다."

종탁이 어깨를 움츠렸다. 그러면서도 무진을 대숲으로 이끄는 건 서원 안에서 가장 경치가 뛰어난 곳을 구경시켜 주고 싶은 마음에서다.

저만큼 앞에 정자가 보였다. 곧게 뻗은 대나무 사이로 서원의 오래된 굽은 담과 그 너머의 송림과 계곡이 내다보이는 곳이다.

"억!"

종탁이 깜짝 놀라서 우뚝 멈추어 섰다. 정자에 눈처럼 흰 학창의(鶴氅衣)를 입고 검은 유생건을 쓴 사람 한 명이 단정하게 앉아 있다가 이쪽을 돌아보았기 때문이다.

"종탁이냐?"

신선처럼 단아한 풍모를 지닌 노스승이었다. 종탁이가 어쩔 줄 모르고 쩔쩔매다가 허리를 깊이 숙였다.

"죄송합니다. 스승님께서 이곳에 나와 계실 줄 몰랐습니다."

"그 사람이 너의 어렸을 적 친구라고?"

스승이 종탁이의 말에는 아무런 대꾸 없이 눈으로 무진을 가리키며 물었다. 종탁이가 옛 친구를 만나 데려왔다는 걸 들은 모양이다. 무진이 가볍게 읍하여 예를 표했다.

"곽무진입니다."

"음."

눈으로 인사를 받은 스승이 지그시 무진을 바라보았다. 맑은 눈빛이었다. 무진은 멀리서도 그 눈길을 똑똑히 알아보고 느낄 수 있었다. 제 가슴속까지 꿰뚫는 것 같았다.

"장사는 무사인 게로군?"

"그렇습니다."

"장차 강호를 어지럽히고 세상을 혼란케 할 작정인가?"

"예?"

"피 냄새가 맡아지니 하는 말이라오."

"……."

"담 밖 소나무 숲에서 그대가 나왔을 때부터 나는 두려워 떨었다오. 그대의 몸에 서리서리 감겨 있는 살기 때문이었어."

노스승이 눈살을 찌푸렸다.

무진은 그가 오래전부터 이곳에 홀로 앉아 있었다는 걸 짐작했다. 그러던 중에 송림 앞에서 우두커니 서 있던 자신을 보았으리라.

'살기……'

무진의 얼굴이 어두워졌다. 이곳에 온 이후 한 번도 드러내 본 적이 없건만 이 노스승은 멀리 떨어진 곳에 있으면서 그것을 느꼈다니 이미 심안(心眼)을 뜨고 있는 건지도 몰랐다.

"살기를 감추고 나중에는 그것을 없애야 비로소 무사의 도를 엿보았다 할 것이오."

"명심하겠습니다."

"마음을 아무리 깊이 감추어도 숨결과 눈빛과 생령의 기운 속에 깃들어 드러나기 마련. 하늘의 밝은 눈과 땅의 무사(無邪)한 성품마저 속일 수는 없지."

"스승께서는 이미 천지의 기운에 동화되셨군요."

"어디 그럴 리가 있겠소? 이 나이가 되어서야 겨우 사람다운 사람이 되어간다고나 할까? 하하하―"

맑은 웃음이 대숲에 감도는 바람에 섞였다. 무진은 아름다운 음악을 들은 듯 귀가 시원해지고 정신이 맑아지는 걸 느꼈다.

학문의 길과 검의 길이 다르지 않을 것이다. 도를 추구하는 데 붓과 칼이 무슨 차이가 있겠는가. 숲 밖의 하늘에 떠 있는 달은 손가락으로 가리키든 부지깽이를 들어 가리키든 같은 달일 뿐이다.

무진은 노스승의 깨달음이 자기로서는 감히 올려다보지도 못할 만큼 높이 있다는 걸 알았다.

"곁에서 모시며 가르침 받기를 원합니다."

무진이 깊이 읍하며 말하자 종탁이 놀라 바라보았고, 스승은 그저 빙긋 웃었을 뿐이다.

"내가 장사에게 가르쳐 줄 거라고는 고리타분한 공맹지도밖에 없을 터. 장사의 길과 나의 길이 서로 다른데 무엇을 가르치고 배울 수 있겠소?"

"뛰어난 장사꾼에게서는 그 수단을 배우고, 뛰어난 어부에게서는 그물 던지는 법을 배울 것입니다. 이제 뛰어난 스승을 만났으니 어찌 배우지 않을 수 있겠습니까?"

"하하하하―"

노스승이 유쾌한 대소를 터뜨렸다. 그러더니 종탁이를 지그시 내려다보며 말했다.

"너는 내게서 오 년을 배웠다. 그러나 지금 잠깐 만났을 뿐인 이 장사가 오히려 나를 더 믿고 의지하는 것 같으니 이게 어찌 된 일이냐?"

"부끄럽습니다."

종탁이가 붉어진 얼굴로 겨우 그렇게 말하고 달아나듯 떠났다.

사흘간 무진은 노스승 곁에서 지냈다. 스승은 한 번도 그에게 경서에 대한 강독을 해준 적이 없다. 마주 앉아 차를 마시거나 함께 산책을 하고 대숲의 정자에 앉아 이런 저런 세상 얘기들을 주고받았을 뿐이다.

그러나 무진은 그 사흘 동안 평화가 어떤 것인지를 알았다. 마음이 잘 닦인 거울처럼 밝아져서 사물을 그대로 비추고 받아들였다. 나의 아집이 만들어내는 '의미'를 씻어버리게 된 것이다. 그건 새로운 세상을 본 것 같은 신기함이면서 기쁨이기도 했다. 그래서 무진의 마음은 속일 줄 모르는 아이의 정직함으로 돌아갔다.

"서예(書藝)를 아느냐?"

정자 위에 앉아 차를 마시며 한담하던 중에 스승이 문득 물었다.

"예 속에서 도의 그림자를 보고 부단히 정진하여 결국은 도로 나아가는 그 길을 아느냔 말이다."

"모릅니다."

"나는 오랜 세월 학문에 매진하고 서예를 즐겼으며 역경(易經)에 심취했지만 나이 오십에 들어서야 비로소 서도(書道)에 들었느니라. 그리하여 그것이 천지간의 이치를 따른다는 것을 알았다. 붓과 글자의 조화가 오묘해서 음(陰) 가운데 양(陽)이 있고, 양 가운데 음이 있어 무궁한 조화가 생겨나니 그렇다."

무진은 이 노스승이 자신에게 가르침을 베풀고 있다는 걸 알았다. 곧 마음을 활짝 열고 정신을 모아서 한마디 한마디를 깊이 음미하며 들었다.

"육십에 이르러서는 드디어 글자의 형상을 알게 되었다. 기(氣) 가운

데서 수(水)가 생기고, 수 가운데서 기가 생기니, 글자가 심신(心腎)이 교합하는 이치를 사물의 모습에 비긴 것임을 안 것이다."

기(氣)는 곧 심(心)이고, 신(腎)은 수(水)와 통한다. 기는 양이고 수는 음이니 스승은 지금 천지간의 기운에 대해서 말하며 사람과 글자를 하나로 두고 가르치는 것이었다.

"칠십이 되어서 나는 이제 도(道)는 사람에게서 먼 것이 아님을 깨달았다. 바야흐로 글자에 법칙이 있음을 본 것이지. 그리하여 붓을 들어 글씨를 씀에 어긋남이 없었다. 너는 이 이치를 알겠느냐?"

"모릅니다."

무진의 얼굴이 부끄러움으로 달아올랐다.

스승은 무진에게 서법(書法)을 물은 게 아니다. 내가 이처럼 서예를 통해 깨달은 것을 너는 네 칼에서 엿본 적이 있느냐고 물은 것이다.

"그것은 무(無)에서 유(有)로 들어가는 것이다. 붓은 먹을 흠뻑 묻히니 곧 건(乾)의 도를 얻은 것이다. 그것을 힘차게 내리찍어서 형상을 그려내니 이는 곧 기를 쌓아서 아래를 덮는다는 것이니라."

"……."

"드디어 땅은 곤(坤)의 도를 얻고 형질을 의탁하여 건을 싣고 있으니, 덮고 싣는 사이의 상하의 거리가 팔만 사천 리다."

무한함을 뜻하는 상징의 거리를 말한 것이다. 서방정토에 이르는 거리이기도 하면서 도에 이르는 거리이기도 하다. 천하를 측량하는 거리이기도 한 것이다. 그러니 스승은 지금 무진 앞에서 마음속의 붓 하나로 천지간의 모든 조화를 이루어내고 도를 점찍어 보인 것이다.

무진은 스승의 이와 같은 말이 그 어떤 논검(論劍)보다 심오한 것임을 알았다. 스승은 아무것도 쥐고 있지 않으나 마음속에 깃들어 있는 붓을 꺼내 지극히 오묘하고 무상한 경지를 자유자재로 펼쳐 보였다. 무진은 눈앞에서 스승이 그려 보이는 그 신묘한 세계를 보았다.

가슴에 벅찬 감동과 기쁨이 물결쳤다.

말을 마친 스승이 지그시 바라보았다.

언제고 네가 이 이치를 깨달아 큰 성취를 이루기 바란다는 그 마음이 무언중에 무진의 마음으로 옮겨와 커다랗게 울렸다.

다음날 아침, 무진은 서원 앞에서 종탁과 작별을 했다. 어디에 있든지 서로 잊지 않고 있는 한 다시 만나게 될 것이라고 굳게 믿었다.

스승과는 작별 인사를 하지 않았다. 스승이 문을 닫고 들어앉아 나오지 않았으므로 무진은 뜰에 엎드려 절을 드리고 돌아서야 했던 것이다.

팽조에게 닷새 뒤에 만나자고 했으니 바로 오늘이다.

한가한 걸음으로 송림 깊숙이 들어섰는데 낭랑한 휘파람 소리가 바람에 실려왔다.

무심히 바라보는 곳에 한 사람이 소나무에 기대서 있었다. 헝클어진 머리에 검고 후줄근한 옷. 낡을 대로 낡은 허리띠에 매달려 있는 검 한 자루가 눈길을 끌었다.

팔짱을 끼고 서서 하늘을 보며 낮게 휘파람을 불고 있는 모습이 무료하고 공허해 보였다.

'특이한 자로군?'

별 생각 없이 다가가는 무진의 발걸음이 조금씩 무거워지더니 드디어 한 발 한 발을 찍어 누르듯 했다. 그가 십 보 앞에서 걸음을 뚝 멈추고 섰다.

흑의사내, 이칠이 팔짱을 풀고 늘어지게 하품을 했다. 그 얼굴이며 몸 구석구석에 묵은 때처럼 덕지덕지 달라붙어 있는 게으름이 무진마저 나른해지게 하는 듯했다.

이칠이 몸을 세우며 빙긋 웃었다.

"애송이인 줄 알았더니 제법인걸?"

은연중에 제가 흘려보낸 기세를 느끼고 반응한 무진의 걸음걸이를 본 것이다.

"나한테 볼일이 있는 거냐?"

"네 목한테지."

이칠이 무미건조한 음성으로 그렇게 말했다. 무진이 '응' 하고 무의미하게 대꾸했다. 그를 이리저리 훑어보던 이칠이 음울한 눈길로 무진의 등 뒤를 바라보다가 입술을 씰룩거렸다. 비웃는 것이다.

"공부라도 하고 있었던 게냐?"

지난 사흘간 석고서원에 들어가 꼼짝하지 않고 있던 무진을 내내 기다렸다는 말이기도 했다. 무진이 머리를 갸웃거렸다. 아무리 봐도 처음 보는 자이니 이상하다.

'이놈은 자객이로군.'

그런 생각이 들었다. 그렇다면 더 더욱 알 수 없는 자다. 어둠 속에 숨어 있다가 불쑥 덮쳐들어야 할 텐데 이처럼 당당하게 제 모습을 드러내고 살기를 내보이니 그렇다.

묘한 놈이라는 생각이 호기심을 불러일으켰다.

"빨리 끝내자. 점점 더 지겨워지려고 하거든?"

이칠이 꼼짝하기 싫은 걸 억지로 한다는 듯 천천히 검을 뽑았다. 더러 녹이 슬고, 몇 군데는 이도 듬성듬성 빠져 있는 볼품없는 철검이 제

주인을 빼닮았다.

이칠의 눈은 도대체 무엇을 보고 있는 건지 종잡을 수가 없었다. 초점이 없는, 그저 멍한 눈동자가 건조하게 가라앉아 있을 뿐이니 그렇다.

그러나 무진은 결코 방심하지 않았다. 눈앞의 게을러 보이는 자가 위험한 놈이라는 걸 충분히 느낀 것이다. 그를 처음 보았을 때부터 다가온 느낌이었다.

무진이 칼을 말고 있던 헝겊을 천천히 푸는 걸 지켜보던 이칠이 다시 하품을 했다.

"너도 꽤나 귀찮게 하는 놈이다."

"조금만 기다려라. 다 됐다."

씩 웃은 무진이 여전히 느릿느릿 헝겊을 풀어냈다. 이칠이 하던 것보다 더 게으르고 무료한 손놀림이었다.

누가 그들의 이런 모습을 보았다면 자객과 그 대상이라고는 믿지 않았을 것이다.

드디어 송림 한가운데 두 사람이 적의를 품고 마주 섰다.

이칠의 눈은 여전히 몽롱하고 무진은 마음속에 깨끗한 백지를 활짝 펼쳐 놓고 있었다.

"챳!"

이칠이 땅을 박찼다. 몽롱하던 껍질을 벗어버린 눈이 매서운 빛을 내쏘았다.

파파파팟—

허공 높이 뛰어오른 채 쳐내는 검기의 가닥들이 쇠뇌처럼 쏟아졌다. 하늘이 온통 그것들로 가득 차 깜깜해진 듯하다. 우우웅— 하고 우는 기파의 요동 때문에 가슴이 답답해졌다.

그 한 수의 검격만으로도 무진은 이칠이 암습이나 가하는 살수 따위와는 격과 질이 다른 자라는 것을 충분히 느끼고 알았다.

'또 한 명의 고수!'

번갯불처럼 지나가는 그 생각이 무진을 망설이게 했다.

그러나 머뭇거리고만 있을 수는 없다.

무진이 천천히 칼을 밀어냈다. 노스승의 말이 귀에 쟁쟁 울렸다.

그의 칼이 태산 같은 무거움으로 허공을 덮었다. 두텁기가 우뚝 솟은 산봉우리 같고, 굳세기가 금강석 같다. 칼에 실려 있는 기세가 완고하고 근엄하기까지 했다. 무진은 스승의 그 모습을, 엄격함 중에 우러나던 자애로움을 칼에 실은 것 같았다.

이칠은 당황했다. 칼에서 성품이 느껴진다는 걸 어떻게 받아들여야 한단 말인가.

카카카캉―!

빠르고 신랄한 이칠의 검기가 느리고 무거운 무진의 칼을 뚫지 못했다. 두터운 벽에 부딪친 듯 사방으로 튕겨 나가는 그것들이 소나무 숲 가득 반짝였다.

'이런 일은 있을 수 없다!'

이를 악문 이칠의 눈이 야수의 그것처럼 번쩍였다. 그는 더 이상 무료하지도 무기력하지도 않았다. 굶주린 표범이 되어서 그 어느 때보다 매섭게, 날카롭고 맹렬하게 움직이며 미친 듯 검을 휘둘렀다.

천 개, 만 개의 검이 그만큼의 조화와 변화를 쏟아내며 우박처럼 떨어지고 있었지만 무진은 꿈쩍도 하지 않았다. 제자리를 굳게 지키고 서서 한 번 한 번 침착하고 정직하게 쳐낼 뿐이다.

마치 스승이 제 가슴속에 들어앉아서 붓을 들어 한 자 한 자 힘차고 웅장하게 써 보이는 것 같았다. 무에서 유를 창조한다는 것처럼 흰 백지 위에 생명을 불어넣어 주는 것이다.

무진은 그 마음을 칼에 옮겨 실었다. 그러자 이제는 그의 칼에서 기품이 느껴졌다. 도법이 근엄한 중에 바른 격식을 갖추고 큰 웅지를 드러내 보였다.

이칠은 무진의 그 칼에서 거대한 무엇을 보고 느꼈다. 자신의 모든 초식과 경험이 다 공허하고 유치한 것으로 느껴지는 절망이 그를 내팽개쳤다.

꽝—!

한 걸음씩 침착하게 다가온 무진의 칼이 그의 검을 두드렸다.

"우욱!"

이칠이 가슴을 터뜨릴 듯 쏟아져 들어오는 거대한 힘을 감당하지 못하고 튕겨져 날았다. 그의 녹슨 철검은 산산이 부서져 형체를 찾아볼 수 없었다.

소나무 둥치에 세게 부딪친 이칠이 돌덩이처럼 나뒹굴었다.

무진의 칼은 허공에 한 획을 그어놓은 채 멎어 있었다. 이칠이 눈을 부릅뜨고 그것을 보았다. 그는 지금 무진이 팔만 사천 리의 저 먼 공간을 제 칼의 기운으로 채우려 한다는 걸 알지 못한다. 이해할 수가 없는 것이다. 그러나 한 가지 각인되는 건 있었다.

'이놈은 장차 저 칼로 세상을 뒤덮을 놈이다!'

마지막 살행을 실패했다는 자괴감 따위는 없다. 이칠은 이것이 당연한 일이고, 처음부터 이렇게 되리라는 걸 이미 알고 있었던 듯한 마음이 되었다.

허공을 가리키고 있는 무진의 칼을, 거기에 서려 있는 웅장한 기운을 보고 느낀 순간 자신의 패배가 자랑스러워지기까지 했다. 그로서는 처음 느껴보는 기이한 감정이었다.

툴툴 옷을 털고 일어난 그가 힐끗 무진을 한 번 바라보고는 아무 말 없이 돌아섰다. 그리고 아무 일도 없었던 사람처럼 휘적휘적 걸어서 송림 깊숙한 곳으로 사라져 갔다. 그의 등이, 어깨가 다시 축 늘어졌다. 늘쩡거리는 걸음에 무기력함과 나른함이 가득했다.

'역시 이상한 놈이군.'

피식 웃은 무진도 제가 가고자 하는 길을 갔다. 그는 지난 며칠 사이에 저의 기도와 칼이 얼마나 달라지고 커졌는지 알지 못했다. 제가 지니고 있던 날카로움을 두어 번이나 훌쩍 뛰어넘어 높은 언덕에 우뚝 서게 된 것이지만 느끼지 못했다. 다만 마음이 고요하고 맑아졌다고 생각할 뿐이었다.

■제9장■

형양(衡陽)에 이는 혈풍(血風)

형양(衡陽)에 이는 혈풍(血風)

"좋아 보이시는군요."

팽조가 활짝 웃었다. 무진의 얼굴에도 기쁨이 가득했다.

"팽 형을 기다리는 동안 귀한 스승과 인연이 닿았지요."

"오, 그래요? 그렇다면 무엇을 배웠습니까?"

"서법을 배웠지요."

"서법?"

팽조가 눈살을 찌푸렸다.

"아니, 주공께서는 갑자기 유생 노릇이 하고 싶어지기라도 한 겁니까?"

"하하, 어디 팔자가 그래야 말이지요."

"음—"

알 수 없는 말이다. 팽조가 머리를 갸웃거렸다.

"그들을 만나보았소?"

"물론이지요."

팽조의 얼굴에 환한 웃음이 번졌다. 무진은 그의 눈을 바라보았다. 그 속에 담겨 있을 수련과 흑풍객의 모습을 찾는 것 같았다.

"다들 잘 있습디까?"

"왜 그가 그곳에 있다고 진작 말해 주지 않으셨습니까?"

팽조가 짐짓 원망하는 투로 말하고 흘겨보았다.

"그 처사가 흑풍객이라는 걸 알고 저는 심장이 멎을 뻔했답니다."

"처사?"

"암자에 살고 있으면서 승복을 입고 염주를 목에 걸었으되 출가한 신분은 아니니 처사가 아니겠습니까?"

"허! 흑풍객이 승복을 입고 있던가요?"

"하하, 그것도 아주 불법에 밝고 깨달음이 깊은 처사님이었답니다."

"음—"

뭉클한 그리움이 가슴 가득 밀려들어 견디기 힘들었다.

"게다가 그처럼 아름다운 소저와 함께 있다니……."

팽조의 눈빛이 몽롱해졌다. 무진도 그와 같아서 두 사람은 모두 넋이 나간 듯했다. 한참 만에야 무진이 어눌한 음성으로 물었다.

"그 아이, 아니, 이제는 다 큰 처녀가 되었겠군. 그녀가 나를 기억하고 있던가요?"

"주공의 명을 받고 대신 문안을 드리러 왔다고 하니 대뜸 굵은 눈물부터 뚝뚝 떨어뜨리는데 제가 다 가슴이 아파서 몸둘 바를 몰랐답니다."

"으음—"

팽조를 통해서 수련의 모습을 전해 듣고 마음을 전해받으니 더욱 애
틋하기만 했다. 당장이라도 달려가고 싶은 충동을 눌러 참는 일이 힘
들었다.

팽조는 그녀의 간청을 차마 뿌리치지 못하고 이틀이나 그곳에 머물
러 있어야 했다.

그 이틀 동안 무진의 이야기를 되풀이해 들려준 게 몇 번인지 모른
다. 그래도 수련은 조르고 또 졸라댔다. 무진의 이야기를 해줄 때면 어
느새 흑풍객도 슬그머니 다가와 귀를 기울였다.

"다른 건 없었습니까?"

"다른 거라니요?"

팽조가 어리둥절해서 바라보았다. 무진은 그가 흑풍객과 수련의 변
화에 대해서는 엿보지 못하고 돌아왔다는 걸 알았다. 그들이 감추고
보여주지 않았으리라.

"그나저나 저는 주공께서 흑풍객과 그처럼 각별한 사이이신 줄 까맣
게 모르고 있었으니……."

팽조가 부러워하는 마음을 감추지 못하고 바라보았다.

"스승 같은 분이지요. 많은 것을 배웠답니다."

"역시. 그랬기에 주공의 무예가 그처럼 특이하고 뛰어났던 게로군
요."

팽조는 무진이 흑풍객으로부터 무예를 배웠다고 짐작하는 모양이었
다. 그래서 감탄하고 부러워하는 것이다. 무진은 미소로 얼버무리고
말았다.

"흑풍객이 주공께 전해 드리라는 말이 있습니다."

"뭐라고 합디까?"

"지금이라도 늦지 않았으니 마음이 내킨다면 돌아오라고 하더군요. 삼공(三功)의 일조(一造)를 전해주겠노라고……."

팽조가 눈살을 잔뜩 찌푸리고 머리를 두드렸다.

"삼공의 일조라니……. 저는 그게 무슨 말인지 통 알 수가 없습니다."

무진이 환하게 웃었다. 드디어 흑풍객이 집념으로 얻어낸 세 개의 절기를 통해 자신만의 새로운 절학을 창조해 냈다는 걸 알았기 때문이다. 무진만이 그 의미를 알아들을 수 있는 말로 팽조에게 전해준 것이다.

그와 헤어지던 칠 년 전에도 흑풍객은 무서운 사람이었다. 무진은 이제 그가 더욱 높고 심오한 경지에 올라서 가히 천하제일이라 할 만한 사람이 되었다는 것을 의심치 않았다. 천산평에 외롭게 서 있는 그 낡은 암자에 천하제일인이 웅크리고 있다는 것을 세상은 알지 못한다.

그것을 생각하자 무진은 마치 제 일인 것처럼 가슴이 뿌듯해졌다.

"주공에게 전해 드릴 게 있습니다."

뒤늦게 생각났다는 듯 팽조가 서둘러 품에서 서찰 한 통을 꺼내 건네주었다. 곱고 단아한 필체가 수련이 쓴 것임을 금방 알아볼 수 있었다. 그녀를 어루만지듯 한동안 그것을 쓰다듬으며 그리워하던 무진이 봉서를 뜯고 편지를 꺼내 읽었다.

또박또박 쓴 깨알 같은 글자가 가득한 편지지에서 수련의 정성과 마음이 뭉클 느껴졌다.

수련은 무진과의 지난날들을 추억하고, 그와 헤어진 뒤의 삶을 잔잔하게 이야기해 주었다. 어느덧 흑풍객과는 부녀간 같은 정이 생겨서 이제는 서로 떨어져 살 수 없게 되었다는 대목에 이르러서 무진이 활짝 웃었다. 마음에 기쁨이 충만해졌던 것이다.

그녀는 무진의 성취를 축하하고 더욱 정진해서 삼 년 뒤에 다시 만났을 때는 부디 뜻한 바를 이루었기 바란다는 당부의 말로 끝냈다. 글자 하나하나마다 수련의 정이 더욱 절실하게 다가와 무진은 편지를 움켜쥔 채 한동안 멍하니 허공을 바라보기만 했다.

적막이 흘렀다. 그것을 깨뜨리는 일은 엉뚱한 곳에서 찾아왔다.

"저, 손님?"

객잔의 종업원이 문밖에서 머뭇거리며 불렀다.

"무슨 일이냐?"

"누가 뵙자고 하는데요? 모셔 와도 괜찮을까요?"

"응?"

자신을 찾아올 사람은 없다. 이곳에 있다는 걸 아는 사람도 없을 것이다. 그러니 부쩍 의심이 들었다.

"누구냐?"

팽조가 날카롭게 물었다. 그의 얼굴이 어느새 예전의 그 차갑고 무표정한 것으로 돌아가 있었다. 종업원이 흠칫 놀라 어깨를 떨었다.

"소인도 모릅니다. 다만 오늘 아침 송림에서 만났던 사람이라고 하면 알 거라고……."

무진이 머리를 끄덕였다. 종업원이 사면이라도 받은 죄인인 양 후다닥 뛰어 사라지고 곧 한 사람이 방 안으로 들어왔다. 역시 이칠이었다.

팽조가 날카로운 눈빛으로 그를 쏘아보며 경계하고 있었지만 이칠은 조금도 개의치 않았다.

"부탁이 있어서 왔다."

그가 무진을 보며 어눌한 음성으로 그렇게 말했다. 두 개의 항아리를 들고 있었다.

무진은 그의 모습이 크게 달라졌다는 걸 알았다. 무기력하고 나른해 보이던 아침의 그가 아니었다. 어둡고 칙칙하게 가라앉아 있는 죽음의 냄새가 짙게 맡아졌다. 이칠은 지금 슬퍼하고 있는 것이다. 그것이 지나쳐서 그를 더욱 음침하게 하고 있었다.

무진이 말없이 바라보기만 하자 이칠의 눈에 간절함이 어렸다.

"말해 보아라."

무진은 모든 것을 체념하고 포기한 듯한 이 사내가 그처럼 간절히 바라는 게 무엇인지 궁금해졌다.

이칠의 눈에 언뜻 기쁨이 스치고 지나갔다. 그가 들고 있던 항아리를 탁자에 내려놓았다.

"우선 대가부터 지불하지."

도대체 알 수 없는 일이다. 무진과 팽조는 그가 왼쪽 항아리의 뚜껑을 열고 그 안에 손을 집어넣는 것을 지켜보았다.

"억!"

"이놈!"

무진이 크게 놀라 상체를 뒤로 물렸고, 팽조는 버럭 외치며 다가들었다. 싯! 하는 파공성과 함께 그의 검이 어느새 이칠의 목젖에 닿아 있었다.

검끝을 타고 가느다란 선혈이 천천히 흘러내렸다. 조금만 힘을 주면 그대로 목이 뚫려 버릴 상황이지만 이칠의 우울한 표정은 조금도 달라지지 않았다.

그가 항아리 속에서 꺼내놓은 것은 하나의 목이었다. 골목에서 그에게 무진이 왔다는 것을 알려주던 중년의 거지다. 잘라낸 지 얼마 지나지 않은 듯 엉겨붙어 있는 피가 아직도 붉었다.

이칠이 팽조의 검은 무시한 채 건조해서 쩍쩍 갈라지는 음성으로 중얼거렸다.

"유명밀부 제삼당의 칠개라는 놈이지."

그리고 다시 한 개의 수급을 꺼냈다.

"이놈은 제이당의 주필이라는 놈이다. 모두 형양의 태평전에 속한 놈들이다."

무진의 얼굴에 은은한 노여움이 떠올랐다.

"이게 무슨 짓이지?"

"너를 미행하던 놈들이다. 나를 속이고 배신했다."

"음—"

무진이 잔뜩 낯을 찌푸렸다. 어떤 형태로든 그들 은밀한 집단에서 자기를 감시할 줄은 알았다. 하지만 유명밀부에서 직접 나섰다는 건 의외이면서 조금은 신경에 거슬리는 일이었다. 신검문이나 철웅방이기를 은근히 기대하고 있었던 탓이다.

'이건 내가 너무 급하게 굴었던 게 아닐까?'

그런 후회도 생겼다. 아직 준비가 덜 되어 있기 때문이다. 그러나 무진은 곧 머리를 가로저었다. 그들이 스스로 모습을 드러내고 있으니 오히려 고마워해야 할 일이라는 생각이 들었던 것이다.

장사검을 죽여서 그들에게 제 자신을 미끼로 던져 준 게 역시 효과가 있었던 모양이다.

"바라는 게 뭐냐?"

"나에게 청부를 해줘."

"……?"

갈수록 어리둥절해지기만 했다.

"나는 태평전주라는 놈을 죽일 테다. 그러니 제발 나에게 청부를 해 줘."

"네 스스로 하면 될 텐데 왜 그런 엉뚱한 부탁을 하는 거지?"

"습관 같은 거야."

"뭐라고?"

"오랫동안 이 짓만 해왔다. 청부를 받지 않으면 도대체 의욕이 생기지 않는 걸 어떻게 하겠어?"

정말 알 수 없는 자라는 생각밖에 들지 않았다. 머리가 지끈지끈 아파왔다. 하지만 이칠은 여전히 간절했다. 그 눈을 보면 알 수 있다.

"너는 유명밀부에 고용된 청부업자였구나. 그들의 청부를 받고 나를 죽이러 왔던 게야. 그런데 지금은 오히려 그들을 죽이겠다고 한다. 왜지?"

이칠이 다른 항아리 속에 손을 집어넣었다. 이제 무진과 팽조는 긴장하지 않았다. 그가 무얼 할지 짐작할 수 있었기 때문이다.

역시 이칠이 항아리 속에서 수급 한 개를 꺼내놓았다.

"이런—"

무진이 잔뜩 눈살을 찌푸렸다. 얼굴 가득 불쾌하다는 기색이 떠올랐다. 팽조도 눈살을 찌푸린 채 욕했다.

"너는 잔인무도한 놈이다."

이칠이 머리를 흔들었다.

"틀렸어. 이건 내가 한 게 아니다."

그가 꺼내놓은 것은 한 여인의 목이었다. 피와 눈물이 흘러내려 얼굴에 두껍게 칠한 화장과 범벅이 되어 얼룩이 졌는데, 그것이 창백해진

피부색과 함께 부조화를 이루어서 더 끔찍하고 징그러워 보였다.

"소앵이다. 내가 유일하게 사랑한 여자였지. 남들은 천한 창기라고 침을 뱉었지만, 그래서 나에게 가장 잘 어울리는 여자이기도 했다."

"그들이 이렇게 한 거냐?"

이칠이 묵묵히 머리를 끄덕였다. 그리고 한참 만에야 다시 말했다. 울음을 참고 있었던 건지도 모른다.

"네가 마지막 청부 대상이었다. 그 일이 끝나면 소앵과 함께 강호를 떠날 꿈을 꾸었지. 아무도 없는 곳에서 화전을 일구며 둘만의 삶을 새롭게 꾸며 나가기로 했었다."

"음—"

"그런데 그들은 나를 놓아주기 싫었던 모양이야. 소앵이를 없애면 내가 그 꿈을 포기하고 지금처럼 살 거라고 여겼던 거야. 그게 그놈들이 멍청하다는 걸 증명해 주는 일이 되었지만 말이다."

무진은 그의 마음을 이해할 수 있었다. 그러면서 아직도 알 수 없는 건 이칠의 엉뚱한 행동이었다. 그렇게 화가 난다면 제 스스로 그놈들을 하나씩 찾아내 죽이면 될 것 아닌가. 이렇게 찾아와 사람을 놀라게 하면서 청부를 해달라고 조른다는 게 이해되지 않았다.

"네 스스로 충분히 할 수 있을 텐데?"

이칠이 소리없이 웃어 보였다. 이제는 그것이 더 이상 무료하거나 게을러 보이지 않았다. 처절한 느낌이라고 해야 할 것이다.

"말했잖아. 나는 이미 청부업자로서 나도 어쩔 수 없이 길들여졌다고."

"청부를 하지요?"

팽조가 넌지시 거들었다. 이 기회에 유명밀부의 지부 한 개를 쓸어

버리는 것도 나쁠 것 없다는 생각을 했으리라.

무진이 희미하게 웃었다. 이 이상한 놈이 대체 어떻게 하려는 건지 궁금해져서다.

"도와줄까?"

"아니, 그럴 필요 없어."

"좋아. 청부를 하지."

씩 웃은 이칠이 술 한 잔을 따르더니 무진에게 잔을 들어 보이고 단숨에 마셨다.

"컥!"

노삼의 눈이 튀어나올 듯 커졌다. 그의 목줄기를 움켜쥐고 있는 이칠의 손아귀에 점점 힘이 들어갔다.

"왜, 왜 이러는… 거냐?"

"곧 알게 돼."

이칠의 번들거리는 눈이 노삼의 콧잔등에 달라붙었다.

지나가는 사람들이 이상하다는 듯 그들을 힐끔거렸지만 누구도 나서서 말리거나 하지 않았다. 꾀죄죄한 거지 노인과 그 못지않은 부랑자가 서로 싸우는 것쯤으로 여겼으리라. 그런 일이야 어디서나 심심치 않게 볼 수 있다.

늘찡거리며 다가와 방심한 채 바라보던 노삼의 요혈을 단번에 제압해 버린 이칠이 그의 목을 움켜쥐고 골목 안으로 개처럼 끌었다.

'저곳에 끌려들어 가면 죽는다.'

공포에 질린 노삼이 음습하고 어두운 골목을 바라보았다. 눈앞에서 누가 죽어 나가도 눈 하나 깜짝하지 않는 자들이 머물러 있는 곳. 그곳이 형양성 북쪽에 있는 이 빈민굴인 것이다.

발버둥 쳤지만 이칠의 힘은 저항할 수 없도록 완강한 것이었다. 노삼은 허수아비처럼 골목 안으로 질질 끌려들어 갔다.

골목 속에 또 골목이 있다. 이리저리 갈라지는 그것들이 미로처럼 얽혀 있어서 몇 걸음만 걸어 들어가면 대낮에도 동서남북을 분간할 수 없었다.

세상의 온갖 악취는 다 모여 있는 듯한 그 골목 깊숙한 곳에서 노삼은 벌레처럼 오물 위를 기어야 했다. 그런 자신의 모습이 믿어지지 않았다.

이칠이 아는 인물은 칠개라는 중년의 거지였다. 그로부터 늘 밀부의 청부를 전해받았던 것이다. 그 칠개를 죽이기 전 노삼의 존재에 대해서 알아냈고, 이제 노삼을 통해서 태평전의 존재를 알아내려는 것이다.

"컥!"

노삼의 목이 이칠의 더러운 발에 눌렸다. 악취 나는 오물 구덩이에 얼굴을 처박은 노삼이 버둥거렸다. 숨이 막히는 것쯤은 참을 수 있다. 하지만 이 지독한 냄새와 역겨움은 정말 참을 수 없다.

"사, 사, 살려…… 줘."

노삼이 입 안 가득 밀려들어 오는 오물을 뱉어내며 겨우 중얼거렸다. 하지만 그의 목을 밟아 누르고 있는 이칠의 발은 조금도 인정을 보이지 않았다.

"제발……."

태평전의 제삼당주 노삼. 결코 만만하게 볼 수 없는 고수였지만 이칠의 손에 한 번 들어가고 나자 세상에서 가장 비굴하고 가장 무기력한 자가 되어버렸다.

"태평전에 대해서 말해 봐."

"헉!"

노삼이 헛바람을 내뱉었다. 이칠이 미친 게 아닌가? 하는 의문마저 든다.

"아직 생각이 안 나는 모양이군."

피식 웃은 이칠이 발을 떼었다. 겨우 일어나 앉은 노삼이 헐떡거리며 멍한 눈으로 이칠을 바라보았다.

"왜, 왜 이러는 거냐? 우리는 너를 고용한 사람들이다."

"이제는 아니야. 나는 새로운 청부를 받았거든."

"청부라고?"

"태평전주의 목을 따기로 했다."

이칠의 얼굴에 차가운 웃음이 스쳐 갔다. 어디에도 무기력하고 흐리멍덩하던 모습은 없었다. 노삼의 얼굴이 구겨지듯 일그러졌다.

"나는 너희들을 철저하게 짓밟아줄 거야. 내가 할 수 있는 모든 걸다 해서 말이지."

이칠의 음산한 말이 노삼을 절망하게 했다.

"너무 잔인하다."

무진이 불쾌한 얼굴로 말했다. 그의 발 아래에는 노삼의 수급이 떨어져 있었는데, 엉망으로 깨지고 더럽혀진 것이라 형체를 알아보기 힘들었다.

그와 팽조는 골목 바깥에 서 있었고, 이칠은 골목 안의 어둠 속에 서 있었다. 그러니 지나가는 사람들은 무진과 팽조의 등에 가려서 골목 안을 볼 수 없다.

음침한 어둠 속에서 이칠의 눈이 번들거렸다. 그가 흰 이를 드러내고 씩 웃었는데, 저승의 요귀를 보는 것 같은 징그러움 때문에 소름이 돋았다.

"아니, 이런 놈들을 어떻게 다루어야 하는지는 내가 잘 알아."

상관하지 말라는 말이었다. 그리고는 철벅거리며 다시 골목 안으로 사라져 갔다.

"저건 정말 다시는 보고 싶지 않은 놈이군요."

팽조가 부르르 진저리를 치고 나서 중얼거렸다.

어둠 속에서 이칠의 음습한 음성이 낮게 들려왔다.

"나도 이런 짓은 싫어. 하지만 나는 이제 사람이 아니다. 그렇게 알아둬."

흐흐흐 하고 웃는 이칠의 음성이 점점 멀어져 갔다.

그의 행위는 과한 데가 있었다. 하지만 그렇게 하지 않았다면 이 넓은 형양성 어느 곳에 유명밀부의 태평전이 있는지 이처럼 빨리 알아낼 수 없었을 것이다.

무진은 이칠을 이해하기로 했다. 마음속에 복수라는 커다란 불길이 타오르고 있으니 미친 거나 다름없을 터이기 때문이다. 미친 자에게 정상적인 행위를 바랄 수는 없는 것 아닌가.

"동능택의 주택가라고?"

무진이 동쪽을 바라보더니 슬그머니 돌아섰다.

"노삼이와 연락이 되지 않아?"

"그렇습니다. 칠개도 연락이 없고, 제이당의 주필로부터도 연락이 끊겼습니다."

"음, 이놈들이 어디서 또 놀음을 하고 있는 게로군."

태평전주 왕가령이 얼굴을 찌푸렸다. 그러자 수려하던 그의 모습이 냉혹하고 잔인한 것으로 돌변했다.

정자 아래 부복하고 있는 수하의 등이 가늘게 떨렸다.

"아무래도 너무 오래 살려두고 있었어."

'헉!'

수하가 흠칫 놀라 숨을 멈추었다. 전주의 살심이 다시 일어나려 한다는 걸 느꼈기 때문이다. 그가 속으로 손가락을 꼽아보았다. 벌써 일 년이 되어간다. 수하들을 물갈이 할 때가 다가온 것이다.

왕가령은 일 년에 한 번씩 수하들을 숙청했다. 공과를 따져서 미진하다고 여겨지는 자들을 가차없이 죽여 버리는 것이다. 그리고 새로운 자들로 그 자리를 대신하게 한다.

그 덕에 태평전은 밀부에 속한 십전 중 가장 강력한 집단으로 변해 있었다. 다들 숙청당하지 않기 위해서 목숨을 걸고 제 일에 매달렸기 때문이다.

"흑야."

왕가령이 허공에 대고 불렀다. 들보 위에서 응응 울리는 소리가 대답한다.

"하명하소서."

"그놈들이 보기 싫어진다."

"존명."

미약한 바람 한줄기가 왕가령의 흰 머리카락을 흔들어놓고 사라졌다.

"이 며칠 마음이 싱숭생숭하면서 기분이 별로야."

'나도 정말 늙었나 보다' 하는 생각이 그를 조금은 서글퍼지게 했다. 그 좋아하던 방사(房事)도 몇 년 전부터는 염증이 나서 그만두었으니 더 그렇다.

청석이 가지런히 깔려 있는 골목길을 조심스럽게 내려오는 사람이 있었다. 등을 구부정하게 굽히고 두 손을 소매 속에 찔러 넣은 중년의 사내였다.

허름한 옷에 낡은 가죽신을 신은데다가, 머리에 낡은 건을 눌러썼다. 영락없이 어느 저택의 하인 같은 모습이었다.

동능택 뒤쪽에 있는 한적한 주택가의 골목은 여전히 깨끗하고 조용했다. 오가는 사람들마저 없다.

저택의 높은 담들이 잇닿아 있는 모퉁이를 돈 사내가 아주 잠깐 흠칫했다. 저 앞쪽에서 한가한 모습으로 천천히 다가오고 있는 한 사람을 보았기 때문이다.

이칠이었다.

그는 고개를 푹 숙인 채 제 발끝만 바라보며 완만한 경사 길을 맥없이 걸어 올라오고 있었다. 자루 한 개를 질질 끌고 있었는데, 돌덩이라도 가득 들어 있는 듯 걸음을 옮길 때마다 덜그럭거리는 시끄러운 소리가 났다.

중년의 사내가 한쪽 벽에 붙어서 천천히 걸었다. 여전히 두 손을 소매 속에 찔러 넣고 허리를 구부정하게 굽힌 채다. 다가오는 사람에게 길을 비켜주려는 것 같았다.

이칠이 우울한 얼굴로 그를 지나갔다. 땅을 내려다보며 걷던 중년인의 얼굴에 아주 잠깐 안도하는 빛이 흘렀다.

그 순간, 목덜미로 싸늘한 기운이 엄습해 왔다.

"헛!"

놀란 중년인이 급히 몸을 틀었다.

핏—

낡은 철검 한 자루가 그의 어깨를 찢고 아슬아슬하게 스쳐 지나갔다.

"음!"

중년인이 허리를 쭉 폈다. 다시 철검이 그의 목을 노리고 날아들었고, 중년인이 소매 속에 감추었던 손을 뻗어 쳐냈다.

땅! 하는 낭랑한 쇳소리가 났다. 그리고 그는 자신의 가슴에 깊이 박혀 있는 또 한 자루의 검을 보았다. 뒤에서 목을 찔러왔던 검은 단지 속임수에 불과했던 것이다.

그의 눈이 놀람과 의아함으로 부릅떠졌다. 왼손의 단검을 그의 가슴에 박아 넣은 채 이칠이 씩 웃었다.

"어, 어떻게 나를……."

중년인의 얼굴이 일그러졌다.

"설마 나를 모른다고는 하지 않겠지?"

"너……."

중년인이 부들부들 떨리는 손으로 허공을 가리키며 무어라고 말하려 했지만 목구멍으로 울컥울컥 넘어오는 피 때문에 그럴 수 없었다. 이칠이 뺨을 맞대고 속삭였다.

"나도 네놈을 잘 알아."

"끄으으—"

중년인의 얼굴이 점점 붉게 물들어갔다. 마지막 숨을 거칠게 몰아쉬고 있었다. 그런 그의 귀에 이칠의 음성이 멀리서 웅웅 울리는 것처럼 들려왔다.

"네가 흑야라는 놈이겠지? 그리고 나의 소앵이를 죽였고. 그렇지?"

중년인의 입이 씰룩거렸다. 웃고 있는 것이다. 이칠이 더욱 우울하고 음침하게 가라앉은 음성으로 소곤거렸다. 혈떡이는 것도 같았다.

"저승에 가서 그녀를 보면 미안하다고, 용서해 달라고 말해. 안 그러면 너는 지옥에서도 나를 기다리며 떨고 있어야 할 거야."

힘껏 검을 밀어 넣은 이칠의 마지막 말이 사내의 머리 속에 울렸다.

"개자식아."

꽝—!

조용하던 골목 안에 요란한 폭음이 터져 나왔다. 굳게 닫혔던 대문이 박살나 날리고 '태평유복'이라는 현판이 조각나 떨어졌다. 자욱한 화약 연기가 순식간에 짙은 안개처럼 세상을 뒤덮었다.

그 속에서 이칠이 느릿느릿 걸어나왔다. 문을 지키고 있던 두 놈은 형체도 알아볼 수 없게 되어서 사방으로 흩어졌고, 안쪽에서 몇 놈이 쏜살같이 달려나오고 있었다.

이칠이 자루 속에서 둥근 철환 한 개를 꺼냈다. 벽력탄(霹靂彈)이라고 하는 것이다. 철환 속에 화약이 가득 차 있어서 폭발력이 사방 삼장여를 족히 날려 버릴 만하다.

"흐흐흐, 오너라. 모두 지옥으로 보내주마. 가서 소앵이에게 용서를 빌어."

그가 몰려오는 십여 명의 흑의인들을 보고 중얼거리며 손가락을 비볐다. 그러자 화르르 하고 불꽃이 피어올랐다. 적양장(赤陽掌)의 진기를 끌어올려 삼매진화(三昧眞火)를 일으킨 것이다.

심지에 옮겨 붙은 불꽃이 치지지— 하고 타 들어갔다. 유황 냄새가 코를 찌른다.

꽈앙—!

다시 한 개의 벽력탄이 터졌다. 지진을 만난 듯 우르릉거리며 땅과 건물이 흔들린다.

이칠을 향해 몰려오던 자들이 비명도 지르지 못하고 조각나 날렸고, 중문과 담이 한꺼번에 박살나서 와르르 무너져 내렸다. 화약 연기가 더욱 짙어졌다.

그 연기 속에서 이칠이 다시 자루를 끌며 천천히 나아갔다.

꽝—!

꽈앙—!

열 걸음을 걸을 때마다 한 개의 벽력탄을 던져 대니 그가 지나가는 곳은 모두 초토화가 되어버렸다. 전각이 무너지고 화연(火煙)이 더 자욱해져서 이제는 앞을 분간할 수 없을 지경이 되었다. 매캐한 화약 냄새가 사방에 가득했다.

곳곳에서 타오르는 불길과 연기 속에서 비명과 놀란 외침들이 끊이지 않고 터져 나왔다.

꽝—!

다시 한 개의 벽력탄이 폭발했다. 후원을 가로막은 담이 가루가 되어서 날아가 버렸다. 천지가 온통 불바다이고 비명과 신음 소리들이 들끓어 조용하던 저택이 순식간에 아비규환의 지옥처럼 변해 버렸다.

이칠이 자루를 끌고 무너진 담을 넘어 후원에 들어섰다. 거기 작은 연못이 있고, 날아갈 듯 지붕을 말아 올린 아름다운 정자가 있었다. 그리고 그 위에 백염의 노인, 오행춘마 왕가령이 넋이 빠진 얼굴로 서 있었다.

"전주, 안녕하셨소?"

이칠이 음울하게 가라앉은 음성으로 말했다. 연기 속에서 그가 걸어 나오자 비로소 알아본 왕가령이 더욱 어리둥절해서 손가락질을 했다.

"너, 너, 네가 어떻게……?"

"당신은 나를 너무 우습게 봤어."

이칠이 다시 한 개의 벽련탄 심지에 불을 붙이며 히죽 웃었다.

"조금만 기다려, 그 쓸모없는 머리통을 박살 내줄 테니까."

"이런, 이런 황당한 일이……."

"그러니까 소앵이 대신 차라리 나를 죽였어야 했어."

꽈앙―!

정자가 박살나 산산이 흩어진다.

"크윽!"

정신을 차린 왕가령이 재빨리 몸을 날렸지만 수십 군데 파편이 박히고 폭발의 열기가 내부로 스며들어 심상치 않은 부상을 입었다.

"지옥은 그쪽이 아니야."

이칠이 재빨리 또 한 개의 벽련탄을 꺼내 필사적으로 달아나고 있는 왕가령을 향해 힘껏 던졌다.

꽈앙―!

서쪽 담이 터져 나가고 그 파편들마저 왕가령의 몸뚱이를 때렸다. 그래도 왕가령은 쓰러지지 않았다. 지닌 바 내력으로 가까스로 열기를 버티며 땅을 박찼다. 그의 신형이 스쳐 간 곳마다 점점이 붉은 핏자국이 떨어져 남았다.

이제 세 개의 벽력탄이 남았다. 두 개를 화풀이하듯 좌우로 던져서 멀쩡한 전각 두 채를 더 날려 버린 이칠이 한 개를 손에 들고 돌아섰다. 자욱한 화연 속에서 아직 살아 있는 몇 놈이 달려들었지만 이칠이 흔들어 보이는 벽력탄을 보고는 더 빠른 몸놀림으로 꺼져 버렸다.

"이건……."

불타는 저택 앞에서 무진이 입을 딱 벌린 채 우뚝 섰다. 이칠이 이렇게 무지막지한 짓을 해버릴 줄은 꿈에도 생각하지 못했던 것이다. 그건 팽조도 마찬가지여서 벌어진 입을 다물지 못하고 멍하니 바라보고만 있었다.

그들은 아무래도 이칠 혼자 태평전으로 간 것이 마음 놓이지 않아 달려온 길이었다. 여차하면 뒤에서 들이쳐 그의 복수를 도와줄 작정이었는데 쓸데없는 일이 되어버렸다. 맥이 빠지기도 한다.

이칠이 화연을 뚫고 터벅터벅 걸어나오는 게 보였다. 무진과 팽조를 본 그가 씩 웃었다. 검게 그슬린 얼굴이라 두 개의 눈이 더욱 반짝였다.

"다 끝난 거냐?"

팽조가 묻자 이칠이 머리를 흔들었다.

"곧 끝나게 될 거야."

그러더니 들고 있던 한 개의 벽력탄마저 무너진 담 안으로 던져 버리고 돌아섰다.

꽝―!

마지막 폭음이 들리고 땅이 들썩였다.

"빨리 떠나는 게 좋을걸? 곧 관병들이 들이닥칠 테니까."

이칠의 음울한 음성이 저 아래 골목 어귀에서 들려왔다.

"헉, 헉, 그런 무지막지한 놈이라니……."

정신없이 달리면서도 자꾸 뒤를 돌아보는 왕가령의 몰골이 말이 아니었다. 탐스럽던 수염과 머리카락은 다 타버려서 없고, 하얗던 옷이 피와 먼지로 범벅이 된 채 너덜거렸다. 온몸에 성한 곳이 없다. 화기가 몸 안에 스며들어서 갈수록 견디기 힘들었다.

"조금만, 조금만 더……."

스스로에게 희망을 주며 미친 듯 달려보지만 절뚝거리는 걸음은 점점 더 느려지기만 했다. 몸이 자꾸 가라앉는다.

북쪽 성벽을 뛰어넘을 때까지만 해도 괜찮았는데, 지금은 겨우 목숨을 유지하고 있을 뿐이다. 흘린 피가 너무 많았다.

그는 지금 석고산 북쪽의 신검문을 향해 필사적으로 달아나고 있는 중이었다. 그곳에 가면 그들이 자신을 숨겨주고 치료해 줄 것이다.

"죽일 놈!"

왕가령이 헐떡거리면서도 이를 부드득 갈았다. 눈에서는 흉흉한 살기가 쏟아져 그의 몰골이 더욱 끔찍해 보였다.

유명밀부 속에서도 열 손가락 안에 꼽히는 자기가 이렇게 되었다는 걸 참을 수 없었다. 싸움다운 싸움 한 번 해보지 못하고 얼떨결에 당하고 말았으니 더 분하다. 상처를 회복하고 나면 이칠이라는 놈을 잡아서 자근자근 씹어 먹어버리고 말리라고 결심했다.

석고산이 눈앞에 있다. 능선 두 개만 넘으면 된다는 생각에 왕가령이 잠시 걸음을 멈추었다. 나무 둥치를 잡고 서서 헐떡이는데 잊을 수 없는 그 음성이 들려왔다.

"그 꼴을 해가지고 산다는 건 지겨울 거야. 그렇지 않겠어?"

"헉!"

왕가령이 사색이 되어 물러섰다. 숲 저쪽에서 이칠이 느릿느릿 걸어 나오고 있었던 것이다. 무료함으로 지친 듯한 얼굴이지만 왕가령에게 는 그것보다 끔찍한 게 없었다.

그가 미친 듯 반대쪽으로 달려갔다. 지치고 상처 입은 몸 어디에서 그런 힘이 솟아나는지 모를 일이다. 숲을 뚫고 치닫는 것이 나는 듯했 다.

방향을 잃었다. 이제는 어디가 북쪽이고 어디가 남쪽인지 분간할 수 가 없었다. 우거진 숲과 숨 막히는 적막뿐이다. 왕가령은 정신을 차리 기 위해 애썼다. 그러나 땀과 열기로 눈앞이 자꾸 희미해지기만 했다.

"그래, 조금 쉬어서 힘을 낸 다음에 다시 달려가는 게 좋을 거야."

음울한 음성이 등 뒤에서 들려왔다.

"저승에 다 왔어. 몇 걸음 앞이거든? 그러니 힘을 내."

"헉!"

눈을 비비고 바라본 곳에 이칠이 있었다. 소나무 둥치에 비스듬히 기대고 서서 그 흐리멍덩한 눈으로 바라보고 있다.

'제기랄, 빌어먹을!'

왕가령은 제가 어디로 달아나든 저 끔찍한 놈을 떼어놓을 수 없다는 걸 알았다. 아직도 몸에서 뚝뚝 떨어지고 있는 피 때문이다. 내 몸 안 에 이처럼 많은 피가 들어 있다는 게 원망스러워진다.

"죽여라."

그가 원독이 이글거리는 눈으로 노려보며 말했다. 이칠이 피식 웃었 다.

"고통스럽게 죽기를 원해?"

왕가령이 이를 갈았다. 하지만 그 눈 속에 일렁이는 두려움을 감추지는 못했다.

"그래도 편하게 죽는 게 좋겠지?"

이칠이 천천히 다가왔다. 왕가령은 이제 제 몸을 가누고 서 있는 것조차 힘들 지경이 되었다. 이칠의 건조하고 무료한 눈과 마주친 순간 한 가닥 남아 있던 삶에 대한 의지마저 흩어져 버렸다.

"뭘 원하는 거냐?"

"밀부의 부주라는 자가 있는 곳."

"뭐라고?"

왕가령은 제 귀를 의심했다. 그의 목을 움켜쥔 이칠이 다정하게 속삭였다.

"아주 씨를 말려 버리고 말 작정이야."

왕가령의 눈이 더 커질 수 없을 만큼 커졌다.

"미, 미친놈……."

그는 이칠이 설마 이 정도로 집요하고 잔인한 자일 줄 몰랐다. 시키는 일을 차질없이 해치워서 믿음직스런 놈 정도로만 여기고 있었던 자신의 어리석음을 뼈저리게 뉘우쳤다. 하지만 이미 늦은 뒤였다.

"내가 한잔 사지."

그날 밤 늦게 객잔으로 불쑥 찾아온 이칠이 대뜸 그렇게 말했으므로 팽조는 어리둥절해지고 말았다.

"너는 이제 살수 짓을 그만둘 셈이냐?"

팽조가 눈을 흘기며 물었다. 이칠은 피식피식 웃기만 할 뿐, 대답하지 않았다.

청부업자는 의뢰받은 일이 끝나면 그것으로 의뢰인과의 관계도 끝난다. 다시 찾아오는 법이 없고, 미련을 남기는 법도 없다. 그런데 불쑥 찾아와서 술을 사겠다니…….

"그렇게 하자."

무진이 벌떡 일어섰다. 그는 이칠의 마음을 알 것 같았다.

밤새 얼마나 많은 술을 마셨는지 모른다. 정신을 차렸을 때는 주청에 그들 세 사람만 남아 있을 뿐이었다.

아직 어둠이 깔려 있는 서늘한 새벽 거리로 나온 무진은 텅 빈 길을 따라 천천히 걸었다. 숙취로 지끈거리던 머리가 조금씩 가라앉으면서 맑아졌다.

술로 흐려졌던 것이 깨끗해질 때면 평소보다 더 맑고 차가워지면서 차분하게 가라앉는다. 각성(覺醒)의 기운은 새벽처럼 그렇게 찾아온다.

동능택의 폭발 사건 때문에 시끄러웠던 성안의 분위기도 가라앉아서 고요해졌지만 가끔씩은 삼삼오오 무리를 지어 순시를 도는 관병들의 모습이 보이곤 했다.

이제 화가 단단히 난 유명밀부도 제 모습을 드러낼 것이다.

산자락을 타고 흐르는 맑은 개울에 낯을 씻은 무진이 천천히 걸어 도착한 곳은 석고산이었다. 남쪽 골짜기 안에 석고서원이 있다. 그곳을 물끄러미 바라보는 무진의 얼굴에 그리움이 어렸다.

늙은 스승과는 사흘을 함께 지냈을 뿐이지만 삼십 년을 보낸 것 못지않게 큰 가르침을 받았다. 스승의 맑고 깨끗한 음성이 귀에 들리는 듯했다. 붓의 도를 꺼내 보이면서 그것으로 네 칼의 길을 삼으라던 말씀은 무진이 여태까지 들어온 어떤 것보다 귀한 것이었다.

무진은 '내 칼에 스승의 가르침을 담을 수 있다면' 하고 생각했다. 스승이 붓을 달려 종이 위에 글자를 쓰듯 그렇게 허공에 내 칼의 길을 그려낼 수 있다면 도에 가까워질 수 있는 걸까? 하는 의문이 들었다.

성큼성큼 걸어서 송림 속으로 들어갔다. 한 식경쯤 캄캄한 숲을 헤쳐 나가자 석고서원의 오래된 담이 보였다. 그 너머 언덕 위에 우거진 대나무 숲도 보인다. 스승이 늘 나와 앉아 있던 정자의 붉은 기와가 대나무 사이로 언뜻언뜻 보였다.

묵묵히 바라보던 무진이 칼을 뽑아 들었다.

그는 오늘 형양을 떠날 것이다. 어쩌면 다시는 오지 않게 될지도 모른다.

스승으로부터 받은 가르침이 마음속에 굳게 박혀 있었다. 떠나기 전에 그것을 보여 드리고 싶었다. 내가 그날의 가르침에서 무엇을 보았는지, 느꼈는지 스승이 인정하든 그렇지 않든 보여 드리고 싶은 것이다.

제10장

염차목의 복수를 하다

염차목의 복수를 하다

무진이 칼을 들고 송림 앞에 우뚝 서자 바람이 멎고 새소리들이 사라졌다. 천지가 텅 빈 듯 공허해졌다.

스승은 붓으로 지고한 도를 보여주었다. 이제 무진은 칼로써 배운 바를 스승에게 선보이려는 것이다.

호흡을 가다듬고 정신을 집중한 그가 천천히 칼을 움직였다. 천하를 들어 올리듯 무겁고 신중하기 짝이 없다.

왼발을 살짝 앞으로 내딛어서 몸을 튼 채 칼 몸을 뺨에 붙일 듯하고 눈높이에서 고정시키더니 왼손을 느리게 끌어당겨 가슴 앞에 세우고 이마로 허공을 보듯 턱을 잡아당겼다. 굳은 의지가 그 모습에서 드러났고, 흔들리지 않는 마음이 칼끝에 실렸다.

척가보도가 하늘과 땅의 거리라는 그 팔만 사천 리의 공간 어딘가에 뚝 멎었다. 희고 시린 칼 빛이 있는 곳에서 그 칼과 무진과의 거리가 이제는 팔만 사천 리가 되었다.

호흡이 점점 가늘어지더니 드디어는 숨을 쉬지 않는 것처럼 기식(氣息)을 감추었다. 종이 위에 한 점을 찍고 한 획을 긋기 전의 그 팽팽한 긴장이 무진의 온몸에서 살아났다. 그것이 칼에 실리고 있는 게 눈에 보이는 것 같았다.

날카롭던 검광이 흐려졌다. 스승이 먹을 듬뿍 머금은 붓을 드는 것처럼 무진이 한 걸음을 성큼 내디뎠다. 일체의 미혹이 없고 의심이 없다.

"차합!"

한순간, 낮은 기합성이 터져 나왔다. 억눌린 힘이 반탄력을 견디지 못하고 튕겨져 나가듯 그렇게 몸 안에 쌓인 커다란 기운이 갑자기 쏟아진 것이다.

피잉―

칼이 팔만 사천 리의 허공을 가른다.

무진의 발이 이리저리 신중하게 움직여 나갔다.

전후좌우 사방을 휩쓸어가는 칼의 투로(套路)가 맹렬하고 깨끗했다. 백지 위를 거침없이 달리는 붓의 기세이고, 수많은 획과 점과 형상을 자유롭게 그려내는 붓의 조화였다. 무진의 칼끝에서 붓의 움직임이 생생하게 살아나고 있는 것이다.

절강 척가도법의 투로는 단순하고 용맹하다. 무진은 그동안 수도 없이 그것을 연습하고 또 연습해서 언제 어디에서 펼쳐 보이더라도 자로 잰 듯 정확하고 깨끗했다. 그런데 지금은 그 깨끗함이 사라졌다. 열여덟 가지의 단순한 동작과 길을 더듬어가는데, 거침없고 호연한 기상이 절로 우러났다. 전혀 다른 투로를 선보이고, 전혀 다른 도법을 만들어

보이는 것 같았다.

"좋구나."

노스승이 무릎을 쳤다.

스승은 새벽의 맑은 기운을 받아들이고자 홀로 대숲의 정자에 나와 앉아 있었다. 그리고 무진을 보았다.

처음 보았던 그 자리에 다시 찾아온 무진을 대나무 사이로 바라보던 노스승의 얼굴에 기쁨이 떠올랐다. 무진의 칼이 엄격함을 싣고 제 길을 따라 스스로 나아가는 걸 보았기 때문이다. 한 점을 찍고 지그시 멈출 때는 장중하고 무겁기가 태산 같았고, 의지의 명확함이 바위에 새긴 듯 뚜렷했다.

"옳거니! 구양순체(歐陽詢體)로구나."

스승이 즐거움을 참지 못하고 껄껄 웃었다.

구양순은 자신의 독창적인 서체를 창안한 사람이다. 왕희지체를 배웠지만 험경(險勁)한 필력이 왕희지보다 나아서 그를 오히려 능가한다는 말을 들었다.

칼이 다시 나아간다. 꿈틀거리며 허공을 찌르고 베자 도세(刀勢)가 끊임없이 밀려오는 커다란 파도같이 출렁인다.

"파세(波勢)가 과연 좋다."

이번에는 무진의 일변한 도법에서 예서체(隷書體)를 본 것이다.

그것에는 한 점, 한 획마다 너울거리는 물결 모양이 있다. 가장 큰 특색은 가로 획의 끝을 오른쪽으로 빼는 것인데, 이를 파세(波勢) 또는 파(波)라고 한다.

무진의 칼끝에서 그 파세를 본 스승의 흥은 더욱 도도해졌다.

무진은 무아지경 속에서 칼을 들고 허공에 자신만의 세계를 그려 보일 뿐이다. 정자에 앉아서 늙은 스승은 그때마다 변화하는 그것을 보며 즐거워하고 있었다. 스승에게는 칼의 움직임과 붓의 치달림이 둘이 아닌 것이다.

나아가고 떨어지며 휘도는 무진의 칼에서 스승은 웅장하고 거침없이 달리는 진시황의 태산각석(泰山刻石)을 보았고, 소박하고 야성미 넘치는 서협송(西狹頌)의 서체를 보았다.

무겁고 장중한 것으로 시작한 칼춤이 급하고 도도한 변화를 거쳐서 자유로운 정신을 한껏 드러내는 조화를 보이더니 드디어 서협송의 질박한 박력으로 끝났다.

"너를 이제 만난 게 한스럽구나."

늙은 스승의 눈에 감동의 눈물마저 맺혔다. 단 한 번 자신의 심득을 듣고 이처럼 도법으로 구현해 내는 무진이 기특하고 또 기특하기만 했다.

어찌 초식과 수법을 전해주고 전해받는 것만이 중요하겠는가. 때로는 문(文)으로 무(武)의 원리를 가르쳐 줄 수도 있는 것이고, 칼로 군자의 길을 보여줄 수도 있는 것이다.

노스승으로부터 서법의 도에 대한 이치를 전해받고 난 무진의 칼은 척가도법을 따르고 있으되 이제 척가도법이 아니었다. 그만의 심득이 더해져 전혀 새로운 것으로 솟아올랐으니 그렇다.

"장차는 반드시 활도(活刀)를 이루고 인협(仁俠)의 도에 들기 바랄 뿐이다. 네 칼에는 굳은 의지가 있고 뜻이 높으며, 자질이 이처럼 뛰어나니 반드시 대성하리라고 믿는다."

마치 눈앞에 무진을 두고 있기라도 한 듯 노스승은 그렇게 타일렀

다. 그 말이 대나무 숲을 지나고 담을 넘어 저기 송림 앞에 우뚝 서 있
는 무진의 가슴에 낱낱이 박혀들기를 바라는 간절한 마음이었다.

　조용히 칼을 갈무리한 무진이 보이지 않는 스승에게 길게 읍하고 돌
아섰다.

＊　　　　＊　　　　＊

　무사가 눈을 부라렸다. 곁에서 무진을 흘겨보는 자의 얼굴에 짜증기
가 실렸다.

　거칠고 허술한 옷차림에 부스스한 머리를 한 채 느릿느릿 다가오는
무진을 보았을 때부터 호남 신검문의 수문 위사들은 혀를 찼다. 무슨
말을 할지 뻔했기 때문이다.

　저렇게 찾아와 신검문의 문도가 되겠다고 하는 자들이 하루에도 몇
명씩 있었다. 제딴에는 대단한 솜씨라도 있는 것처럼 여기는 모양이지
만 열이면 아홉은 형편없는 것들이기 일쑤였다.

　그들은 무진도 그런 자라고 여겼다. 아침 일찍부터 찾아와 귀찮게
할 게 뻔해서 짜증이 났는데 무진이 던진 말은 도리어 어이없는 것이
었다.

　"호남 신검문의 문주를 만나러 왔다."

　겁이라고는 없는 얼굴로 태연히 그렇게 말했던 것이다.

　"아직 식전이다. 그러니 정 할 말이 있으면 오후에 와."

　"아니, 나는 지금 형양을 떠날 생각이다. 그러니 지금이 좋아."

　"그럼 귀찮게 하지 말고 그냥 가라."

"한 번만 더 말하겠다. 문주에게 기별을 해라."

"하—"

이렇게 막무가내로 떼를 쓰는 자들도 종종 있다. 그러면 쫓아내는 방법은 한 가지뿐이었다. 입 아프게 여러 소리 할 것 없다. 비록 문지기일망정 신검문의 무사는 이 정도라는 걸 직접 보여주면 그만인 것이다.

성큼 다가온 자가 재빨리 손을 뻗어 무진의 어깨를 낚아챘다. 그리고 '으아악!' 하는 비명을 터뜨렸다.

우두둑—

팔 꺾어지는 끔찍한 소리가 났다. 언제 어떻게 한 건지 무진이 그자의 손목을 쥐고 있었는데, 팔이 완전히 뒤틀려서 돌아갔다.

"어, 어?"

다른 한 놈이 눈을 크게 떴다. 제가 지금 헛것을 보고 있는지도 모른다는 생각이 들었으리라.

"칠 년 전, 화가촌의 대장간 일로 찾아왔다고 해. 그러면 알 거다."

무진이 다시 조용히 말했다.

"뭐야? 칠 년 전?"

막 세수를 하고 난 순찰당의 향주 왕창기(王昌基)가 얼굴을 문지른 수건을 내던지고 되물었다. 어젯밤부터 오늘 아침까지의 경비를 책임진 자였다.

"화가촌 대장간의 일이라고 했습니다."

"화가촌? 그게 어디 붙어 있는 곳이야?"

"그건 저도 잘……."

"빌어먹을, 그놈이 대뜸 이가의 팔을 부러뜨렸단 말이지?"

왕창기의 짜증이 폭발했다. 야간 당직을 끝내고 들어가 푹 자려던 참인데 이런 일이 생겼으니 그럴 만도 하다.

그는 산동의 신검문 본가에서 삼 년 전에 이곳, 호남 신검문으로 온 인물이다. 칠 년 전의 일을 알 리가 없었다.

서둘러 정문으로 나간 왕창기가 입을 딱 벌렸다. 네 명의 수문 위사들이 하나같이 부러진 팔다리를 잡고 땅바닥에 뒹굴며 비명을 내지르고 있었던 것이다. 그들 앞에 우뚝 서 있던 무진의 무심한 눈길이 왕창기에게 향했다.

"문주를 불러와라."

"이런 죽일 놈!"

분노가 폭발한 왕창기가 더 생각하고 말고 할 것도 없이 그대로 몸을 날려 무진에게 부딪쳐 갔다. 신검문에 몸담은 지 이십여 년. 크고 작은 싸움을 수도 없이 했지만 패해본 적이 별로 없는 그다. 검을 뽑기 무섭게 후려치는 기세가 사나웠다.

씨잉—

그의 검이 바람을 가르는 날카로운 소리를 내며 곧장 무진의 머리 위에 떨어졌다. 검을 이렇게 칼처럼 휘둘러 치는 건 신검문의 검법 중 독특한 것으로, 파뢰검법(破雷劍法)이라는 것이다.

도(刀)와 달리 대부분의 검은 찌르는 데 치중한다. 검 자체가 그렇게 쓰일 때 최대의 위력을 발휘할 수 있도록 되어 있기도 하다. 따라서 베거나 자르는 것은 부수적인 수단이 되는데, 검법 또한 찌르는 공격을 주로 해서 막고 쳐내는 수비의 수법을 배합해 만들어지기 마련이었다.

그런데 신검문의 파뢰검법은 쓰임이 칼과 같았다. 그러니 검법의 상도를 벗어나 괴이한 바가 있다.

칼보다 가볍고 정교한 검으로 칼처럼 후려치고 베어오니 신랄함이 돋보인다.

무진의 무표정하던 얼굴에 처음으로 표정이 떠올랐다. 호기심이었다.

그가 이리저리 몸을 틀어 종횡으로 쳐 나오는 왕창기의 검격을 아슬아슬하게 비키며 유심히 관찰했다. 검에서 도법의 원리를 볼 수 있다는 게 신기했지만 곧 파탄을 집어낼 수 있었다. 도법이라면, 게다가 실전적이고 효과적인 베기와 내려치기, 찌르기라면 무진이 한참 위이니 그렇다.

"흥!"

다섯 번 초식이 바뀌는 걸 지켜보던 무진이 성큼 뛰어들며 팔을 휘저었다.

땅―!

즉시 낭랑한 쇳소리가 울려 퍼졌다. 좌측에서 매섭게 베어오던 검신이 옆으로 돌며 불쑥 쳐 올린 무진의 팔꿈치에 맞아 튕겨 나갔다. 그리고 몸을 튼 기세를 살려서 휘돌려 차는 발길질에 왕창기의 턱이 정통으로 걸렸다. 빠악! 하는 요란한 소리가 났다.

"으악!"

일격에 턱뼈가 박살나 버린 왕창기가 비명을 지르며 나뒹굴다가 쭉 뻗어버렸다.

무진이 서슴없이 안으로 걸어 들어가자 지켜보던 자들이 우르르 흩어졌다. 무진은 그놈들에게 눈길 한 번 주지 않았다. 성큼성큼 중문으로 다가간 그가 두 손바닥에 내력을 끌어 모아 힘껏 쳐냈다.

꽝—!

굳게 닫혔던 중문이 부서질 듯 요동을 치며 활짝 열리고 청석이 깔린 넓은 마당이 보였다. 이미 정문의 소란이 안에까지 알려진 듯 중앙에 우뚝 버티고 서 있는 전각의 좌우 측문으로 이십여 명의 무사들이 검을 뽑아 든 채 쏟아져 나오고 있었다.

그들을 일별한 무진이 다시 성큼성큼 걸어 들어갔다. 그가 마당 가운데 이르자 무사들이 넓은 원진을 그리고 무진을 포위했다.

안쪽에서 세 사람이 바쁜 걸음으로 걸어나왔다. 중앙에 선 자가 순찰당주인 귀수검(鬼手劍) 백리편(白璃編)이고, 나머지 두 명은 향주들이다.

"웬 놈이기에 겁도 없이 신검문에 찾아와 소란을 피운단 말이냐!"

백리편이 노여움과 위엄이 실린 음성으로 높게 꾸짖었다. 무진이 지그시 그를 노려보며 또박또박 말했다.

"칠 년 전의 혈채만 받아가면 그뿐, 쓸데없는 살상은 피하고 싶다."

"칠 년 전이라고?"

백리편이 머리를 갸웃거렸다. 과거를 더듬어 생각하는 모양이다.

"너희들은 상음현 남쪽 화가촌의 대장간에 찾아와 그곳 대장장이를 죽인 적이 있지? 나는 그놈들을 원한다."

"네놈은 누구냐?"

"그 대장간의 꼬마."

백리편이 크게 놀라 눈을 부릅떴다.

"그렇다면 네놈이 그때 흑풍객과 함께 보검을 가지고 갔다던 그놈이로구나!"

무진은 그의 말에서 그가 그날 염차목의 대장간에 왔던 자들 중 한 명이라는 걸 알았다. 백리편을 노려보는 눈이 분노로 이글거렸다.

그때 세 놈이 왔었다고 했으니 아직 두 놈이 더 남아 있다.

"나머지 두 놈은 어디 있지?"

"하하하, 정말 어이없는 애송이다."

그가 마음껏 무진을 비웃을 때 안에서 다시 세 명이 걸어나왔다. 무진은 그 중앙에 있는 중년의 사내가 호남 신검문의 문주일 것이라고 짐작했다. 만만치 않아 보이는 두 명의 수신호위를 거느리고 느긋한 위엄을 내보이는 게 그렇다.

그가 나타나자 무진을 포위하고 있던 문도들이 일제히 머리를 숙이며 '문주님을 뵈오!' 하고 외쳤고, 무진을 비웃던 백리편도 공손한 얼굴로 물러섰다.

"방금 네가 그 대장간의 꼬마라고 했느냐?"

문주인 비검잔성(飛劍殘星) 탁목립(卓木立)이 이글거리는 눈으로 무진을 노려보며 물었다. 무진이 말없이 머리를 한 번 끄덕인 걸로 대답을 대신했다.

탁목립이 껄껄 웃었다.

"그렇게 찾아도 찾을 수 없더니 칠 년 만에 제 발로 걸어 들어왔구나. 삼 년 전 내가 문주의 자리에 오르고 나서부터는 이렇듯 좋은 일만 생기니 하늘이 나를 돕는 것이리라."

좋아하던 그가 다시 근엄한 표정이 되어서 무진을 내려다보았다.

"칠 년 전 그 냄새나는 대장간에서 사흘 동안이나 꼼짝하지 않고 네 놈이 돌아오기를 기다렸었다. 너는 그때 흑풍객과 검을 가지고 어디로 갔었는지 말해라."

"으음—"

무진은 그의 말에서 대장간이 부서지고 염 아저씨가 해를 당한 데에는 자기의 책임도 있다는 것을 알았다. 마음이 더 괴로워졌다.

침묵하던 그가 비통함을 눌러 참고 물었다.

"그렇다면 더 기다렸다가 나를 잡을 것이지 어째서 죄없는 염 아저씨를 죽인 거지?"

"네놈이 간 곳을 끝내 불지 않고 고집을 부리다가 그리된 거야."

그 말에 무진이 바드득 이를 갈았다.

그들은 염차목에게서 아무것도 알아낼 수 없자 무진이 돌아오기를 기다리고 있었던 것이다. 그러다가 소식을 들은 벽상채의 수적들이 신검문도에게 죽은 동료의 복수를 한답시고 쳐들어와서 한바탕 싸움이 벌어졌던 것이다.

워낙 요란했고, 많은 사람들이 지켜보는 곳에서 십여 명이나 되는 자들이 죽었던지라 소식을 들은 아문의 관병과 포쾌들이 달려와 결국 무진을 포기하고 물러날 수밖에 없었다.

그 뒤로 은밀하게 수소문했지만 무진을 찾을 수 없었다. 그게 한이 되었는데 칠 년 만에 무진이 이처럼 스스로 찾아와 주었으니 기뻐할 만도 했다.

무진은 그 현철이 신검문에 대단히 중요한 물건이었다는 걸 짐작했다. 그렇기에 칠 년이 지난 지금까지도 그것으로 만든 검에 이토록 집착하고 있는 것 아니겠는가. 흑룡보주가 그 검을 얻은 대가로 흑풍객에게 선뜻 단천혈룡장법을 내준 것도 이해가 갔다.

장차 그 검으로 인해 강호에 한바탕 풍파가 일 것이라는 직감이 왔다. 흑룡보를 나와 하룻밤 쉬어가던 신당 안에서 흑풍객도 그와 같은 의미의 말을 했었다. 그때는 실감하지 못했는데 이제는 그것이 가슴을 누르는 압박이 되었다.

묵묵히 서 있던 무진이 마음을 가라앉히고 침착하게 물었다.

"그때 세 명이 왔었다고 들었다. 나머지 한 명은 누구지?"

"이 년 전에 죽었다."

"응?"

"자, 이제는 네가 말할 차례다. 그 검은 어디에 있지?"

"저승에 가서 물어보아라."

무진이 천천히 칼을 뽑았다. 척가보도가 아침 햇빛을 튕겨내며 싸늘하게 번쩍였다. 칼날에 살기가 실려 새파란 기운이 어리고 있었다.

그것을 본 탁목립이 눈살을 찌푸렸다.

무진은 살심을 크게 돋우었다. 피를 보기 위해 찾아왔으니 망설일 것이 없다.

"가로막는 자는 가차없이 친다. 쓸데없이 목숨을 버리지 마라."

무진이 탁목립을 바라보고 뚜벅뚜벅 걸어가기 시작했다. 숨 막힐 듯한 긴장 속에서 청석을 딛는 그의 발걸음 소리가 크게 울렸다.

정면에서 검을 들고 서 있던 자들이 무진의 기세에 질려 우물쭈물하다가 물러섰다. 그것을 본 탁목립이 눈살을 찌푸렸다.

"건방지다!"

참지 못한 자 하나가 버럭 외치며 뛰쳐나왔다. 오른쪽 측면이다.

씨잉—

그자의 검이 벼락처럼 떨어졌다. 그리고 청석에 닿을 듯 떨어져 있던 무진의 칼끝이 튕겨진 듯 솟구쳐 올랐다.

"크아악!"

처절한 비명 소리가 크게 울렸다. 아랫배에서 가슴까지 일직선으로 쭉 갈라진 자가 쿵쿵거리며 물러서다가 뒤로 나자빠졌다. 상처가 크게 벌어지며 붉은 피가 솟구쳐 허공을 적셨다.

다시 칼을 늘어뜨린 무진이 세 걸음을 걸었을 때다.

"이놈!"

발악처럼 외치며 뒤에서 덮쳐 오는 자가 있었다. 두 놈이다. 상하로 나뉜 그들의 검이 번개처럼 목을 찌르고 옆구리를 쓸어왔다.

앞으로 크게 한 발 내디딘 무진이 팽이처럼 돌아섰다. 그의 칼이 또 한 번 퉁겨진 듯 솟구쳐 올랐다.

쨍―!

높은 쇳소리가 터져 나왔다.

동강난 검이 하늘 높이 난다. 그리고 유성처럼 떨어지는 칼 빛이 직선으로 허공을 갈랐다.

"으악!"

두 마디의 비명이 동시에 터졌다. 한 놈의 어깨를 갈라놓고 빠져나온 칼이 한껏 탄력을 싣고 다른 놈의 목에 박히는 게 한순간에 이루어졌다. 두 번 나누어 친 것이라고 분간해 볼 수가 없는 빠르기였다.

두 놈이 쿵쿵거리며 쓰러지자 더욱 깊은 적막이 몰려들었다. 가늘게 씩씩거리는 누군가의 숨소리가 터질 듯한 긴장을 더 팽팽하게 했다.

"내가 원하는 건 저 두 놈의 목이다. 너희들과는 상관없으니 경거망동하지 마라."

다시 한 번 엄중하게 경고한 무진이 칼끝을 끌듯 하며 성큼성큼 걸어 나아갔다. 이제는 아무도 감히 그를 시험해 보려 하지 않았다. 그가 다가올 때마다 움찔거리며 물러설 뿐이다.

무진이 전각의 계단 아래에 서자 주먹을 부들부들 떨며 이를 악물고 있던 백리편이 기어이 참지 못하고 검을 뽑아 들었다.

"끼야아—!"

그가 괴성을 터뜨리며 땅을 박찼다. 단번에 난간을 뛰어넘어 무진의 머리 위 높이 솟구쳤다. 푸른 하늘에 박힌 듯했다.

번쩍—

떨어져 내리는 힘이 더해진 검격이 번갯불을 토해냈다. 한 가닥 맹렬한 검기가 쭉 뻗어 나와 무진의 정수리 속으로 박혀드는 것 같았다.

모두가 눈을 부릅뜨고 긴장으로 볼을 떠는 그 순간에 무진의 칼이 솟구쳐 올랐다. 태양을 가르려는 듯 힘차고 강렬한 일격이다.

창백한 칼 빛이 쇠뇌처럼 곧장 쏘아져 백리편의 검기와 부딪쳤다.

쿠앙—!

갑자기 쇠종을 두드린 듯한 굉음이 터지고 선연한 핏줄기가 분수처럼 뻗었다.

백리편은 비명조차 지르지 못했다. 그가 쳐낸 검기를 단번에 가르고 솟구쳐 오른 칼이 사타구니에서부터 턱까지 곧게 갈라 버린 것이다. 그 끔찍한 모습에 모두들 눈을 질끈 감아버리고 말았다.

쿵!

청석에 처박힌 백리편의 몸뚱이가 푸들푸들 경련을 일으켰다. 붉은 피가 빠르게 퍼져서 청석 사이로 스며들었다. 자욱한 피비린내가 맡아진다.

한 번 깊이 숨을 들이마셔서 흥분을 가라앉힌 무진이 성큼성큼 돌계단을 밟고 올라갔다.

"저, 저, 저놈!"

탁목립은 그 믿을 수 없는 광경에 넋이 나간 듯했다. 무진을 가리키는 손가락이 덜덜 떨렸다.

"이얍!"

그의 수신호위 두 명이 비명처럼 날카롭게 외치며 몸을 던졌다. 그러나 그들의 검격은 무진의 몸에 미치지 못했다.

성큼 또 한 계단을 밟은 무진이 가로 획을 긋듯 허공을 일자로 갈랐다. 파르르 떠는 칼끝은 정자 위에서 노스승이 보았던 바로 그 파세(波勢)였다.

꽝—!

두 자루의 검이 산산이 부서져 날았다. 그리고 허공에 두 개의 목이 둥실 떠올랐다.

마지막 계단을 밟고 올라선 무진이 탁목립 앞에 우뚝 섰다. 그의 칼은 여전히 새파랗게 번쩍이고 눈길은 비수 같다.

"네 목을 치겠다."

무심한 그 말에 탁목립이 부르르 떨었다. 무진이 천천히 칼을 들어 그를 겨누었다.

두려움도 지나치면 용기가 된다. 지금 탁목립이 그와 같았다. 발작적으로 검자루를 움켜쥔 그가 목청이 터지도록 소리쳤다.

"건방진 애송이 놈!"

피이잉—!

그의 검과 무진의 칼이 동시에 한곳을 노리고 날았다. 마주 선 그들의 공간 사이로 급하고 높은 휘파람 소리가 치달려 갔다. 그리고 부딪쳤다.

카카카캉—!

무진의 칼끝을 때리고 긁어대는 소리가 폭죽을 터뜨리듯 요란하게 쏟아졌다. 탁목립의 검봉이 찰나를 다시 열, 백으로 쪼갠 것 같은 그 순간에 네 번이나 방향을 튼 것이다. 그러나 그것은 무겁고 힘차게 한 점을 찍어가는 무진의 칼을 뿌리치지 못했다.

"으헉!"

검을 쥔 손아귀를 통해 무지막지하게 밀려드는 그 거대한 힘은 평생 처음 겪어보는 것이었다. 탁목립이 저도 모르게 비명을 터뜨렸다. 숨이 콱 막혔다. 그런 그의 눈앞에서 무진의 칼끝이 힘차게 그어졌다.

살과 뼈를 가르는 낮은 소리가 단 한 번 서걱! 하고 들렸을 뿐이다.

눈을 부릅뜬 채 여전히 검을 내뻗고 있는 탁목립의 목에 한 가닥 혈선이 생겼다. 그가 휘청 하고 중심을 잃었다. 그리고 그의 머리가 미끄러지듯 어깨를 타고 떨어졌다.

무진은 그것을 보지 못했다. 칼을 끌며 천천히 계단을 내려가고 있었던 것이다.

이제는 아무도 그를 가로막지 않았다. 숨조차 쉬지 않는 것 같았다. 청석을 밟는 무진의 발소리만 저벅거리며 울렸다.

신검문도들의 앞을 그렇게 걸어서 지나간 무진이 처음 들어왔던 그 문을 천천히 걸어나가 드디어 멀어질 때까지 침묵은 깨지지 않았다.

팽조와 이칠은 아직 주청에 앉아 있었다.

이른 아침부터 어딜 다녀오느냐는 팽조에게 염 아저씨의 복수를 하고 왔다고 하자 당장 팽조의 입이 튀어나왔다.

그러나 그는 무진이 얼마나 염차목의 일을 한으로 갖고 있는지 잘 안다. 그 일은 역시 무진 혼자서 하는 게 마땅하다고 생각했다.

꾸물거리는 팽조를 재촉해 객잔을 떠나려던 무진이 이칠을 한동안 바라보았다.

축 처진 그의 어깨가 애잔해 보여서 가슴이 아팠다.

"이제 뭘 할 거냐?"

이칠이 아직 술이 덜 깬 얼굴로 히죽 웃었다.

"배운 게 이 짓뿐인데 뭘 할 수 있겠어?"

"그럼 여기에 있을 거냐?"

"글쎄…… 일을 시켜줄 놈이 아직 있을지 몰라……."

함께 가자는 말을 하고 싶었지만 꾹 눌러 참았다. 내 앞길도 정처없고 불안하니 차마 동행을 권할 수 없었던 것이다.

"무운을 빈다."

겨우 그 말을 해주고 돌아섰다. 이칠의 눈에 쓸쓸한 빛이 스쳐 갔다.

이별은 빠를수록 좋다. 어차피 떠나야 하는데, 머뭇거려서 정을 남겨두는 건 어리석은 일이다.

무진은 빠른 걸음으로 객잔을 나와 한동안 화난 사람처럼 앞만 바라본 채 묵묵히 걷기만 했다.

"따라오는데요?"

힐끔 뒤를 돌아본 팽조가 말했다. 무진이 쓴웃음을 지었다. 저만큼 떨어진 곳에서 이칠이 부석부석한 얼굴을 문지르며 따라오고 있었던 것이다.

성 밖으로 나와 한적한 관도를 걸을 때까지 그렇게 따라오는데, 무진이 멈추어 서서 바라보면 저도 멈추어서 딴청을 부리곤 했다.

갈림길에 이르렀다. 서쪽으로 가면 소양(邵陽)이고, 북쪽으로 가면 형산이다.

마음을 정하지 못한 채 그 갈림길에 서서 이쪽을 보고 저쪽을 보고 있노라니 갑자기 공허함이 밀려들었다. 가슴이 텅 비는 듯했다. 통쾌함으로 심장이 뛰어야 할 텐데 그렇지 않으니 그게 이상하기도 해서 무진은 그만 맥이 풀린 사람처럼 멍해지고 말았다.

그렇게 원했고, 한시도 잊어본 적이 없는 복수를 시원하게 해치웠는데 도대체 이 알 수 없는 기분은 뭐란 말인가.

그건 마치 굶주림에 시달리다가 마음껏 포식을 하고 난 뒤 지저분해진 식탁을 바라보는 것과 같은 느낌이었다. 흡족하면서 한편으로는 불쾌해지기도 하고, 조금은 비참한 심정이기도 한 그런 무엇이다.

"어디로 갈까요?"

무진의 속마음을 알 리 없는 팽조가 채근했다.

"바쁜 길이 아니라면 형산이 가까우니 구경이라도 하고 가는 게 어떨까요?"

"형산……."

"남악묘의 영제전(靈帝殿)에 모신 신이 영험해서 소원을 빌면 모두 이루어진다고 하더군요. 또한 축융전(祝融殿)의 천소성제(天昭聖帝)께서는 과거의 업을 지우고 미래를 보여준다고 합니다."

"과거의 업…… 미래……."

무진의 공허한 눈이 한동안 팽조의 얼굴에 머물렀다. 팽조가 멋쩍어하며 히죽 웃었다. 차갑고 무표정하던 얼굴이 아니다.

"팽 형은 형의 미래가 어떤 모습이기를 바랍니까?"

"그거야……."

우물쭈물하던 팽조의 얼굴에 회한과 노여움이 어둠이 되어 떠올랐다. 무진은 그에게도 말 못할 사정이 있음을 느꼈다. 하긴, 세상의 그 많은 사람들 중 억울하고 분한 속사정 하나 갖고 있지 않은 사람은 없으리라.

"나는 다만 죽기 전에 그녀를 한 번이라도 만나보기를 원한답니다."

팽조가 침통한 얼굴로 그렇게 말했다.

"응?"

뜻밖의 일이라 무진이 어리둥절한 눈을 크게 떴다.

그의 나이는 불혹을 바라보리라. 차갑고 냉정한 피를 지닌 채 강호의 칼바람 속을 꿋꿋하게 헤쳐 나왔다. 그건 삶을 바라지 않고 늘 죽음을 직시하며 살아가는 살얼음판 같은 길이다. 검 한 자루에 자신의 모든 것을 걸고 바람처럼 흘러가는 길 아닌가.

그런 팽조의 가슴은 얼음장처럼 차고 단단해져 있는 줄로만 알았다. 그런데 그에게도 가슴속에 묻어두고 있는 그리움이 있었다는 게 무진을 의아하게 했다. 놀랍기도 하다.

"대체 어찌 된 일이오? 여자라니?"

팽조가 희미하게 웃었다.

"저렇게 잔인하고 냉혹한 놈에게도 사랑이라는 감정이 있는데 나에게라고 없겠습니까?"

턱으로 저쪽에 멍하니 앉아 있는 이칠을 가리키며 말했다.

"음—"

무진이 침음성을 흘렸다. 겉으로 무정해 보이는 자일수록 그 속은 오히려 따뜻한 건지도 모른다. 드러내고 싶지 않은 아픔을 가지고 있기에 그것을 감추기 위해 더 무정해지는 것일 수도 있으리라. 이칠도 그런 자가 분명할 것이다.

애잔해하다가 불쑥 그를 골려주고 싶다는 엉뚱한 생각이 들었다. 넋을 놓고 있는 그가 못마땅하기도 해서 생겨난 짓궂은 심술이다.

"이리 와봐라."

무진이 손짓해 불렀다. 힐끔 바라본 이칠이 게으르고 무기력한 모습으로 느릿느릿 다가왔다. 삶에 대한 의욕이라고는 하나도 없는 괴물 같아 보였다.

이칠이 흐리멍덩한 눈으로 귀찮다는 듯 무진을 물끄러미 바라보다가 퉁명스럽게 말했다.

"왜? 할 말이 있으면 그냥 하면 되지 꼭 사람을 오라 가라 해야 되겠어?"

그러면서도 어기적거리며 오는 건 또 뭐란 말인가. 무진이 피식 웃었고 팽조는 쳇, 하고 혀를 찼다.

"우리는 형산으로 갈 거다. 너는 어디로 갈 작정이냐?"

"글쎄……."

문득 이칠의 눈빛이 아득해졌다. 어둡다. 그리고 쓸쓸하다. 그 또한 이 넓은 천하에서 제 한 발 내디딜 곳이 없는 것이다. 정해둔 곳이 없으니 그렇다. 그걸 알면서도 불쑥 물은 저의 짓궂음에 무진은 금방 후회했다.

이칠이 뜻없이 하늘을 보다가 느릿느릿 말했다.

"뭐, 나도 형산을 구경해 볼 생각이었으니까 어차피 또 같은 방향이로군. 신경 쓰지 말고 너 갈 데로 가라."

"그래? 그럼 네가 먼저 가라."

"응?"

"네가 어디로 가는지 봤다가 우리는 다른 길로 갈 테니까."

이칠의 눈동자에서 흐리멍덩하던 기운이 조금씩 걷혔다. 그가 물끄러미 무진을 바라보았다. 내심을 읽어보려는 것 같았다. 그리고 무진의 눈 속에서 희미한 웃음기를 보았다.

"이런 제기랄!"

"하하하—"

"넌 나쁜 놈이다!"

이칠이 땅을 구르며 소리쳤다. 무진과 함께 낄낄거리고 있던 팽조가 즉시 말을 받았다.

"그러는 넌 솔직하지 못한 놈이야."

"내가 어째서?"

"함께 가고 싶다고 왜 말하지 못해?"

"자존심이 있지……."

우물쭈물하는 그의 모습이 더 우스웠다. 지금의 그런 모습과 어둠 속에서 음침한 눈을 번뜩이며 히죽 웃던 모습과는 이쪽과 저쪽의 세상만큼이나 다른 것이어서 무진은 대체 어떤 게 이놈의 진짜 모습인지 궁금해지기도 했다.

"같이 가고 싶으냐?"

"응."

선선히 대답하며 머리를 끄덕이는 모습은 또 순진한 아이 같기도 하다.

"왜?"

"할 일이 없어졌으니까."

"없다니? 너 정도의 솜씨를 가진 살수라면 의뢰하려는 자들이 줄을 설 텐데?"

"이젠 지겨워졌어."

"쳇, 싱거운 놈이군."

혀를 찼지만 무진의 마음속에는 연민이 깃들었다. 유명밀부의 태평전을 괴멸시키고 난 후 이칠은 무기력해져 있었다. 단지 겉으로만 그렇게 보일 뿐이 아니라 그는 정말 그렇게 되어버렸던 것이다.

그의 사정을 모르는 사람들은 비웃을 것이다. 하지만 무진은 비웃을 수 없었다.

이칠은 지금 저를 받아들여 줄 누군가를 절실히 필요로 하고 있었다. 공허한 마음을 기대고 의지할 사람이 있어야 하는 것이다. 갑자기 보호자를 잃어버린 아이처럼 되어버린 것이리라.

"그래, 함께 가자."

"그럴 줄 알았어."

이칠이 씩 웃었는데 그 웃음마저 쓸쓸해 보였다.

무진 일행은 하루를 걸어 남악현에서 묵은 후 이튿날 형산에 오르기 시작했다.

흑풍객과 이곳에 왔을 때는 목적이 있었으므로 구경할 엄두도 내지 못했지만 지금은 가벼운 마음으로 이곳저곳을 보며 걷고 있으니 감회가 새로웠다.

천천히 걸어서 남악묘(南岳廟)에 이르렀다. 묘는 남방 최대의 궁전식 건축물로 꼽힐 만큼 크고 웅장해서 무진과 팽조의 눈이 절로 휘둥그레졌다.

당대(唐代)에 건축되었고 산 아래를 온통 차지하다시피 한 넓은 면적에 패방(牌坊), 고극대(古劇台), 정천문(正川門), 어비정(御碑亭), 가안문(嘉應門), 어서루(御書樓), 정전(正殿), 침궁(寢宮) 등이 있다지만 일반인들이 많이 찾는 곳은 역시 정전이었다.

팽조가 폭죽을 한 다발 사 와서 무진과 이칠에게 나누어 주었다.

"이게 뭐 하는 거요?"

"영제께 기원을 드리고 난 후 이걸 터뜨린다는군요. 그러면 악귀가 놀라서 물러가고 영제께서는 이 소리를 듣고 소원을 이루어주신답니다."

무진이 피식 웃었지만 팽조의 엄숙하고 간절한 얼굴을 보고는 놀리려는 마음을 버렸다. 비록 거짓일지라도 그것을 믿는 사람에게는 소중한 것이 아니겠는가.

천천히 묘 내를 둘러본 그들은 영제전에 나가 사람들 틈에 섞여 기원을 드렸다. 무진은 그저 건성으로 머리를 숙였을 뿐이지만 팽조는 간절함이 넘쳐 났다. 수도 없이 머리를 조아리며 중얼중얼 제 소원을 빌기에 여념이 없는 그를 보는 동안 어느덧 무진마저도 숙연해지고 말았다.

도사로부터 부적을 받은 팽조가 그것을 영제의 발치에 붙였는데, 그곳은 이미 많은 사람들이 붙인 붉은 부적으로 도배가 되어 있다시피 했다.

'쓸데없는 짓이다.'

무진은 속으로 그렇게 말하면서도 팽조의 손에 이끌려 어쩔 수 없이 부적을 받아 들어야 했다.

"간절히 소원을 비십시오. 그러면 반드시 들어주실 겁니다."

늙은 도사가 부적을 나누어 주며 그렇게 말했다. 흰 수염이 탐스럽고 웃음을 띤 붉은 얼굴이 신선처럼 인자해 보여서 정말 그럴지도 모른다는 믿음마저 생겼다.

'제발 하루빨리 원수들을 찾아내고 목을 쳐버릴 수 있게 되기를 바

랍니다.'

영제 앞에 그렇게 기원했지만 곧 들어줄 리가 없다는 생각이 들어 피식 웃음만 나왔다.

영제가 과연 영험한 신이고 악귀를 쫓는 선량한 신이라면 피 냄새가 나는 소원을 들어줄 리가 없지 않겠는가. 고약한 놈이라고 눈살을 찌푸리고 화를 낼지도 모른다.

"소원 성취하십시오."

무진이 머리를 조아린 다음에 부적을 붙이고 나오자 도사가 그렇게 축사를 해주었다.

밖에 나오니 팽조가 다시 그를 어디론가 바삐 이끌었다.

영제전 옆에 단단한 돌집이 있었는데 '보고(寶庫)'라는 곳이었다. 아궁이처럼 몇 개의 구멍이 뚫려 있고, 안에서 불길이 활활 타오르고 있었다.

사람들이 그곳에서 기원을 하며 가져온 폭죽을 불 속에 던져 넣었다. 폭죽 터지는 요란한 소리가 끊이지 않고 들려왔다.

어떤 것은 꽝음을 내며 터졌으므로 곁에 벼락이 떨어진 듯했다. 귀가 먹먹해질 정도였던 것이다. 다들 큰 소리를 내며 터질수록 소원이 빨리 이루어진다고 믿기라도 하는 모양이었다.

팽조가 가져온 폭죽을 이마 위로 들어 올리고 머리를 조아리며 다시 중얼중얼 제 소원을 빌더니 그것을 아궁이 속에 던져 넣었다. 곧 요란한 소리와 함께 폭죽이 연이어 터졌다.

사람들은 그 소리를 들으며 다시 머리를 조아리고 있었다. 매캐한 화약 연기가 눈을 따갑게 해서인지 다들 눈가에 눈물이 번져 있었다. 그게 또 더욱 간절한 모습으로 보인다.

팽조 역시 눈물을 흘리면서 연신 머리를 조아리고 있었다. 무진은 그 요란한 소리와 연기 때문에 견딜 수 없었다. 달아나려 하자 팽조가 옷소매를 끌었다.

"어서 하라니까요?"

'원수를 찾고 목을 쳐버릴 수 있게 해주십시오.'

무진도 할 수 없이 아무렇게나 중얼거리며 몇 번 머리를 조아리고 폭죽을 아궁이 속에 던져 넣었다. 꽝! 하고 대포 쏘는 소리가 났다. 무진이 깜짝 놀라 펄쩍 뛰어 물러서자 팽조가 껄껄 웃었다.

"영제께서 주공의 소원을 들으신 모양입니다."

"제길, 소원 성취하기 전에 놀라서 먼저 죽겠소."

이칠은 그들과 무관한 사람인 것처럼 저쪽 아름드리 고목에 등을 기대고 선 채 멍하니 하늘만 바라보고 있었다. 그에게는 이제 빌어야 할 소원이 없는 건지도 모른다.

그가 느릿느릿 무진과 팽조를 바라보았는데, '그렇게 한심한 짓들이나 하고 있다니……' 하는 얼굴이었다.

"다 끝났어?"

물어놓고는 대답도 기다리지 않고 늘쩡거리며 묘 밖으로 향했다. 팽조가 다시 다른 곳으로 끌고 갈까 봐 앞질러 나가는 것이다.

"쳇, 저놈은 워낙 악귀 같은 놈이라 도관에 들어가기가 무서운 모양이야."

팽조가 째려보며 투덜거렸다.

남악묘를 나온 그들은 천천히 산길을 따라 축융봉을 바라보고 올라가기 시작했다. 곳곳에 도관이 있고, 골짜기마다 사찰이며 암자가 박혀 있으니 과연 형산이 불교의 성산이면서 또한 도교의 중요한 복지임을 누구나 알 수 있었다.

그들이 남악묘를 떠나고 난 뒤 두 사람이 영제전 측문을 열고 나왔다. 그곳은 일반 참배객들의 발길이 잘 미치지 않는 외진 곳이다.

한 사람은 삼십 줄에 접어들어 보이는 장년의 도사였고, 다른 사람은 등에 검을 지고 있는 이십대의 청년이었다. 영준한 얼굴에 잘 다듬어진 몸집을 갖고 있었는데, 눈빛이 맑지 못하고 음침한 것이 유일한 흠이라고 할 만큼 빼어난 자였다.

재빨리 전각을 돌아 나온 그들이 사람들 속에 끼어들더니 묘 밖으로 사라졌다.

"갑자기 명령이 바뀐 게 무슨 까닭일까요?"

청년이 물었다.

"낸들 아나. 유령대가 나섰다니 그자들이 대단한 모양이야. 그러니 각별히 조심해야 해."

"쳇."

혀를 찬 청년이 주위의 눈치를 보며 속삭였다.

"그놈들을 여기서 우리 손으로 죽여 버리면 오히려 부주께서 기뻐하지 않을까요?"

"절대로 경거망동해서는 안 된다."

묵묵히 걷기만 하던 도사가 걸음을 멈추고 말했다. 청년의 얼굴에는 여전히 불만이 가득했다.

도사는 남악묘에 기거하는 자로서 진성(眞性)이라 했고, 청년은 형산파의 이대제자들 중 이름을 날리고 있는 형산기룡(衡山起龍) 문배옥(文倍鈺)이라는 자다.

유명밀부는 강호 전역에 조직원들을 심어놓았는데, 강호의 문파는 물론 사찰이나 도관에도 끄나풀이 있었다. 진성과 문배옥도 그런 자들 중 하나였다.

그들은 형산도조(衡山道組)라고 하는 조직의 구성원이었다.

밀부의 하부 조직은 철저하게 점 조직으로 운영되고 있었으므로 자신의 조에 속한 몇 명만 알 뿐, 그 나머지는 알지 못한다. 상부에서 명령이 내려오면 독자적으로 수행하고, 때로는 몇 개의 조직이 모여서 함께 행동하기도 했지만 그때뿐이었다.

오랫동안 밀부로부터 아무 연락이 없었는데 며칠 전에 갑자기 소집령이 떨어졌다. 처음에는 형양성에 숨어 있는 살수 이칠을 찾아 제거하라는 것이더니 어제 그 명령이 바뀌었다.

문배옥은 다섯 개의 독립조가 이번 일을 위해 형산에 모여들었다는 말을 들었다. 게다가 추적과 척살을 전문으로 하는 악명 높은 유령대의 호남 분대까지 이 일을 위해 달려오고 있는 모양이었다. 분대주인 유령마군(幽靈魔君)이 직접 오고 있다니 그것도 놀랄 일이다.

그들을 내보내던 형산도조 조장이 혀를 차며 이와 같은 일들은 이십여 년 만에 처음이라고 했다.

이십 년 전 달아난 배신자 한 명을 잡기 위해 밀부의 유령대가 총동원되고, 중원에 널리 퍼져 있는 하부 조직들이 모두 움직인 일이 있었다. 그리고 지금 그런 일이 다시 벌어질 기미가 보이고 있는 것이다.

장년의 도사나 문배옥은 그때의 일을 알지 못했다. 하지만 조장의 그 말만으로도 대단한 일을 맡게 되었다는 흥분으로 가슴이 뛰었다. 여기서 공을 세우면 당장 능력을 인정받아 중앙 조직으로 영전해 갈 가능성이 큰 것이다.

"저기 있다."

진성 도사가 속삭였다. 정신을 차린 문배옥의 눈에 정자에 앉아 한가롭게 쉬고 있는 무진 일행이 보였다.

'고작 저런 놈들이란 말인가?'

어디에도 특이해 보이는 구석이 없는 그저 그런 자들로 보일 뿐이었다. 정처없이 강호를 떠도는 낭객의 모습인지라 혐오감마저 생겼다. 그런 자들은 강호에서도 천한 자로 취급을 받고 있었으므로 그렇다.

무진과 팽조, 이칠을 훔쳐보는 문배옥의 눈이 매섭게 빛났다.

■제11장■
형산풍운(衡山風雲)

형산풍운(衡山風雲)

"냄새가 나."

이칠이 뜬금없이 중얼거렸으므로 무진은 어리둥절해졌다.

"냄새라니?"

"아무래도 냄새가 나."

"무슨 헛소리냐?"

무진이 눈살을 찌푸리자 팽조도 이칠을 거들었다.

"그게 아닌 것 같군요. 나도 긴가민가하고 있었는데 이칠의 말을 듣고 보니 확실한 것 같습니다."

"음?"

무진은 여전히 이들이 무슨 말을 하고 있는 건지 알 수 없었다.

이칠이 부스럭거리며 제 품에 들어 있는 것들을 주섬주섬 꺼내놓았다. 헐렁한 옷 속에서 온갖 잡동사니들이 쏟아져 나왔다. 넣고 다니는

게 어찌 그렇게 많은지 바라보고 있는 무진이나 팽조는 어안이 벙벙해
지고 말았다.

유엽비도(柳葉飛刀)가 무려 열 자루, 소의 힘줄을 꼬아 만든 가느다
란 노끈 뭉치와 갈고리가 한 개, 허리띠처럼 돌돌 말려 있는 연검(軟劍)
이 한 자루, 소매 속에 감추는 손바닥만한 수궁(袖弓)이며 수전(袖箭),
짧은 심지가 박힌 오리알만한 둥근 물건이 세 개, 양쪽에 끈이 달린 구
리판, 서로 굵기가 다른 대나무 관 다섯 개에 용도를 알 수 없는 헝겊
뭉치까지…….

무진이 혀를 내둘렀다.

"대체 이게 다 무엇에 쓰는 물건들이냐?"

"그동안 나를 먹여 살려온 것들이다."

"그러니까 살수 짓을 하는 데 필요한 물건들이라 이거로구나?"

이칠이 아무 말 없이 그것들을 하나하나 몸에 붙이기 시작했다.

허리띠를 풀어서 상의를 개방하자 몸에 두른 가죽띠가 드러났다. 그
곳에 유엽비도를 하나씩 꽂아 넣더니 구리판을 제 심장에 대고 끈으로
묶었다. 호심경(護心鏡)인 것이다.

그런 다음에 노끈 뭉치에 갈고리를 단단히 묶어서 허리에 찼다. 언
제든지 갈고리를 던지면 노끈이 낚싯줄처럼 풀려 나가도록 되어 있었
다.

이칠이 오리알처럼 생긴 것을 가죽띠에 붙어 있는 작은 주머니에 넣
는 걸 물끄러미 바라보던 무진이 참지 못하고 물었다.

"대체 그건 뭐 하는 물건이냐?"

"화연란(火煙卵)."

"화연란?"

"황토를 개서 둥글게 만들고 그 속에 유황과 염초, 숯가루를 적당히 넣은 다음에 뇌홍(雷汞:기폭제)을 박아둔 것이지."

"그래?"

무진에게는 생소한 지식이었다. 그가 호기심으로 만지작거리던 화연란을 슬그머니 내려놓았다. 말을 들어보니 벽력탄과 같은 폭발물이기 때문이다.

이칠이 말한 것은 일종의 면약(綿藥)이었다. 수분을 충분히 함유한 강면약은 노천에서 점화하면 연소하지 않고 짙은 연기만 발산시킨다. 하지만 건조한 강면약은 밀폐된 공간에서 화염과 압력을 발생하고 폭발한다. 이른바 폭굉(爆轟)을 일으키는 것이다.

이칠은 그 화연란을 작은 벽력탄으로도, 연막탄으로도 활용할 수 있었다. 황토의 안쪽에 충분한 수분을 저장해 두었다가 깨뜨려서 던지면 연막탄이 되는 것이고, 수분 없는 것을 던지면 벽력탄처럼 살상의 화탄이 된다.

"심지만 문지르지 않으면 안전해."

이칠이 피식 웃으며 화연란을 주머니에 넣었다.

짧게 나와 있는 심지에는 유황과 초석을 버무려 발라놓고 바짝 건조시켰으므로 마찰열로 쉽게 불이 붙는다. 그러면 그것이 곧 뇌홍에 이르러 폭발을 일으키게 되는 것이다.

"이제 보니 저놈이 아주 무서운 놈이로군요."

팽조가 혀를 찼다. 그는 이칠이 어쩌면 남만에 존재한다는 뇌화문(雷火門)의 계승자가 아닌가 하는 의심마저 해보았다. 지난번 벽력탄의 일만 해도 그런 의심을 하기에 충분했다.

"그럼 이건 또 뭐 하는 물건이냐?"

무진이 여전히 호기심을 참지 못하고 가느다란 대나무 관을 가리키며 물었다.

"숨구멍."

이칠의 대답은 간단했다.

속이 빈 그것을 연결하면 반 장 남짓 되는데, 물속에 숨어서 입에 물고 외부의 공기를 호흡하는 것이었다. 그러면 하루 종일이라도 버틸 수 있다.

"이건?"

무진이 몇 개의 헝겊 뭉치를 가리키며 또 묻자 이칠이 귀찮다는 듯 혀를 찼다.

"차차 알게 돼."

주섬주섬 기물(奇物)들을 정리해 넣은 그가 마지막으로 허리띠를 꽉 조이고 그 위에 연검을 둘렀다. 부스스한 머리카락마저 뒤로 넘겨서 조여 묶으니 날렵하고 생기가 넘쳐 나 보였다.

무진과 팽조는 이칠이 갑자기 전혀 다른 사람처럼 변해 버린 것을 보고 입을 딱 벌렸다.

"또 청부가 필요한 거냐?"

그가 싸울 태세를 갖춘 것임을 눈치챈 무진이 넌지시 묻자 이칠이 씩 웃었다.

"이번에는 필요없어."

"어째서?"

"살수 짓을 하려는 게 아니라 내 자신을 지키려는 거니까."

무진이 주위를 두리번거렸다. 저만큼 앞쪽에 도사와 젊은이 한 명이 어슬렁거리며 다가오고 있는 것 외에는 아무 데도 이상한 곳이 없었다.

그러나 이칠은 단단히 싸울 채비를 했고, 팽조도 긴장한 얼굴이었다.

"나는 오랫동안 이 짓을 해온 덕에 누구보다 죽음의 냄새에 민감하지. 감각으로 느끼고 알 수 있다."

이칠이 저쪽에서 다가오고 있는 도사와 젊은이를 바라보며 말했다. 무진이 눈살을 찌푸렸다.

"그런데 어째서 나는 살기를 느낄 수 없는 거지?"

"그들이 드러내지 않으니까. 하지만 나까지 속일 수는 없지."

이칠의 입가에 싸늘한 조소가 스쳐 갔다.

"귀신들이 모여들고 있어. 나와 같은 부류다. 그러니 너는 속일 수 있어도 나는 속일 수 없는 거야."

"살수?"

놀란 무진이 이번에는 팽조를 바라보았다. 당신은 살수도 아닌데 어떻게 주변의 심상치 않은 기운을 감지했느냐는 무언의 물음이다. 팽조가 여전히 긴장한 눈으로 사방을 쓸어보며 낮게 말했다.

"경험이지요. 그게 직관을 날카롭게 해준답니다."

"경험……."

"남악묘에 들어섰을 때부터 기분 나쁜 느낌이 들었습니다. 누군가가 엿보고 있는 것 같은데, 암중에 세심히 살펴보아도 알아낼 수가 없었지요. 그 뒤로 아무 일도 일어나지 않아 안심했답니다. 내가 신경이 너무 날카로워졌나 보다 하고 있었는데 이칠의 말을 들어보니 그게 아니었다는 걸 다시 알게 된 거지요."

"음……."

무진이 낯을 찌푸렸다. 역시 경험이란 무서운 것이라는 생각이 들었다. 작은 일들까지도 세세하게 살피고 느끼는 게 생활화되어야 한다는 걸 깨닫기도 했다. 방심은 언제나 치명적인 위기를 가져오는 것 아니던가.

'어느새 마음을 풀어놓고 있었다.'

그런 뉘우침이 들면서 무진도 긴장을 되살려 냈다. 그러자 그것이 겉으로 드러났던 듯, 이칠이 주의를 주었다.

"내색할 건 없어. 그냥 자연스럽게 해."

도사는 뒤가 늘어진 검은색 도관을 쓰고 검은색 단삼을 입었는데 허리띠는 두르지 않았다. 역시 검은색 바지에 흰 천으로 종아리를 단단히 감싸 묶었으며 목이 짧은 가죽신을 신어서 활동하기 편한 차림이었다. 어디에서나 흔히 볼 수 있는 그런 복장이었으므로 특별히 눈에 띄지 않았다.

두 손을 소매 속에 찌르고 귀티가 나는 청년과 다정하게 이야기를 나누며 걸어오는 것이 자연스러웠다. 누가 보더라도 도관에 찾아온 귀한 손님을 안내해서 형산의 이곳저곳을 구경시켜 주는 중인 모양이라고 여길 것이다.

"공자, 저기가 반산정(半山亭)이랍니다. 우리도 잠시 저기서 쉬어 가십시다."

그가 무진이 앉아 있는 정자를 가리켰다. 문배옥이 웃으며 머리를 끄덕였다.

"그럽시다. 그러잖아도 다리가 아파오던 참인데 잘됐군요."

천천히 다가온 그들이 무진 등에게 눈인사를 건네고 한쪽에 눌러 앉았다.

"이곳이 남악묘에서 축융봉까지 오르는 길의 절반 지점이지요. 그래서 반산정이라 이름 지은 거랍니다."

도사는 쉬지 않고 너스레를 떨었다. 이곳저곳 손짓해 가며 열심히 설명해 주는 것이다. 청년은 또 열심히 귀 기울이며 연신 응, 응, 하고 머리를 끄덕였다. 무진 일행에게는 조금도 관심이 없는 듯했다.

　팽조가 슬그머니 일어섰다.

　"그만 올라갈까요?"

　무진이 말없이 따라 일어서자 이칠이 앞서서 정자를 내려갔다. 떠나기 전 무진은 도사와 청년을 유심히 살펴보았지만 이상한 곳을 찾아낼 수 없었다.

　"감시하는 놈들입니다."

　팽조가 속삭이듯 말해 주었다.

　"그러다가 때가 되면 갑자기 흉수로 돌변하겠지요. 보세요. 따라오고 있지 않습니까?"

　주변을 구경하는 척하면서 훔쳐보니 과연 도사와 청년이 저만큼 떨어져서 뒤따르고 있었다.

　앞에 갈림길이 나타났다. 왼쪽은 관음사로 가는 길이고, 오른쪽이 축융봉으로 향하는 길이다. 무진과 팽조는 이칠이 벌써 이십여 걸음 저 앞쪽에 가고 있었으므로 축융봉 방향의 길을 택해 천천히 걸었다. 갈수록 산은 가파르고 숲이 울창해졌다. 오가는 사람들의 기척이 끊긴 지는 오래전이다.

　산속의 일기는 변화가 무쌍한 법인데 형산은 특히 그랬다. 갑자기 폭우가 쏟아지다가도 멀쩡해지고, 바람이 심하게 불다가도 잔잔해진다. 형산을 얘기하면 늘 따르는 게 운봉무쇄(雲封霧鎖)라는 말이다. 산을 '구름으로 봉하고 안개로 잠근다' 는 뜻이니, 오죽 안개와 바람이 흔했으면 그렇겠는가.

상남사(湘南寺) 앞을 지날 때였다. 왼쪽의 상광봉(祥光峰)에서 불어온 한 가닥 바람이 연하봉(煙霞峰)과 부용봉(芙蓉峰)을 타고 올라온 구름과 합해지면서 갑자기 돌풍으로 변해 미친 듯 불어닥쳤다.

짙은 구름이 안개가 되어 쏟아져서 일시에 눈앞을 깜깜하게 뒤덮어 버리고 바람은 더욱 맹위를 떨쳐 몸을 가누고 서 있기조차 힘들 지경이 되었다.

예상치 못한 변화에 당황한 무진의 눈에 이칠이 짙은 안개 속으로 꺼지듯 사라져 버리는 게 언뜻 보였다. 팽조를 바라보니 그는 몸을 잔뜩 낮춘 채 능선을 휩쓸어가고 있는 바람에 쓸리지 않기 위해 안간힘을 쓰고 있었다.

무진도 사정은 마찬가지여서 중심을 잃지 않으려고 몸을 굽힌 채 손을 들어 눈을 가렸다. 그 안개와 미친 바람 속에서 새 지저귀는 소리 같은 게 들려왔다.

삐리리리—

숲이 온통 흔들리며 소란을 떨어대고 있었으므로 그 소리는 잘 구분해 들을 수 없었다. 바람이 나뭇가지를 스치며 나는 소리 같기도 했고, 나뭇잎들이 서로 부딪치며 지르는 비명 같기도 했기 때문이다.

그러나 무진도 팽조도 그것들과는 다르다는 느낌을 받았다. 싸늘한 살기가 묻어 있었던 것이다.

"헛!"

앞서 있던 팽조가 놀란 외침을 터뜨렸다. 그가 급히 검을 뽑아 바람을 가르고 휘두르며 소리쳤다.

"풍비(風匕)입니다!"

"풍비?"

쨍강거리는 소리가 요란하게 들려왔다. 팽조의 검에 맞은 것들이 사방으로 튕겨져 나가고 있었는데, 그때마다 삐리리리— 하는 휘파람 소리가 났다. 곧 무진에게도 그것들이 쏟아져 들어왔다.

어리둥절해하고 있을 새가 없다. 무진도 칼을 뽑아 어지럽게 휘저어댔다. 엄밀한 칼의 장막이 펼쳐지고 땡강거리는 소리들이 귀를 따갑게 하며 무수히 쏟아졌다.

삐리리리—

칼에 튕겨지고 바람에 흩어지며 스쳐 지나가는 것들은 종잇장처럼 얇고 제비처럼 갈라진 꼬리를 갖고 있는 비수들이었다. 손가락만한 그것들이 바람에 실려 날아오고 있는데 얼마나 많은지 짐작조차 할 수 없었다.

이처럼 센 바람이 불 때 한 움큼 집어 던지면 제 스스로 바람을 타고 날며 닥치는 대로 베거나 꽂힌다. 날이 면도처럼 예리했으므로 스치기만 해도 살갗이 베어지니, 그것에 독이라도 발라져 있다면 그 작은 상처가 치명상이 될 수 있었다.

팽조가 바닥에 납작 엎드리더니 배를 깔고 기어서 나무 둥치 아래로 돌아갔다. 그것을 본 무진도 즉시 따라 했다. 이런 조건에서는 부끄러운 일이지만 팽조의 방법이 가장 효과적이었던 것이다.

삐리리리—

한동안 요란한 휘파람 소리가 허공을 가득 메우고 떠돌다가 사라졌다. 즉시 눈치를 챈 덕에 다행히 무진도 팽조도 무사했다. 하지만 그들은 숲 밖으로 나설 엄두를 내지 못했다. 바람이 여전하고, 안개 또한 몇 걸음 앞을 분간할 수 없을 만큼 짙어서 누군가가 다시 풍비를 날려댄다면 감당할 수 없기 때문이다.

"왼쪽이다!"

무진이 버럭 소리치며 위험을 무릅쓰고 몸을 날렸다. 팽조가 붙어 있는 나무를 노리고 숲에서 뻗어 나오는 가느다란 줄을 본 것이다. 끝에 갈고리가 달려 있는 것이 언뜻 보였다. 이칠이 지니고 있던 것과 비슷하다.

팽조가 급히 나무를 끼고 돌며 검을 후려쳤다. 그러나 갈고리를 쳐내지 못했으므로 그것이 한 바퀴 휘돌더니 팽조의 검에 휘감겨 왔다.

이번에는 무진이 급하게 되었다. 그를 노리고 세 개의 갈고리가 날아왔기 때문이다. 그것이 막 팽조의 검을 휘감던 것을 보았던 터라 무진은 칼로 쳐낼 생각을 버렸다. 훌쩍 뛰어오르더니 나무를 걷어차고 그 탄력을 빌어 곧장 숲 속으로 뛰어들었다. 센 바람이 몰아쳐서 옷자락이 찢어질 듯 펄럭이고, 눈을 뜨기 힘들었다.

와사삭거리는 소리와 함께 몇 개의 검은 그림자가 재빨리 흩어졌다.

팅―

경쾌한 소리가 났다. 크게 휘어졌던 나뭇가지가 팅겨지며 와락 덮쳐왔는데 그 끝에 날카로운 비수가 묶여 있었다.

그런 것이 한두 개가 아니다. 사방에서 활처럼 휘어져 있던 나뭇가지들이 쏟아졌다. 흑영들이 몸을 굴려 흩어지며 그것들을 묶어두고 있던 줄을 잘랐던 것이다.

무진이 급히 바닥에 쓰러져 굴렀다. 그의 머리 위로 획획거리며 스쳐가는 나뭇가지들이 끔찍하기만 하다. 등줄기에 식은땀이 솟을 지경이었다.

'이건 안 되겠다.'

그런 생각이 퍼뜩 들어서 흑영들을 쫓아 숲 속으로 뛰어들려는 생각을 버렸다. 숲 속으로 달아난 자를 뒤쫓지 말라는 강호의 격언이 떠올랐던 것이다. 바로 이와 같은 위험 때문에 생긴 말일 것이다.

어떻게 하든 상대를 넓은 곳으로 이끌어내야 했다. 그렇다면 저 앞의 길밖에 없는데 아직도 바람이 세차게 불고 있었으므로 풍비를 감당할 일이 걱정이다.

저쪽에서는 팽조가 고전을 면치 못하고 있었다. 한 번 검에 휘감긴 갈고리는 좀체 끊어지지 않았고, 다시 몇 개의 갈고리가 더 날아와 이제는 팽조의 몸마저 휘감고 있는 중이었다.

'이놈은 어디로 꺼진 거야?'

이럴 때 이칠이 있었다면 큰 힘이 되었을 것이라는 아쉬움이 곧 안타까움으로 바뀌었다. 팽조가 이제는 나무에 꽁꽁 묶일 지경이 되었기 때문이다. 그렇게 되면 끝장이다.

무진이 더 생각하지 않고 맹렬하게 숲을 뚫으며 달려갔다.

"거기 서!"

머리 위에서 날카로운 외침이 쏟아졌다. 무진이 급히 멈추어 서자 팽조와 그 사이로 이칠이 뚝 떨어져 내렸다. 그리고 둥글게 몸을 말고 돌덩이처럼 굴러갔다. 무진은 그의 몸에서 몇 개의 비수가 흰 빛을 번쩍이며 쏘아져 나가는 걸 보았다.

"큭!"

"캑!"

그리고 몇 개의 낮은 비명이 터져 나왔다. 벌떡 몸을 일으킨 이칠이 허리춤을 더듬는가 했는데, 작은 갈고리가 화살처럼 숲을 뚫고 쏘아져 나갔다. 희고 가는 줄이 연줄처럼 좌르르 풀어지고, 앞쪽 어디에선가 욱! 하는 억눌린 신음이 들렸다.

"발밑을 조심해."

빠르게 말한 이칠이 이번에는 제가 던진 줄을 감아들이며 미친 듯 달려갔다. 마치 줄에 딸려가는 것 같아 보일 정도로 신속하고 가벼운 움직임이었다.

"케액!"

그가 멈춘 곳에서 낮은 비명이 터져 나왔다.

무진은 비로소 발 아래 날카롭게 잘린 나뭇가지들이 촘촘히 박혀 있는 걸 보았다. 풀잎에 가려져서 잘 보이지 않았으므로 급한 마음에 무작정 팽조에게 달려가다가는 그대로 발바닥이 꿰뚫려 주저앉고 말 뻔했다.

이제는 한 걸음을 내딛기가 겁이 난다. 팽조는 나무에 거의 묶인 채 무기력해져 있었다. 무진을 바라보는 그의 눈에 다급함이 가득했다. 그리고 세 개의 검은 그림자가 빠르게 그에게 덮쳐 가는 게 보였다.

"이놈들!"

무진이 버럭 외쳤다. 훌쩍 뛰어서 나무 둥치를 걷어차고 그 탄력을 빌어 쏘아져 나가며 다시 나무 둥치를 걷어찼다. 그렇게 이 나무에서 저 나무로 갈지자를 그리며 나가는 것이 커다란 새 한 마리가 숲을 뚫고 나는 것 같았다.

무진의 그런 운신에 팽조를 덮치던 자들이 놀란 듯 움찔거렸다. 눈을 부릅뜬 무진의 칼이 가장 가까운 곳에 있는 자를 노리고 떨어졌다.

씨이잉—

바람을 끊어내는 날카로운 소리를 뒤로 하고 창백한 칼 빛이 낙뢰처럼 떨어졌다.

"크윽!"

정수리를 찍힌 자가 낮은 비명을 터뜨리고 무너졌다. 튕겨져 나오는 칼의 탄력을 한껏 살린 일격이 다시 왼쪽을 휩쓸어갔다.

잔 나뭇가지들이 소리없이 베어져 바람을 타고 어지럽게 날았고, 컥! 하는 비명이 또 한 번 들렸다. 목이 반쯤 벌어진 자가 맥없이 쓰러진 순간 무진은 팽조 곁에 내려서고 있었다. 한 놈은 언제 사라졌는지 보이지 않았다.

묶인 줄을 끊어내자 팽조가 분노로 치를 떨며 이를 갈았다. 그의 눈에서 살기가 무섭게 쏟아졌다.

"흥분하면 안 돼!"

숲 속으로 뛰어들려는 그의 팔을 꽉 잡은 무진이 머리를 흔들었다. 이런 식의 싸움에는 자신이나 팽조나 똑같이 무지하기만 하다. 그러니 숲 속으로 뛰어드는 건 흑의괴인들의 유혹에 빠지는 거나 다름없었다.

"기다립시다."

팽조도 간신히 분노를 억누르고 무진과 함께 나무 둥치에 등을 붙인 채 우뚝 섰다. 바람은 이제 점점 가늘어져 가고 있었다. 조금만 더 기다리면 풍비를 날릴 수 없게 될 것이다. 그러면 숲에서 벗어날 수 있다.

"이제 되었습니다."

손바닥을 뻗어 바람을 가늠해 본 팽조가 훌쩍 뛰어서 길로 나섰다. 바람이 잦아들면서 자욱했던 안개도 천천히 물러가고 있었다. 그리고 조금 뒤에는 언제 그랬었느냐는 듯 멀쩡한 날씨가 되었다.

무진과 팽조는 우뚝 서서 이칠을 기다렸다. 그러나 그는 돌아오지 않았다.

"여기는 위험합니다. 트인 곳으로 나가야 합니다."

팽조가 경계를 게을리 하지 않으며 말했다. 하지만 온통 우거진 숲이고 그 사이로 뻗어 있는 오솔길이다. 어디로 가야 할지 알 수가 없었다.

"위로 올라갑시다."

팽조가 산꼭대기를 가리키고는 온 힘을 다해 달리기 시작했다.

상남사 위의 갈림길을 지나 사자정(獅子亭)에 이르렀을 때다. 앞쪽에서 다섯 사람이 길을 가로막고 있었다. 모두가 검은 옷에 복면을 한 괴한들이었다.

"이놈들!"

그들을 본 팽조가 조금 전에 당했던 일을 떠올리고 치를 떨며 달려나갔다. 그러자 흑의괴인들이 좌우로 갈라지더니 말없이 팽조를 협공하기 시작했다. 그들은 모두 얇고 길이가 보통 검보다 짧은 기형검을 썼다. 연검처럼 낭창거리지만 연검은 아니었고, 검신 양쪽에 세 개의 가느다란 홈이 나란히 파져 있었다.

모두 벙어리들인 것처럼 말이 없었다. 팽조가 왼쪽을 노리고 쳐들어갔다가 재빨리 돌아서며 오른쪽을 향해 그의 무시무시한 쾌검을 내뻗었다. 흰 빛이 번쩍 한 순간 그의 검은 이미 한 놈의 목줄기 속으로 파고들었다. 붉은 피가 확 번지고, 큭! 하는 낮은 비명이 들렸다.

나머지 네 놈이 즉시 팽조를 향해 검을 쳐냈다. 윙윙거리는 바람 소리가 가득하고 차갑고 싸늘한 검기가 회오리처럼 팽조를 휘감았다.

흑의괴인들의 검법은 신랄하고 악독했다. 자신의 안위는 조금도 돌보지 않고 오직 죽이기 위한 초식을 구사할 뿐이다. 그들의 협공 속에서 팽조는 흐릿한 그림자만 보일 정도로 재빠르게 나가고 들어오며 검을 찌르고 후려쳤다.

팽조와 흑의괴인들이 펼치는 검법의 빠름과 신랄함이 무진의 눈을 어지럽게 했다. 그 속에서 쩽강거리는 소리와 낮은 기합성이 쉬지 않고 터져 나왔다.

가가가각—

그러던 어느 한순간 뼈를 긁어대는 것 같은 소성이 터졌다. 흑의괴인들의 기검은 과연 그 나름대로의 쓰임을 감추고 있는 것이었다. 검신에 비스듬히 파여 있는 홈에 팽조의 검이 꽉 낀 것이다. 팽조의 움직임이 갑자기 둔해졌다.

다시 한 놈이 달려들어 제 검에 파여 있는 홈으로 팽조의 검을 붙들었고, 두 놈이 좌우에서 벼락같이 달려들었다.

"앗!"

의외의 사태에 무진이 놀란 외침을 터뜨렸다. 그러나 땅을 박차고 달려가려던 그가 움찔 멈추었다. 팽조 또한 의외의 움직임을 보이고 있었던 것이다.

꼼짝할 수 없게 된 검을 주저없이 놓아버린 팽조가 몸을 낮추었다. 그러자 그의 검을 끼워 잡은 두 놈이 오히려 거북하게 되었다. 한 손으로 땅을 짚고 한 다리를 쭉 펴서 팽이처럼 맴도는 소운각(掃雲脚)의 수법에 두 놈이 일시에 나뒹굴었고, 팽조를 찔러오던 좌우의 검은 헛되이 빗나갔다.

빠각—!

벌떡 뛰어 일어서며 다시 두 발을 쭉 뻗어 좌우로 걷어차는 수법이 날렵하고 깨끗했다. 두 놈의 턱이 그 한 번의 발길질에 견디지 못하고 박살났다.

엉덩방아를 찧고 나가떨어졌던 놈들이 즉시 턱뼈가 부서진 놈들을 하나씩 붙잡더니 숲 속으로 뛰어들어 꺼져 버렸다.

숨을 몇 번 쉬는 사이에 벌어진 한바탕 회오리바람 같은 일전이었다.

"죽일 놈들."

검을 주워 든 팽조가 숲을 노려보며 이를 갈았다. 겨우 한 놈밖에 해치우지 못한 게 못내 분한 모양이다.

"어서 갑시다. 어떻게든 이 숲을 벗어나야 안심할 수 있겠습니다."

팽조가 서둘렀다. 묵묵히 생각에 잠겨 있던 무진이 머리를 가로저었다.

"아니, 그럴 것 없소."

"예?"

무진이 씩 웃으며 말했다.

"서두를 게 없다는 말입니다. 한 놈이 튀어나오면 한 놈을 죽이고, 열 놈이 튀어나오면 열 놈을 죽이면 그뿐이지요."

스스로 모습을 드러내기를 기다리고 있으면 오히려 흑의괴한들이 당황할 것이다. 또 이렇게 허둥지둥하며 달아나는 모습은 보이기도 싫었다.

무진의 입가에 싸늘한 웃음이 떠올랐다.

"이놈들은 유명밀부에서 나온 자들일 것이오."

그렇다면 영제전에서 빈 소원이 당장 이루어진 셈이니 과연 남악묘의 영제는 영험하다고 해야 할 것이다.

"그렇군요."

팽조도 싸늘하게 웃었다.

흑의괴인들이 유명밀부의 살수들이라면 이 싸움은 무진의 것이면서 또한 이칠의 것이기도 했다. 이칠은 이미 그런 낌새를 채고 그처럼 단단히 준비한 채 사라졌던 것이다.

무진과 팽조가 숲을 바라보았다. 음침하고 깊은 저곳 어디에서인가는 이칠이 홀로 외로운 싸움을 하고 있을 것이었다. 과연 유명밀부에서는 이와 같은 살수들을 몇 명이나 동원한 건지 궁금해졌다.

"끄윽—"

또 한 놈이 제 가슴을 뚫고 튀어나온 검을 내려다보며 신음을 흘렸다.

"다섯 놈."

나무껍질이 스르르 벗겨졌다. 음울한 음성과 함께 모습을 드러낸 자는 이칠이었다. 그는 나무껍질이 되어서 나무에 달라붙어 있었던 것이다. 그리고 다가온 흑의괴인을 감쪽같이 해치웠다.

나무껍질 무늬가 그려진 헝겊을 둘둘 말아 품에 넣은 이칠이 어둠 속으로 다시 스며들었다. 이번에는 움푹 파인 바위 밑이다. 헝겊을 뒤집자 그것은 재색의 축축한 바위가 되었다. 바위틈에 몸을 비벼 넣은 이칠이 그것을 펼쳐 제 몸을 가렸다. 헝겊은 바위의 갈라진 면과 완벽한 조화를 이루어서 누가 보아도 시커먼 바위일 뿐이다. 어디에서도 이칠의 흔적을 찾아낼 수 없었다.

풀잎을 밟는 조심스런 발소리가 가까워졌다. 이번에는 두 놈이었다. 자꾸 연락이 끊긴 채 사라지는 동료들을 찾으러 나온 건지도 모른다. 중간에서 서로를 연결해 주는 신호가 끊어지니 조직 전체가 일사불란하게 움직일 수 없을 것이다.

숨소리마저 극도로 억제하면서 움직일 줄 알 만큼 이런 일에 능숙한 자들이었다. 그러나 그들도 이칠의 존재는 짐작하지 못했다. 아주 작은 기척을 남기고 그들이 바위를 스쳐 지나갔다. 그리고 뒤에서 바위가 껍질이라도 벗듯 한 겹의 칙칙한 이끼와 어둠이 흘러내렸다.

"흡!"

기척을 느낀 자들이 재빨리 좌우로 갈라지며 돌아섰다. 거기 자신들의 그림자처럼 달라붙어 있는 이칠의 음악한 눈이 보였다.

"끄으—"

한 놈이 목에 깊이 박힌 비수를 움켜쥔 채 무너졌다. 이칠이 흰 이를 드러내며 소리없이 웃었다. 남은 놈이 부르르 몸을 떨었다. 복면 밖으로 드러난 그자의 눈빛에 두려움이 서렸다.

핏—

이칠의 소맷자락이 펄럭이는가 싶더니 쏘아져 나간 수전 한 대가 놈의 정수리를 꿰뚫었다.

"이런 일이라면 말이지, 다음부터는 나에게 배우도록 해."

이칠의 중얼거림은 어느새 깊은 잡목 숲 안쪽에서 흘러나오고 있었다.

"다들 불러들여."

한 그루 커다란 참나무 아래 우뚝 서 있던 깡마른 자가 신경질적으로 말했다.

유명밀부의 척살조인 유령대 호남 분대를 이끌고 있는 유령마군이라는 자였다.

곁에 서 있던 다섯 명의 흑의괴인 중 한 명이 품에서 작은 호각을 꺼내 날카롭게 불었다.

"몇 명이나 연락이 끊겼지?"

유령마군이 여전히 신경질적으로 물었다.

"열셋입니다."

"으음—"

그의 입에서 가느다란 신음이 새어 나왔다. 이 숲 속에서 무려 반을 잃은 것이다. 연락이 끊겼다는 건 죽음을 의미한다. 살아 있는 한 그들은 어떤 상황에서도 서로 간의 연락만은 유지하도록 훈련받아 왔기 때문이다.

온갖 새소리나 벌레 소리, 바람 소리 등 자연의 소음을 이용한 연락 방법이 무려 서른다섯 가지나 되고, 기호만으로도 복잡한 의사 소통을 거뜬히 해낼 수 있다. 그런데 호남 분대의 절반에 해당하는 자들이 그 어떤 연락도 주고받지 않았던 것이다.

호각 소리가 울린 지 얼마 되지 않아서 숲 전체가 버석거리는 소리들로 소란해졌다. 그리고 흑의괴인들이 속속 모여들었다. 그들을 둘러본 유령마군이 다시 신음을 흘렸다. 과연 모여든 자들은 십여 명에 지나지 않았던 것이다.

"대체 그놈이 은둔술을 어찌 안단 말이냐?"

유령마군의 눈빛에 참을 수 없는 노여움과 신경질이 가득해졌다. 이칠이 제법 솜씨가 좋은 살수라는 건 알고 있었지만 자신의 유령대를 능가할 만큼 은둔과 암습에 능한 자일 줄은 몰랐던 것이다.

"어디 그것뿐이겠어?"

문득 머리 위에서 이칠의 축축한 음성이 들려왔다.

"엇!"

모두 깜짝 놀라 바라본 곳에 그가 있었다. 나뭇가지 위에 한가롭게 서 있던 이칠이 씩 웃었다.

"이렇게 한자리에 모인다는 게 얼마나 미련한 짓인지도 모르는 풋내기들이었군."

그의 손에는 두 개의 화연란이 들려 있었다. 심지를 비비자 곧 푸른 불길과 함께 매캐한 냄새가 났다.

"흩어져!"

유령마군이 벼락처럼 소리치며 몸을 날렸다. 그리고 그들의 머리 위로 두 개의 화연란이 떨어졌다.

꽝! 꽝! 하는 폭음이 산을 들썩이게 하며 터져 나왔다.

그 소리는 숲길을 따라 천천히 걸어 올라가고 있던 무진과 팽조의 귀에도 똑똑히 들렸다.

"저놈이 또 불장난을 하는군요."

"재미있는 놈입니다. 위험하기도 하고."

벽력탄으로 태평전을 초토화시켜 버리던 그 엉뚱하고 무모한 모습이 떠올랐다. 무진은 저런 재주꾼이 왜 스스로를 그처럼 학대하며 살았던 건지 궁금해졌다.

"헉, 헉!"

유령마군은 제 몰골이 한심하고 우습기만 했다. 숨을 헐떡이며 바위에 등을 대고 기대앉아 있는 자신의 처지가 비참했다.

한때는 어둠의 지배자로 자처하며 호남 땅의 밤을 다스렸다. 그의 악독하고 무정한 손에 걸린 자치고 온전한 죽음을 당한 자가 없었다. 그래서 유명밀부의 눈에 띄어 당장 서른 명의 척살조를 거느리는 위치가 되었다.

유명밀부의 척살조는 지독하고 끈질기기로 둘째가라면 서러워할 살수들이 모인 곳이다. 그런데 오늘은 영 아니었다.

"그놈은 건드리지 않는 게 나았어. 윗전에 있는 것들은 주둥이만 나불댔지 개뿔도 모른다."

그런 불만이 절로 터져 나왔다. 산을 내려가면 온갖 정보를 수집하는 풍취전(風取殿)의 얼간이들을 모두 잡아서 족치고 말리라고 이를 갈며 맹세했다. 이칠에 대해서 제대로 된 정보를 준 놈이 한 놈도 없었으니 그렇다.

그러나 그는 산을 내려갈 수 없게 되었다. 앞쪽의 숲이 흔들리더니 이칠이 태평스런 모습으로 걸어나왔기 때문이다.

"겨우 여기에 와 있었느냐? 보기보다 영 약골이로군."

"이, 이런……."

이칠이 손에 들고 공깃돌 놀리듯 하고 있는 둥근 물체를 본 유령마제의 얼굴이 흙빛이 되었다.

"걱정하지 마, 지금 당장 죽이지는 않을 테니까."

큰 선심이라도 쓴다는 듯 하는 말이었지만 유령마제는 그 말속에 들어 있는 음흉함을 곧 눈치챘다.

'이놈은 나로 하여금 입을 열게 하려고 한다.'

암담한 절망이 밀려들었다. 이칠의 탁하게 가라앉은 눈을 본 순간 자기가 그의 고문 앞에서 견뎌낼 수 없을 것임을 알았기 때문이다.

『바람의 길』 3권에 계속…

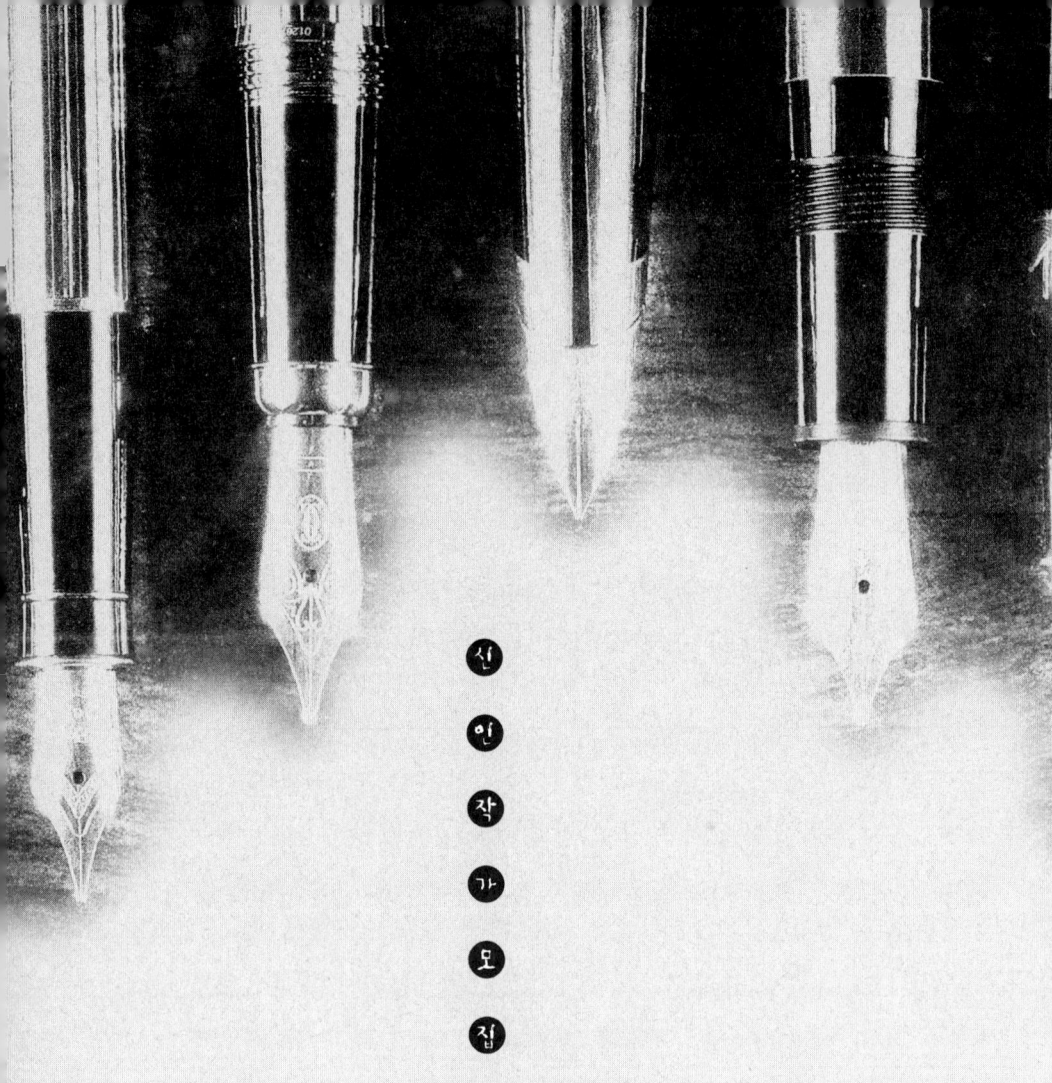

신인 작가 모집

시작이 반이라고 했습니다.
작가의 길에 대한 보이지 않는 벽을 과감히 깨뜨리십시오!
청어람은 작가 지망생 여러분들의
멋진 방향타가 되어드리겠습니다.

저희 도서출판 청어람에서는
소설 신인 작가분들을 모집합니다.
판타지와 무협을 사랑하시는 분들의 많은 참여를 바랍니다.
소정의 원고(A4용지 150매)를 메일이나 우편으로 보내주시면
검토 후 출판 여부를 알려드리겠습니다.

주소:경기도 부천시 원미구 심곡1동 350-1 남성B/D 3F 우편번호420-011
TEL:032-656-4452 · **FAX**:032-656-4453
http://www.chungeoram.com
e-mail:chungeoram@chungeoram.com